外国文学名著丛书

〔英〕约翰·济慈/著

济慈诗选

屠 岸/译

"外国文学名著丛书"编委会

人民文学出版社

John Keats
SELECTED POEMS BY JOHN KEATS
据牛津大学出版社 1956 年 The Poetical Works of John Keats 等版本译出。

图书在版编目(CIP)数据

济慈诗选/(英)约翰·济慈著;屠岸译.—北京:人民文学出版社,2022(2023.3 重印)
(外国文学名著丛书)
ISBN 978-7-02-016819-4

Ⅰ.①济… Ⅱ.①约…②屠… Ⅲ.①诗集—英国—近代 Ⅳ.①I561.24

中国版本图书馆 CIP 数据核字(2021)第 240658 号

责任编辑	张海香
装帧设计	刘　静
责任印制	王重艺

出版发行　人民文学出版社
社　　址　北京市朝内大街 166 号
邮政编码　100705

印　　刷　河北新华第一印刷有限责任公司
经　　销　全国新华书店等
字　　数　207 千字
开　　本　850 毫米×1168 毫米　1/32
印　　张　17.125　插页 3
印　　数　4001—7000
版　　次　1997 年 11 月北京第 1 版
印　　次　2023 年 3 月第 2 次印刷
书　　号　978-7-02-016819-4
定　　价　85.00 元

如有印装质量问题,请与本社图书销售中心调换。电话:010-65233595

约翰·济慈

出版说明

人民文学出版社自一九五一年成立起,就承担起向中国读者介绍优秀外国文学作品的重任。一九五八年,中宣部指示中国科学院文学研究所筹组编委会,组织朱光潜、冯至、戈宝权、叶水夫等三十余位外国文学权威专家,编选三套丛书——"马克思主义文艺理论丛书""外国古典文艺理论丛书""外国古典文学名著丛书"。

人民文学出版社与中国科学院文学研究所,根据"一流的原著、一流的译本、一流的译者"的原则进行翻译和出版工作。一九六四年,中国社会科学院外国文学研究所成立,是中国外国文学的最高研究机构。一九七八年,"外国古典文学名著丛书"更名为"外国文学名著丛书",至二〇〇〇年完成。这是新中国第一套系统介绍外国文学作品的大型丛书,是外国文学名著翻译的奠基性工程,其作品之多、质量之精、跨度之大,至今仍是中国外国文学出版史上之最,体现了中国外国文学研究界、翻译界和出版界的最高水平。

历经半个多世纪,"外国文学名著丛书"在中国读者中依然以系统性、权威性与普及性著称,但由于时代久远,许多图书在市场上已难见踪影,甚至成为收藏对象,稀缺品种更是一书难求。在中国读者阅读力持续增强的二十一世纪,在世界文明交流互鉴空前频繁的新时代,为满足人民日益增长的美好生活的需要，人民文学出版社决定再度与中国社会科学院外国文学研究所合作，以"网罗经典，格高意远，本色传承"为出发点，优中选优，推陈出新，出版新版"外国文学名著丛书"。

值此新版"外国文学名著丛书"面世之际，人民文学出版社与中国社会科学院外国文学研究所谨向为本丛书做出卓越贡献的翻译家们和热爱外国文学名著的广大读者致以崇高敬意！

"外国文学名著丛书"编委会
二〇一九年三月

编委会名单

(以姓氏笔画为序)

1958—1966

卞之琳	戈宝权	叶水夫	包文棣	冯 至	田德望
朱光潜	孙家晋	孙绳武	陈占元	杨季康	杨周翰
杨宪益	李健吾	罗大冈	金克木	郑效洵	季羡林
闻家驷	钱学熙	钱锺书	楼适夷	蒯斯曛	蔡 仪

1978—2001

卞之琳	巴 金	戈宝权	叶水夫	包文棣	卢永福
冯 至	田德望	叶麟鎏	朱光潜	朱 虹	孙家晋
孙绳武	陈占元	张 羽	陈冰夷	杨季康	杨周翰
杨宪益	李健吾	陈 燊	罗大冈	金克木	郑效洵
季羡林	姚 见	骆兆添	闻家驷	赵家璧	秦顺新
钱锺书	绿 原	蒋 路	董衡巽	楼适夷	蒯斯曛
蔡 仪

2019—

王焕生	刘文飞	任吉生	刘 建	许金龙	李永平
陈众议	肖丽媛	吴岳添	陆建德	赵白生	高 兴
秦顺新	聂震宁	臧永清

目　次

译本序……………………………………………………… *1*

颂

怠惰颂……………………………………………………… *3*
赛吉颂……………………………………………………… *7*
夜莺颂……………………………………………………… *11*
希腊古瓮颂………………………………………………… *16*
忧郁颂……………………………………………………… *20*
秋颂………………………………………………………… *22*

十四行诗

咏和平……………………………………………………… *27*
致查特顿…………………………………………………… *29*
致拜伦……………………………………………………… *31*
写于李·亨特先生出狱之日……………………………… *33*
"女人！当我见到你爱虚荣"…………………………… *35*
"哦,孤独！如果我和你必须"………………………… *37*

"多少诗人把光阴镀成了黄金"	39
给一位赠我以玫瑰的朋友	41
接受李·亨特递过来的桂冠	43
致姑娘们——她们见我戴上了桂冠	45
"对于一个长住在城里的人"	47
给我的弟弟乔治	48
初读恰普曼译荷马史诗	50
"刺骨的寒风阵阵,在林中回旋"	52
一清早送别友人们	54
给我的两个弟弟	55
致海登(一)	57
致海登(二)	59
厌于世人的迷信而作	61
蝈蝈和蟋蟀	63
致柯斯丘什科	65
给 G. A. W.	67
"啊!我真爱——在一个美丽的夏夜"	69
给——("假如我容貌英俊")	71
"漫长的严冬过去了,愁云惨雾"	73
写在乔叟的故事《花与叶》的末页上	75
初见埃尔金石雕有感	77
献诗	
——呈李·亨特先生	79
咏大海	81
咏勒安得画像	83
"英国多快乐!我感到由衷满意"	85

题李·亨特的诗《里米尼的故事》………………………	86
坐下来重读《里亚王》有感 ……………………………	88
"我恐惧,我可能就要停止呼吸" ………………………	90
给——("自从我陷入了你的美貌的网罗")………………	92
致尼罗河 …………………………………………………	94
致斯宾塞 …………………………………………………	96
答雷诺兹的十四行诗 ……………………………………	98
歌鸫说的话 ………………………………………………	100
"但愿一星期变成一整个时代" …………………………	102
人的季节 …………………………………………………	104
访彭斯墓 …………………………………………………	106
写于彭斯诞生的村舍 ……………………………………	108
致艾尔萨巨岩 ……………………………………………	110
写于本·尼维斯山巅 ……………………………………	112
致荷马 ……………………………………………………	114
"为什么今夜我发笑?没声音回答" ……………………	116
咏梦	
——读但丁所写保罗和弗兰切斯卡故事后 …………	117
致睡眠 ……………………………………………………	119
咏名声(一)………………………………………………	121
咏名声(二)………………………………………………	123
"如果英诗必须受韵式制约" ……………………………	125
致芳妮 ……………………………………………………	127
"白天消逝了,甜蜜的一切已失去!" …………………	129
"亮星!但愿我像你一样坚持" …………………………	131

3

抒情诗·歌谣·其他

死 ………………………………………………… 135
睡与诗 …………………………………………… 136
阿波罗赞歌 ……………………………………… 156
致爱玛 …………………………………………… 159
咏美人鱼酒店 …………………………………… 161
仙子的歌 ………………………………………… 163
雏菊的歌 ………………………………………… 165
你到哪儿去,德文郡姑娘? …………………… 166
梅格·梅瑞里斯 ………………………………… 168
罗宾汉
　　——给一位朋友 ………………………… 171
关于我自己的歌
　　——摘自致芳妮·布劳恩的一封信 …… 175
诗人颂 …………………………………………… 177
幻想 ……………………………………………… 180
歌("呵,十二月凄凉的寒夜里") …………… 185
睡着了,睡一会儿吧 …………………………… 187
歌("我有只鸽子") …………………………… 188
冷酷的妖女 ……………………………………… 189

叙事诗

伊萨贝拉 ………………………………………… 195
圣亚尼节前夕 …………………………………… 225

拉米亚
  第一部 ································· 247
  第二部 ································· 265

传奇·史诗

恩弟米安
  前言 ·································· 283
  第一卷 ································· 285
  第二卷 ································· 327
  第三卷 ································· 371
  第四卷 ································· 416
  《恩弟米安》内容概要 ····················· 461

海披里安
  第一卷 ································· 466
  第二卷 ································· 481
  第三卷 ································· 498
  《海披里安》内容概要 ····················· 505

济慈年表 ································· 508

译 本 序

约翰·济慈(John Keats,1795—1821),英国十九世纪杰出的浪漫主义诗人。英国诗歌在世界文学史上占有突出的地位。英国浪漫主义运动是英国诗歌史上继莎士比亚时期之后的又一影响深远的黄金时期。这个时期托起了诗坛上的五位巨擘:华兹华斯,柯尔律治,拜伦,雪莱,济慈。而济慈是此时英国诗歌的一个承前启后的关键人物。中国学者王佐良指出:"华兹华斯和柯尔律治是浪漫主义的创始者,拜伦使浪漫主义的影响遍及全世界,雪莱透过浪漫主义前瞻大同世界,但他们在吸收前人精华和影响后人诗艺上,作用都不及济慈。"从这一精辟的分析中,我们可以清楚地看到济慈在英国和世界文学史上的地位。

济慈是英国浪漫主义五大诗人中出生最晚却逝世最早的诗人。他的父亲是伦敦一家代养马房的马夫领班,他与雇主的女儿结了婚,继承了这份产业。济慈的母亲生性敏感,对子女极为慈爱。约翰·济慈是长子,下有三个弟弟(其中一个在婴儿时夭亡),一个妹妹。济慈没有受过高等教育,早年只进过约翰·克拉克为校长的私立学校。八岁时,他父亲坠马身亡;十四岁时,他母亲死于肺痨。虽然济慈的外祖母留给孩子们八千英镑,然而这笔遗产在济慈的有生之年始终在不断打官司。孩子们的监护人理查德·阿贝令十五岁的济慈离开学校,到外科医生兼药剂师哈蒙德手下当学徒。济慈十九岁时进入伦敦盖伊氏医院学习,次年当上了药剂师。这都违背了本人的意愿。不久,他便不顾监护人的反对,放弃行医,专门从事写诗了。但济慈的心情并不轻松。他的大弟乔治和新婚妻子移居美国,因投资失败,陷于困境。济慈本来手头拮据,现在必须以文字工作来弥补家庭收入的不足。他的小弟托玛斯染上肺病,病重时,济慈一直在病榻旁侍候,直到小弟病故。这时他二十三岁,自己也染上了肺病。差不多与此同时,他认识了芳妮·布劳恩小姐,深深地爱上了她。芳妮是个漂亮、活泼的十八岁少女,有一个敏捷、聪明的头脑,她真诚地爱着济慈。次年,他与芳妮订婚。但他越来越坏的健康状况和微薄的经济收入使结婚成为不可能,这使他陷于极大的痛苦中。贫困的压力,婚姻希望的破灭,疾病的折磨,恋诗情结的纠缠,这些一直伴随着他到临终。

在英国的大诗人中,几乎没有一个人比济慈的出身更为卑微。这使他有机会了解下层社会。他本人经历了人世的艰辛和苦难。他在《夜莺颂》里唱道,他企求"忘掉这里(人世)的疲倦,病热,烦躁",忘掉"人们对坐着互相听呻吟,/瘫痪病颤动着几根灰白的发丝,/青春渐渐地苍白,瘦削,死亡"。这些,正是他亲身经历的苦难的表述。他的另一部作品,根据意大利作家薄伽丘的名著《十日谈》中第四日第五篇故事轮廓创作的叙事诗《伊萨贝拉》中,有整整两节写到伊萨贝拉的两个哥哥继承了祖上留给他们的遗产,这些财产是靠残酷剥削工人的血汗而积聚起来的。诗中描写了矿工、收集金砂的工人、工厂里的工人,以及为雇主捕猎鲨鱼、海豹的工人们的悲惨处境,多少劳工"在茫茫无边的水深火热中受苦",而财主对待雇工则等于"架起刑具在杀戮、屠宰"。这些细节是薄伽丘原著中所没有的,是济慈加上去的。本世纪爱尔兰作家伯纳·萧指出,这几节诗中所描写的场景集中表现了马克思《资本论》中有关资本剥削的原理。我们至少可以说,这些诗节反映了济慈所体验到的人间受压迫者的苦难。这种苦难意识同济慈的诗歌才华紧密地结合了起来。他在《海披里安的覆亡》中指出:

　　没有人能达到诗歌的高峰,
　除了那些把人世的苦难当作
　苦难并为之日夜不安的人们。

这种苦难意识使济慈的诗歌带有民主主义精神。而民主意识正是浪漫主义诗歌的特征之一。

　　济慈曾一度被认为是一个专门讲求官能享受的、唯美主义的、为艺术而艺术的诗人。本世纪以来,评论家和读者逐渐改变了这种片面的看法。经过对济慈的全部作品的深入研究,人们发现,济慈是一位艰苦而执着地思考人生、追求诗艺,具有民主精神的诗人。济慈蔑视权势,在十四行诗《写于李·亨特先生出狱之日》中,他抨击"权贵的宠仆",指出"当权者喜欢奉承,而贤者亨特/敢于进忠言,于是被投入牢房,/他依然自由,如云雀冲向上苍,/他精神不朽"。济慈崇尚自由,当拿破仑战争结束时,他在十四行诗《咏和平》中呼喊道:"宣布欧洲的自由!/欧洲呵!不能让暴君重来","打断锁链!……/叫君主守法,给枭雄套上笼头!"济慈同情民族解放,在十四行诗《致柯斯丘什科》中,他对这位波兰民族解放运动领导人唱道:"你的伟大的名字/是一次丰收,贮满了高尚的感情"。济慈抨击专制,在《写于五月二十九日,查理士二世复辟纪念日》一诗中,他猛烈指斥一六六〇年英王查理士二世的王政复辟,认为这是英国人"最可怕、最肮脏的耻辱"。济慈反对君主专制和民族压迫,向往民主自由和民族解放,态度异常鲜明。在这点上,他与拜伦、雪莱是完全一致的,尽管没有像他们那样在作品中提出革命和改造社会的命题。济慈的民主精神不局限于具体的政治事件。在他的一些诗篇中,民主意识表现的范围十分宽广。如诗札《致马修》《致弟弟乔治》,十四行诗《致查特顿》《致海登》和叙事诗《圣亚尼节前夕》等篇,都表现出反对暴虐、压迫,崇尚善良、正义、纯真的精神。

　　济慈诗歌的主旋律是对美的颂赞。在《希腊古瓮颂》中,他提出了著名的格言:"美即是真,真即是美"。有的学者认为这句格言指的仅限于一只具体的希腊古瓮,就是说,这只古瓮上雕刻的人和物,具有非凡的美,这种美才是真实的。但济慈所说的真,是指经验。他在《恩弟米安》的开头就说:"美的事物是一种永恒的愉悦"。愉悦就是经验。强烈的经验通过艺术凝固下来,便成为永恒的美。因此,上述格言的内涵仍具有普遍的意义。济慈认为,美与真统一,就成了巨大的力量。他在《海披里安》中借老海神的口说:"最美的就该是/最有力量的,这是永恒的法则"。这里,美被提到了空前的高度。只有新生事物才是最有力量的。把美与新生事物联系在一起,这是济慈思想的核心部分。在《夜莺颂》中,诗人所憧憬的美的幻境与生活中的苦难和不幸形成鲜明的对照。可以看出,诗人对美的向往是同对丑恶现实的不满和否定相联系的。因此,把他看作唯美主义者是不恰当的。他把希望寄托在美的事物上,他的理想就是新生的美。他在《海披里安》里写一位老一代女神,她放弃自己的宝座是为了让新一代神阿波罗登位,"为了一种/新生的美"。这里,济慈对美的崇尚实际上是他的民主倾向的曲折体现。济慈在困厄的条件下所从事的诗歌创作,正是一种追求理想的坚韧不拔的实践。他的杰出的诗作本身就是他留给人类的一种不朽的"新生的美"。

济慈一生经历过许多困厄。除了贫穷和疾病外,他还经历过另一种困厄。一八一八年秋,《评论季刊》《英国评论家》和《爱丁堡布拉克伍德杂志》都刊登文章批判、诋毁济慈新出版的长诗《恩弟米安》,甚至对济慈进行恶意的人身攻击。这对济慈的身心,是一次大的打击。但这件事是否直接导致他的死亡呢?当时以及后来,都有人认为是这些粗暴批评杀死了济慈。雪莱在为济慈写的悼诗《阿董奈斯》的"前言"中称济慈"天性脆弱",认为《评论季刊》对《恩弟米安》的粗暴批评在他敏感的心灵上产生了极为有害的影响,由此引起的激动使他肺叶的血管崩裂",以致后来出现的公正的批评"也无法挽救他"。拜伦写诗说:"是谁杀死了约翰·济慈?《季刊》杂志承认:'我,如此粗暴地,像野蛮人,这是我的功绩!'"但济慈不是这样脆弱的人。他虽然经历了痛苦,但他神志健全。他清醒地认识到,对他的攻击是由保守偏见和社会等级的势利心态所引起的。他对《恩弟米安》已作出自己的评判:"我对自己的评判所给予我的痛苦超过了《布拉克伍德》和《季刊》所强加给我的痛苦。"他反省自己的诗作,进行自我分析。在英国诗人群中,能够对自己的作品进行这样无情的解剖,是极为罕见的。济慈在求学时就是一个活泼的、爱争吵的孩子,因挥拳打架而出名。他从来不是弱者和懦夫。积极进取的精神贯穿在他的一生中。他的自我批评说明他具有探索真理、追求诗艺的非凡勇气。

济慈作为攀登诗艺高峰的勇者,其成长速度之快,没有别的诗人可与之相比。他在十八岁之前没有写过诗,在这之后的几年中也只是写些纪念册诗篇,其中最好的不过稍稍像点样子。到了二十岁,他突然写出像《初读恰普曼译荷马史诗》这样声调昂扬、风格庄重的十四行诗来。同年他又写出了《睡与诗》,在这首长诗里,他以过去的伟大诗人们为榜样,给自己安排了一个诗歌创作进度计划。他提出:

啊,给我十年吧!我可以在诗里

征服自己;我可以大有作为,

听从我灵魂对我自己的指挥。

上帝很吝啬,没有给他十年时间。他自己也感到很可能早逝,于是以极大的紧迫感致力于诗歌事业。一八一七年他从事一项费力的工程,即创作上文提及的《恩弟米安》,四千多行的长诗。这是一部内涵极其丰富却又多处令人费解的寓言,体现诗人对理想女性的寻求和对超凡脱俗的完美幸福的探索。这首诗的许多章节展示了稳健的韵律、优美的修辞和成熟的诗风。出版后受到打击,却丝毫没有使他失去信心。他在完成这首诗之前就声称:他写作《恩弟米安》仅仅是当作"创作试验",他已开始设计另一部规模更大的神话史诗《海披里安》。这首诗是以英国十七世纪大诗人弥尔顿的长篇叙事诗《失乐园》为楷模,于一八一八年底动笔的。但到第二年八月,他放弃了《海披里安》的写作,使之成为一部未完成的作品。放弃的原因之一是他力图摆脱弥尔顿的影响。他坚持说:"我要独立地写作,诗歌天才必须设法自己超度自己。"他同雪莱已经结交,但辞谢了与之结成密友的机会。他说:"这样我可以无拘无束地发挥自己。"他摆脱了李·亨特的影响,以免获得"做亨特学生的荣誉"。他热心于学习前人,但他摆脱了一切对自己独创性的威胁。

在剧烈的痛苦和骚动的感情中,济慈开始了为诗拼搏的进程。他说:"我从来不怕失败,我宁可失败,也要进入最伟大的人的行列。"从着手试笔起,仅五年时间,他达到了短促的诗人生涯的顶峰。他遍涉各种诗歌体裁,经历几次诗风的变化,终于写出了一系列惊世的杰作。特别是一八一九年的九个月,可称之为济慈的"奇迹时期",在此时期内,他的六首《颂》一一问世,同时写成了《圣亚尼节前夕》《冷酷的妖女》《拉米亚》,以及多首十四行诗。仅仅这六首《颂》就足以使他不朽。尤其是《夜莺颂》《希腊古瓮颂》和《秋颂》,已成为世界诗歌宝库中罕有的奇珍。他一生写出的六十多首十四行诗使他成为英国浪漫派中主要的十四行诗能手(另一位是华兹华斯)。他虽然中途放弃了《海披里安》的写作,但这首诗并不是完全模仿弥尔顿的作品,尽管有着弥尔顿风格的影响,它的恢宏的气度和铿锵的音调却是济慈的,体现了济慈自己的风格,其成就显然超过了《恩弟米安》,连拜伦也不得不称赞《海披里安》诗风"崇高肃穆,堪与埃斯库罗斯的悲剧相媲美"。他的《冷酷的妖女》以精确、严谨的歌谣体语言造成了令人颤栗的艺术效果。他的三首叙事长诗《伊萨贝拉》《圣亚尼节前夕》和《拉米亚》都达到了用诗歌形式来讲述故事的高水平。尤其是《圣亚尼节前夕》,以其内涵的丰富和色彩的绚丽,达到了爱情故事诗的巅峰。济慈所有成熟的作品都具备诗人赋予的独特的品格。我们听到舒徐而优美的韵律;看到鲜明而具体的描绘。诗人把触觉的、味觉的、听觉的、视觉的、运动的、器官的各种感觉组合起来,成为整个经验的总体感受和全面领悟。诗人对于身外客观事物的存在,产生极度愉悦的感觉——诗人似乎失去了自我意识,与他所沉思的事物融为一体,这也就是诗人所说的"客体感受力"(negative capability)作用的实际体现。还有凝练而精妙的遣词造句,使人想起莎士比亚。通过丰富的官能感受,诗人把各种经验合成一种不可分割的体积,奇特地呈现在读者面前。他从愉悦中发现忧伤,从痛苦中找到欢乐;极度深挚的爱情对于他有如死亡的临近;对于"怠惰",对于思索,他同样向往;他清醒地意识到梦幻世界的无限吸引力,又明白地懂得现实世界的巨大压力;他同时追求社会责任感和美学超脱,把二者结合在一起。他写出的杰作使他实现了自己的愿望:进入了诗歌史上"最伟大的人的行列"。

济慈的书信,比他的诗作毫不逊色。从他的书信中可以看出,他诗作中所生动地表述的矛盾和冲突,他首先从自己的脉搏上感到了。这些书信揭示出,他在苦苦地思索人间苦难的问题;在发现了"世界上充满贫困、疾病、压迫、痛苦、伤心事"之后,他思考着怎样去理解人的生存。在生命的最后日子里,他拒绝用单纯的传统哲学原理和绝对的宗教信条来代替复杂而又矛盾的人生经验,以取得心灵的平衡,这说明他到死也没有退缩。他似乎在计划采用新的题材,走新的路子,但是,重病和接踵而至的死亡干扰了他。

一八二〇年二月,济慈肺部咯血。他正视现实:"那血对我是死亡警告。我必死无疑。"这一年的春天和夏天,他不断咯血,急剧地消瘦下去。到秋天,他接受劝告到气候温和的意大利去,由青年画家约瑟夫·塞文陪同前往。一八二一年二月二十三日,他客死罗马,安葬在英国新教徒公墓,年仅二十五岁。墓石上刻着济慈自定的铭文:"用水书写其姓名的人在此长眠"。凡是熟读济慈作品的人,无不感到,这样一位非凡的天才却英年早逝,是上帝不公,是诗的悲剧。如果天假以年,他能够达到怎样的成就,是难以逆料的。但是人们公认,当他二十四岁停笔时,他对诗坛的贡献已大大超过了同一年龄期的乔叟、莎士比亚和弥尔顿。

这部《济慈诗选》译本根据的英文原文选自加罗德(H. W. Garrod)编的《济慈诗歌全集》(The Poetical Works of John Keats),牛津大学出版社一九五六年版;同时参考福尔曼(H. Buxton Forman)编注的《济慈诗歌全集》,牛津大学出版社一九三一年版;塞林柯特(E. de Selincourt)编注的《济慈诗歌全集》,伦敦麦修恩公司一九二六年修订版;以及其他版本。译者选诗的原则是:凡济慈的优秀作品,尽可能选入,如六首《颂》诗,三首长篇叙事诗,抒发诗歌观的长诗《睡与诗》,绝大部分十四行诗,及一部分经过挑选的抒情诗、歌谣等。他自称为"诗的传奇"的长诗《恩弟米安》,虽有作者不满意的地方,但其中很多章节充盈着丰富奇丽的想象,体现了非凡的诗美,而且此诗引起当时评论界的轩然大波,为后世读者所关注,所以译者认为有必要选入。神话史诗《海披里安》,诗风雄健沉郁,诗艺更为成熟,虽未完成,但有很大代表性,理应收入。因此,这个译本可以说包含了济慈的几乎全部重要作品。济慈的书信,其重要性不次于他的诗作,但这些书信的价值主要在文艺理论的探讨方面,有别于文学创作,限于体例,未予选收。

《恩弟米安》和《海披里安》两诗,故事线索繁多,为使读者阅读方便,译者在两诗之后各附加了"内容概要"。为了方便读者理解,各诗加了脚注。又为了方便读者检索,特别是与原文对照检索,每诗都加了"行码"(译文都是等行翻译)。

译者遵循神形兼备的译诗原则,即既要保持原诗的风格美、意境美,也要尽量体现原诗的形式美、音韵美。译诗的汉语的"顿"(每顿中包含一个重读)代替原诗英语的"步",译文诗行的顿数与原文诗行的步数相等。(这方面译者学习了卞之琳先生的经验)关于韵式,译文几乎全部依照原诗的安排。译者认为,文学翻译不同于文学创作,既然是翻译,就应当把原诗的内容和形式都传达给读者。而且,诗歌的内容与形式是统一的,是相互依存又相互制约的,只有同时传达两者,才能传达全貌。否则,就有违于翻译的根本原则:信。有人认为以顿代步和韵式依原诗的译法会产生"削足适履"或把足拉长以"适履"以及因韵害意的弊端。这不是没有道理的。但译者认为,只要以"一名之立,旬月踟蹰"的精神去苦心求索,惨淡经营,这种弊端是可以尽量避免的。事实上,也不存在一种十全十美的译法。译者愿意不断进行此种实验,本书就是这种实验的新结果。译者将听取意见,总结经验,以利于今后译诗工作的改进。

诗人、翻译家朱湘、查良铮(穆旦)和朱维基在译介济慈诗歌上做过开拓性工作。中国的读者不会忘记他们。他们的译作也给了我教益。

本书中古希腊罗马神话与传说中姓名的译名,主要参照

《希腊罗马神话辞典》(中国社会科学出版社,1984年10月版),个别译名,译者作了变动。

屠 岸
1995年5月—6月

颂

怠惰颂

I

一早,我看见面前有三个形象,
　他们垂着头,携着手,侧过了脸庞;
一个挨着另一个,举步安详,
　穿着透明的晶鞋,典雅的素装;
他们走过,像石瓮表面的浮雕,
　石瓮转动着,可以看到另一面;
　　他们又来了;石瓮再旋转一程,
翻过来,最初见到的影子又来到;
我觉得他们很奇特,正如深谙
　菲迪亚斯①的艺术者见到了希腊瓶。　　10

---

① 菲迪亚斯(Phidias):希腊雅典雕刻家,主要活动时期为公元前四九〇至公元前四三〇年。其主要作品为雅典卫城的三座雅典娜像和奥林匹亚宙斯神庙的宙斯像。原作均已无存。

II

影子们！我怎么不认识你们？怎么——
　　你们这样悄悄地戴着面具来？
这可是暗地里精心装扮的计策
　　要偷走我怠惰的时光，再把它丢开
而毫不费力？倦睡的时刻在发酵；
　　无忧无虑的云彩在慵懒的夏日
　　　　困住我的眼；我脉搏越来越缓慢；
痛苦不刺人，欢乐没鲜花炫耀：
　　你们呵，为什么不化掉，让我感知
　　　　谁也没来干扰我，除了那——虚幻？　　20

III

他们第三次走过，经过时，他们
　　每人不时地把面孔转向我片刻；
然后褪去，我渴望去追随他们，
　　苦想生翅膀，我认识他们三个；
第一位，美丽的姑娘，名叫爱情；
　　第二位，正是雄心，面色苍白，
　　　　永远在观察，用一双疲惫的眼睛；
第三位，我最爱，人们骂她越凶狠
　　我越爱，是个最不驯服的女孩——
　　　　我知道她是我的诗歌之精灵。　　30

4

IV

他们褪去了,真的!我想要羽翅:
　傻话!什么是爱情?它在哪里?
还有那可怜的雄心!从一个男子
　小小心灵阵发的热病中它跃起;
呵诗歌!——不,她没有欢乐,至少
　对于我,不如午时甜甜的睡眠,
　　不如黄昏时惬意的懒散游荡,
但愿呵,来一个时代,避开烦恼,
　让我永远不知道月缺月圆,
　　永远听不见常理的繁忙喧嚷! 40

V

他们又来了;——唉!这是为什么?
　朦胧的梦境装饰了我的睡眠;
我灵魂是一块草地,上面撒满了
　鲜花,颤动的阴影,折射的光线:
晨空布满了阴云,但没下阵雨,
　虽然晨睫挂着五月的甘泪;
　　打开的窗户紧挨着葡萄藤新叶,
让新蕾的温馨和鸫鸟的歌声进入;
　影子们!时候到了,让我们说再会!
　　你们的衣裙没沾上我的泪液。 50

VI

再见吧,三鬼魂!你们不能够把我
　　枕着阴凉花野的头颅托起来;
我不愿人们喂我以赞誉,把我
　　当作言情闹剧里一只羊来宠爱!
从我眼前褪隐吧,再一次变做
　　梦中石瓮上假面人一般的叠影;
　　再会!在夜里我拥有幻象联翩,
到白天,我仍有幻象,虽然微弱;
消逝吧,鬼魂们!离开我闲怠的心灵,
　　飞入云端去,不要再回来,永远!

(1819年3月)

*　　　　*　　　　*

这首诗共有六节。每节十行。原诗每节的韵式是:
　　ababcdecde
(第三节的韵式略异,为 ababcdedce,第六节的韵式亦略异,为 ababcdeced。)

但各节之间相同的韵码并非同韵,如第一节之 a 不与第二节之 a 同韵,余类推。

译文依原韵式,各节均不变。

原诗每行均为轻重格五音步。译文每行以五顿代五音步。

赛 吉 颂[*]

女神呵！请听这些不成调的韵律——
　　由倾心的执着和亲切的回忆所促成——
请原谅，这诗句唱出了你的秘密，
　　直诉向你那柔软的海螺状耳轮：
无疑我今天曾梦见——我是否目睹
　　长着翅膀、睁着眼睛的赛吉？
我在树林里无思无虑地漫步，
　　突然，我竟惊奇得目眩神迷，
我见到两个美丽的精灵相依偎
在深草丛里，上面有絮语的树叶　　　　　　　10
和轻颤的鲜花荫庇，溪水流淌
　　在其间，无人偷窥：

周围是宁静的、清凉的、芬芳的嫩蕊，
　　蓝色花、银色花，紫色的花苞待放，
他们躺卧在绿茵上，呼吸得安详；

---

[*] 赛吉(Psyche)：亦译作普绪克或普赛克，希腊神话中的心灵之神，人类灵魂的化身，以少女的形象出现；与小爱神厄罗斯(Eros)——即罗马神话中的丘比特(Cupid)相爱。本诗中的男孩即厄罗斯。

他们的手臂拥抱,翅膀交叠;
　　　他们的嘴唇没接触,也没告别,
　　仿佛被睡眠的柔腕分开一时,
　　准备醒后再继续亲吻无数次
　　　在欢爱的黎明睁眼来到的时刻:　　　　20
　　　　带翅的男孩我熟悉;
　　　可你是谁呀,幸福的、幸福的小鸽?
　　　　他的好赛吉!

　　啊,出生在最后而秀美超群的形象
　　　来自奥林波斯山①暗淡的神族!
　　蓝宝石一般的福柏②减却清芒,
　　　天边威斯佩③多情的萤光比输;
　　你比他们美,虽然你没有神庙,
　　　　没堆满供花的祭坛;
　　也没童男女唱诗班等午夜来到　　　　　30
　　　　便唱出哀婉的咏叹;
　　没声音,没诗琴,没风管,没香烟浓烈
　　　　从金链悬挂的香炉播散;
　　没神龛,没圣林,没神谕,没先知狂热,
　　　　嘴唇苍白,沉迷于梦幻。

　　啊,至美者!你虽没赶上古代的誓约,

---

① 奥林波斯山(Olympus):希腊神话中诸神居住的地方。
② 福柏(Phoebe):即月神狄安娜(Diana)。
③ 威斯佩(Vesper):黄昏星,即金星。

更没听到善男信女的祝歌,
可神灵出没的树林庄严圣洁,
　　空气、流水、火焰纯净谐和;
即使在那些远古的日子里,远离开　　　　　40
　　敬神的虔诚,你那发光的翅膀
　　仍然在失色的诸神间振羽飞翔,
我两眼有幸见到了,我歌唱起来。
　　就让我做你的唱诗班吧,等午夜来到
　　　　便唱出哀婉的咏叹!
做你的声音、诗琴、风管、香烟浓烈,
　　从悬空摆动的香炉播散:
做你的神龛、圣林、神谕、先知狂热,
　　嘴唇苍白,沉迷于梦幻。

是的,我要做你的祭司,在我心中　　　　50
　　未经践踏的地方为你建庙堂,
有沉思如树枝长出,既快乐,又苦痛,
　　代替了松树在风中沙沙作响:
还有绿荫浓深的杂树大片
　　覆盖着悬崖峭壁、野岭荒山。
安卧苍苔的林仙在轻风、溪涧、
　　小鸟、蜜蜂的歌声里安然入眠;
在这寂静的广阔领域的中央,
　　我要整修出一座玫瑰色的圣堂,
它将有花环形构架如思索的人脑,　　　60
　　点缀着花蕾、铃铛、无名的星斗

9

和"幻想"这园丁构思的一切奇妙,
　　雷同的花朵决不会出自他手:
将为你准备冥想能赢得的一切
　　温馨柔和的愉悦欢快,
一支火炬,一扇窗敞开在深夜,
　　好让热情的爱神进来!

(1819年4月)

*　　　　*　　　　*

　　这首诗共五节。第一节十二行,第二节十一行,第三节十二行 第四节十四行,第五节十八行。原诗各节韵式不尽相同,由交韵(ababcd-cd……)和少数抱韵(abba)和随韵(aabb)构成,还有个别行不押韵。译文基本上依原韵式。

　　原诗诗行多数为轻重格五音步,个别为轻重格三音步和二音步。译文诗行以五顿代五步、三顿代三步、二顿代二步。

夜 莺 颂

我的心疼痛,困倦和麻木使神经
　　痛楚,仿佛我啜饮了毒汁满杯,
或者吞服了鸦片,一点不剩,
　　一会儿,我就沉入了忘川①河水:
并不是嫉妒你那幸福的命运,
　　是你的欢乐使我过分地欣喜——
　　　　想到你呀,轻翼的林中天仙,
　　　　　你让悠扬的乐音
充盈在山毛榉的一片葱茏和浓荫里,
　　你放开嗓门,尽情地歌唱着夏天。　　　10

哦,来一口葡萄酒吧!来一口
　　长期在深深的地窖里冷藏的佳酿!
尝一口,就想到花神,田野绿油油,
　　舞蹈,歌人②的吟唱,欢乐的阳光!

---

① 忘川:希腊神话中的冥府之河,名烈溪(Lethe),鬼魂饮了此河之水,便忘却一切。
② 歌人:11—13 世纪在法国东南部普罗旺斯(与意大利西北部接壤)的行吟诗人或歌者。

来一杯酒吧,盛满了南方的温热,
盛满了诗神的泉水①,鲜红,清冽,
　　还有泡沫在杯沿闪烁如珍珠,
　　　　把杯口也染成紫色;
　　我要痛饮呵,再悄悄离开这世界,
　　　　同你一起隐入那幽深的林木:　　　　20

远远地隐去,消失,完全忘掉
　　你在绿叶里永不知晓的事情,
忘掉这里的疲倦,病热,烦躁,
　　这里,人们对坐着互相听呻吟,
瘫痪病颤动着几根灰白的发丝,
　　青春渐渐地苍白,瘦削,死亡;
　　这里,只要想一想就发愁,伤悲,
　　　　绝望中两眼呆滞;
　　这里,美人保不住慧眼的光芒,
　　　　新生的爱情顷刻间就为之憔悴。　　　30

去吧!去吧!我要向着你飞去,
　　不是伴酒神乘虎豹的车驾驰骋,
尽管迟钝的脑子困惑,犹豫,
　　我已凭诗神无形的羽翼登程:
已经跟你在一起了!夜这样柔美,

---

① 诗神的泉水:希腊赫立岲山(Helicon,阿波罗和缪斯诸神常居之地)上的泉水,泉名希波克丽涅(Hippocrene),据希腊神话,此泉为飞马之蹄一击,地裂而迸出;饮此泉能获得诗的灵感。

恰好月亮皇后登上了宝座,
　　群星仙子把她拥戴在中央;
　　　但这里是一片幽晦,
只有微风吹过朦胧的绿色
　　和曲折的苔径才带来一线天光。　　　　40

我这里看不见脚下有什么鲜花,
　　看不见枝头挂什么温馨的嫩蕊,
只是在暗香里猜想每一朵奇葩,
　　猜想这时令怎样把千娇百媚
赐给草地,林莽,野生的果树枝;
　　那白色山楂花,开放在牧野的蔷薇;
　　　隐藏在绿叶丛中易凋的紫罗兰;
　　　　那五月中旬的爱子——
　　盛满了露制醇醪的麝香玫瑰,
　　　夏天的蚊蝇在这里嗡嗡盘桓。　　　　50

我在黑暗里谛听着:已经多少次
　　几乎堕入了死神安谧的爱情,
我用深思的诗韵唤他的名字,
　　请他把我这口气化入空明;
此刻呵,无上的幸福是停止呼吸,
　　趁这午夜,安详地向人世告别,
　　　而你呵,正在把你的精魂倾吐,
　　　　如此地心醉神迷!
　　你永远唱着,我已经失去听觉——

13

　　　　你唱安魂歌，我已经变成一堆土。　　　　　　60

你永远不会死去，不朽的精禽！
　　饥馑的世纪也未能使你屈服；
我今天夜里一度听见的歌音
　　在往古时代打动过皇帝和村夫：
恐怕这同样的歌声也曾经促使
　　路得①流泪，她满怀忧伤地站在
　　　异国的谷田里，一心思念着家邦；
　　　　这歌声还曾多少次
　　迷醉了窗里人②，她开窗面对大海
　　　险恶的浪涛，在那失落的仙乡。　　　　　70

失落！呵，这字眼像钟声一敲，
　　催我离开你身边，回复了自己！
再见！幻想这个骗人的小妖，
　　名不副实，再不能使人着迷。
再见！再见！你哀怨的歌音远去，
　　流过了草地，越过了静静的溪水，
　　　飘上了山腰，如今已深深地埋湮

─────────────

① 路得：据《圣经·旧约·路得记》，路得离开原籍摩押，定居在伯利恒，为波阿斯干活，与之结婚。《旧约》上未写夜莺的歌声，也未写路得流泪。此处均为济慈的想象。
② 窗里人：中世纪的传奇故事中，常常讲美丽的公主被囚禁在海中古堡里，英勇的骑士泅过惊涛骇浪，救出公主，并获得她的爱情。此处济慈想象夜莺的歌声打动了美人的心，使她打开窗户，盼望骑士到来。也可能是指希腊神话中希罗与勒安得的故事。参见本书第36页注①。

14

在附近的密林幽谷:

　这是幻象?还是醒时的梦寐?

　　音乐远去了:——我醒着,还是在酣眠? 80

（1819年5月）

*　　　*　　　*

　　这首诗共八节,每节十行。原诗各节韵式均为 ababcdecde。

　　但各节之间相同的韵码并非同韵,如第一节之 a 即不与第二节之 a 同韵,余类推。译文依原韵式。

　　原诗诗行除各节第八行为轻重格三音步外,均为轻重格五音步。译文以五顿代五步、三顿代三步。

希腊古瓮颂

你——"宁静"的保持着童贞的新娘,
　"沉默"和漫长的"时间"领养的少女,
山林的历史家,你如此美妙地叙讲
　如花的故事,胜过我们的诗句:
绿叶镶边的传说在你的身上缠,
　讲的可是神,或人,或神人在一道,
　　活跃在滕陂①,或者阿卡狄②谷地?
什么人,什么神?什么样姑娘不情愿?
　怎样疯狂的追求?竭力的脱逃?
　　什么笛,铃鼓?怎样忘情的狂喜? 　10

听见的乐曲是悦耳,听不见的旋律
　更甜美;风笛呵,你该继续吹奏;
不是对耳朵,而是对心灵奏出
　无声的乐曲,送上更多的温柔:
树下的美少年,你永远不停止歌唱,

---

① 滕陂(Tempe):希腊塞撒利地方一个美丽的河谷。
② 阿卡狄(Arcady):古代希腊的一部分,常在牧歌中作为理想牧人的家乡而出现。

那些树木也永远不可能凋枯；
　　　大胆的情郎，你永远得不到一吻，
虽然接近了目标——你可别悲伤，
　　她永远不衰老，尽管摘不到幸福，
　　　你永远在爱着，她永远美丽动人！　　　20

啊，幸运的树枝！你永远不掉下
　　你的绿叶，永不向春光告别；
幸福的乐手，你永远不知道疲乏，
　　永远吹奏出永远新鲜的音乐；
幸福的爱情！更加幸福的爱情！
　　永远热烈，永远等待着享受，
　　　永远悸动着，永远是青春年少，
这一切情态，都这样超凡入圣，
　　永远不会让心灵餍足，发愁，
　　　不会让额头发烧，舌敝唇焦。　　　30

这些前来祭祀的都是什么人？
　　神秘的祭司，你的牛向上天哀唤，
让花环挂满在她那光柔的腰身，
　　你要牵她去哪一座青葱的祭坛？
这是哪一座小城，河边的，海边的，
　　还是靠山的，筑一座护卫的城砦——
　　　居民们倾城而出，赶清早去敬神？
小城呵，你的大街小巷将永远地
　　寂静无声，没一个灵魂会回来

17

说明你何以从此变成了芜城。　　　　　　40

啊,雅典的形状!美的仪态!
　身上雕满了大理石少女和男人,
树林伸枝柯,脚下倒伏着草莱;
　你呵,缄口的形体!你冷嘲如"永恒"
教我们超脱思虑。冷色的牧歌!
　等老年摧毁了我们这一代,那时,
　　你将仍然是人类的朋友,并且
会遇到另一些哀愁,你会对人说:
"美即是真,真即是美"——这就是
　你们在世上所知道、该知道的一切。①　50

　　　　　　　　　（1819年5月）

　　　　＊　　　　＊　　　　＊

　　这首诗共五节,每节十行。原诗诗节韵式为 ababcdecde。各节有小变化:第一节、第五节为 ababcdedce;第二节为 ababcdeced。(各节之

----

① "美即是真,真即是美":这是古瓮对世人说的,没有问题。但下面的"这就是你们在世上所知道、该知道的一切",是谁对谁说的?历来学者们有争论,大致有以下几种解释:1.古瓮对世人说的;2.诗人对古瓮说的;3.诗人对古瓮上雕刻的人物说的;4.诗人对读者说的。现在多数学者的意见趋于一致,肯定第一种解释,即这话是古瓮对后世的人(包括读者)说的,口气上也就是前面格言的继续。那么为什么引号只限于"美即是真,真即是美"而不延续到诗末呢?因为一,这是句格言,所以用引号标出;二,济慈用标点有特殊的习惯。最近的版本如企鹅出版社一九七七年出版的《济慈诗歌全集》(约翰·巴纳德编)就把最后两行都放在引号之内(见该书第346页)。

18

间相同的韵码并非同韵。如第一节之 a 与第二节之 a 不同韵,余类推。)译文各节韵式均为 ababcdecde。

原诗各诗行均为轻重格五音步。译文以五顿代五步。

忧 郁 颂

不呵！不要到忘川①去，也不要拧绞
　　根深的乌头②，把它的毒汁当美酒；
别让你苍白的额头把龙葵野草——
　　普罗塞嫔③红葡萄的亲吻承受；
别用紫杉的坚果做你的念珠，
　　别让甲虫和墓畔的飞蛾变为
　　　　你忧伤的赛吉④，别让披羽的鸱枭
分享你心底隐秘的悲哀愁苦；
　　阴影来亲近阴影会困倦嗜睡，
　　　　会把灵魂中清醒的创痛淹没掉。　　　　　10

但一旦忧郁的意绪突然来到，
　　有如阴云洒着泪自天而降，
　　云雨滋润着垂头的花花草草，

~~~~~~~~~~~~~~~~~~~~
①　忘川：参见本书第11页注①。
②　乌头：和下面提到的龙葵、紫杉的坚果一样，都是有毒的植物。
③　普罗塞嫔（Proserpine）：罗马神话中冥界的王后，即希腊神话中的佩耳塞丰（Persephone），以美貌著称。她原是宙斯和得墨忒耳的女儿，在西西里的厄那被冥王哈得斯劫到冥界，被迫为后。
④　赛吉：参见本书第7页《赛吉颂》题注。

四月的雾衣把一脉青山隐藏；
你就该让哀愁痛饮早晨的玫瑰，
　　或者饱餐海浪上空的虹彩，
　　　或者享足姹紫嫣红的牡丹，
若是你钟情的女郎①娇嗔颦眉，
　　就抓住她的酥手，让她说痛快，
　　并深深品味她举世无双的慧眼。　　　20

　　她与"美"共处——那必将消亡的"美"；
　　还有"喜悦"，他的手总贴着嘴唇
说再见；令人痛苦的近邻"欣慰"，
　　只要蜜蜂啜一口，就变成毒鸩：
啊，就在"快乐"的庙堂之上，
　　隐藏的"忧郁"有她至尊的神龛，
　　　虽然，只有舌头灵、味觉良好、
　　　能咬破"快乐"果的人才能够瞧见：
他灵魂一旦把"忧郁"的威力品尝，
　　便成为她的战利品，悬挂在云霄。　　　30

　　　　　　　　　　（1819年5月）

　　　　　＊　　　　＊　　　　＊

　　这首诗共三节，每节十行。第一节韵式为ababcdecde，第二节韵式为ababcdecde，第三节韵式为ababcdedce。（各节之间韵码不相同，如第一节之a与第二节之a不同韵，余类推。）译文依原韵式。
　　原诗各行均为轻重格五音步。译文以五顿代五步。

~~~~~~~~~~

　　① 指"忧郁"。

秋　颂

雾霭的季节，果实圆熟的时令，
　你跟催熟万类的太阳是密友；
同他合谋着怎样使藤蔓有幸
　挂住累累果实绕茅檐攀走；
让苹果压弯农家苔绿的果树，
　教每只水果都打心子里熟透；
　　教葫芦变大；榛子的外壳胀鼓鼓
　包着甜果仁；使迟到的花儿这时候
开放，不断地开放，把蜜蜂牵住，
让蜜蜂以为暖和的光景要长驻；
　看夏季已从粘稠的蜂巢里溢出。

谁不曾遇见你经常在仓廪的中央？
　谁要是出外去寻找就会见到
你漫不经心地坐在粮仓的地板上，
　让你的头发在扬谷的风中轻飘；
或者在收割了一半的犁沟里酣睡，
　被罂粟的浓香所熏醉，你的镰刀
　　放过了下一垄庄稼和交缠的野花；

有时像拾了麦穗,你跨过溪水,
　　背负着穗囊,抬起头颅不晃摇; 20
或傍着榨汁机,一刻又一刻仔细瞧,
　　对滴到最后的果浆耐心地观察。

春歌在哪里?哎,春歌在哪方?
　　别想念春歌,——你有自己的音乐,
当层层云霞把渐暗的天空照亮,
　　给大片留茬地抹上玫瑰的色泽,
这时小小的蚊蚋悲哀地合唱
在河边柳树丛中,随着微风
　　来而又去,蚊蚋升起又沉落;
长大的羔羊在山边鸣叫得响亮; 30
　　篱边的蟋蟀在歌唱;红胸的知更
从菜园发出百啭千鸣的高声,
　　群飞的燕子在空中呢喃话多。

(1819 年 9 月 19 日)

　　　　*　　　　*　　　　*

　　这首诗共三节,每节十一行。原诗第一节韵式为 ababcdedcce,第二节与第三节韵式为 ababcdecdde。(各节之间相同的韵码并非同韵。)译文依原韵式。
　　原诗各行为轻重格五音步,译文以五顿代五步。

十四行诗

咏 和 平

啊,和平①!你可是前来祝福
　这被战火包围的岛国②土疆?
你的慈容能减轻我们的痛苦,
　能使这三岛③王国笑得开朗?　　　　4

我欢呼你的来临;我也欢呼
　那些伺候你的、可爱的友伴;
让我高兴:让我如愿,满足,
　愿你喜爱这温柔的山林女仙④;　　　8

凭英国的欢悦,宣布欧洲的自由!
欧洲呵!不能让暴君重来,不能再
　让他见到你屈服于从前的状态;

---

① 和平:指拿破仑战争结束。一八一四年四月拿破仑宣布逊位。
② 岛国:指英国。
③ 三岛:指英伦三岛。英国自一八〇一年起称"大不列颠及爱尔兰联合王国"(1801—1922),包括英格兰,苏格兰,爱尔兰。
④ 山林女仙:指自由女神。

打断锁链！高喊你不是狱囚！   12

叫君主守法,给枭雄套上笼头！

恐怖过去后,你的命运会好起来！

（1814年）

*　　　*　　　*

原诗韵式特殊,前八行用莎士比亚式,后六行用彼得拉克式的变格：

    abab　cdcd　dde　dee

译文稍作变动,为：

    abab　cdcd　eff　eef

致 查 特 顿[*]

查特顿!你的命运竟这样悲惨!
　　呵,忧患的宠儿,苦难的爱子!
　　你两眼很快蒙上了死的阴翳,
那里,刚闪过天才和雄辩的光焰! 4

雄浑高昂的歌声很快嬗变,
　　没入了断章残篇!黑夜竟如此
　　逼近你美丽的早晨!你过早辞世,
暴风雪摧折了鲜花——刚开了一半。 8

这已经过去。你如今在重霄之上,
　　群星之间:你向旋转的天宇

---

[*] 托玛斯·查特顿(Thomas Chatterton, 1752—1770):英国诗歌史上最短命的天才。他冒充十五世纪诗人罗利写出"罗利诗篇",其中有不少精彩的传奇故事。他的这些诗作虽是伪托,却充分显示出他的才华。他还写有讽刺诗和歌剧。终因穷愁潦倒,在绝望中自杀,卒年十八岁。他被看作英国浪漫主义诗歌的先驱之一,成为英国浪漫主义诗人心目中的英雄。

美妙地歌唱:友善的歌声飞扬,

　　　超越了忘恩的尘世和人间的忧惧。　　　　　　12
　　地上有好心人爱你的名字,不让
　　　贬损,用泪水灌溉你身后的美誉。

(1814年)

*　　　　*　　　　*

原诗韵式为彼得拉克式:

　　　abba　abba　cdc　dcd

译文依原韵式。(济慈的十四行诗韵式,不每首注明。有代表性的或特殊型的则注明。译文韵式依原诗,有变动时亦注明。)

致 拜 伦[*]

拜伦!你唱得如此甜蜜而忧伤!
　你让人的心灵同柔情共鸣,
　　仿佛悲悯的善心以独特的重音
弹奏痛苦的弦琴,而你在近旁, 　　　　4

记住了这乐调,便不让琴曲消亡。
　阴暗的伤心事没有减弱你令人
　　愉快的本性:你给自己的不幸
戴上清光轮,发射出耀眼的光芒; 　　　8

恰似一朵云遮蔽了金黄的月魄,
　月的边缘浸染着炫奇的辉煌,
　　琥珀色光线穿过黑袍而透射,

　　　像紫貂玉石上美丽的脉纹流荡; 　　12

---

[*] 乔治·戈登·拜伦(George Gordon Byron,1788—1824):英国杰出的浪漫主义诗人。济慈写这首诗时十九岁,拜伦二十六岁。显然,拜伦的作品打动了年轻的济慈,受到了济慈的称赞。但济慈对拜伦诗作的看法后来有了变化。参见本书第147页注②。

临别的天鹅呵！请继续歌唱，叙说
　迷人的故事，那一份甜甜的悲凉。

（1814 年）

写于李·亨特先生出狱之日[*]

当权者喜欢奉承,而贤者亨特
　　敢于进忠言,于是被投入牢房,
　　他依然自由,如云雀冲向上苍,
他精神不朽,不羁,心胸宽阔。　　　　　　　4

权贵的宠仆呵!你以为他在等着?
　　你以为他只是整天瞧着狱墙,
　　等待你勉强用钥匙开锁,释放?
不呵!他高尚得多,也坦荡得多!　　　　　　8

他在斯宾塞①的厅堂和亭院里徜徉,
　　采撷那令人迷恋的鲜花;他随同

---

[*] 李·亨特(Leigh Hunt,1784—1859):由于一八一三年在《观察家》杂志上发表评论摄政王的文章,被判犯"诽谤"罪,罚款五百镑,监禁两年。亨特在狱中继续写作,主编《观察家》,接受朋友们的探望,其中有穆尔、兰姆姊弟、拜伦。一八一五年二月二日亨特出狱,济慈曾访问他,向他祝贺。

① 斯宾塞(Edmund Spenser,1552—1599):文艺复兴时期英国诗人。作品有《牧人日历》《小爱神》等,主要作品是《仙女王》,充满着人文主义者对生活的热爱。被誉为"诗人中的诗人"。他的作品对后来的英国诗人有深远影响,济慈即其中之一。

勇者弥尔顿①向广袤的天宇翱翔:

他的天才正飞向自己的顶峰。 12
你们这一帮有一天名裂身亡,
他的美名将长存,谁敢撼动?

(1815年2月)

~~~~~~~~~~~~~~~~

① 弥尔顿(John Milton,1608—1674):英国大诗人,政论家,政治家。参加反对王政的资产阶级清教革命。力疾从公,写政论为革命辩护,为此付出重大代价,导致双目失明。王政复辟后一度入狱,丧失了大部分家产。著作有长篇叙事诗《失乐园》《复乐园》《力士参孙》等。

"女人！当我见到你爱虚荣"

女人！当我见到你爱虚荣,轻浮,
  多变,幼稚,充满了幻想,傲慢,
  缺少脉脉的温情给低垂的两眼
增色,不追悔给人以心灵的痛苦——   4

尽管用温和的目光就能消除:
  即便这时候,我仍然精神饱满,
  昂扬,我的灵魂欢乐地舞旋,
因为,为了爱,我已经长久蛰伏: 8

但当我见到你柔顺,多情,温和,
  天哪！我就更不顾一切地崇拜
  你动人的美质,我的热情烧起来——

  要做你的保护者,做一名加利多①,   12

---

① 加利多:斯宾塞的长诗《仙女王》中的骑士,他追捕并锁住了代表"毁谤"的"吼鸣怪兽"。

真的红十字骑士,做勇者勒安得①——
愿我像这些古人般为你所爱!

(1815年)

*　　　　*　　　　*

原诗韵式为彼得拉克式:
　　abba　abba　cdc　dcd
译文稍有变动,为:
　　abba　abba　cdd　ccd

---

① 勒安得(Leander):希腊神话中,青年勒安得每夜泅渡赫勒斯滂海峡(即达达尼尔海峡)去与情人希罗(Hero)相会,最后一次,希罗的灯熄灭,他溺毙在大海里。希罗找到他的尸体后,投海而死。

"哦,孤独!如果我和你必须"*

哦,孤独!如果我和你必须
　　同住,但愿不住在叠架的一栋
　　灰楼里;请跟我一同攀登陡峰,
踏在大自然的瞭望台上,看山谷, 　　　　4

河水亮晶晶,草坡上野花满布,
　　像近在咫尺;在荫蔽的枝叶丛中
　　我要紧紧守着你,看小鹿跳纵,
使野蜂受惊,从仙人钟花丛飞出。 　　　　8

虽然我愉快地伴着你寻访美景,
　　可是同纯洁的心灵亲切交往,
　　听精妙思想形成的语言形象,

是我心魂的乐事;而且我相信 　　　　12
　　这几乎是人类能有的最高乐趣,

---

* 这首是济慈公开发表的第一首诗,登在一八一六年五月三日出版的《观察家》杂志上。

37

当一双相投的心灵向你奔去。

(1816 年 1 月)

    *   *   *

原诗韵式为彼得拉克式:
  abba abba cdd cdc
译文稍有变动,为:
  abba abba cdd caa

"多少诗人把光阴镀成了黄金"*

多少诗人把光阴镀成了黄金!
　诗杰的神品永远是我的幻想
　　得到哺育的养料,美妙的诗章
或质朴,或崇高,使我深思,默吟:　　　　　4

时常,当我坐下来神驰于诗韵,
　那些华章便簇拥进我的心乡:
　　但它们没有引起刺耳的扰攘,
只是和谐地汇成动听的乐音。　　　　　　8

仿佛积聚在黄昏的无数声响:
　鸟儿歌唱,树叶飒飒地絮语,
　　流水潺潺,洪钟沉重地叩出

庄严的声音,还有那来自远方　　　　　　12

---
* 这首诗受到一些评论家的注意。有人指出:此诗之所以使人特别感兴趣,不仅因为它写出了济慈感受到的前辈诗人们以他们的诗美对济慈所施加的影响,而且在于诗中以自然界的比喻暗示了这种影响的品格。

难以辨认的千种鸣响,合奏出
绝妙的音乐,而不是聒噪喧嚷。

(1816年3月)

* * *

原诗韵式为彼得拉克式:
  abba abba cdd cdc
译文依原韵式,但 b 与 c 同,故实际上是:
  abba abba bcc bcb

给一位赠我以玫瑰的朋友*

最近我在欢快的田野上漫步,
　　正逢云雀从葱翠的翘摇丛薮里
　　掀落颤动的露珠;冒险的骑士
把凹痕累累的盾牌重新高举;　　　　　　　　4

我看到大自然把最美的野花献出:
　　新开的麝香蔷薇,它迎着夏季
　　吐出最早的甜香;它亭亭玉立,
像仙杖在提泰妮娅①手中挥舞。　　　　　　8

当我饱餐着它的芳馨的时刻,
　　我想它远远胜过园中的玫瑰:
　　可是,韦尔斯!你的玫瑰给了我,

---

* 朋友:指恰尔斯·韦尔斯(Charles Jeremiah Wells,1800—1879),英国作家,笔名叫 H. L. 霍华德(H. L. Howard),是济慈的弟弟托姆的同学。他写过小说《仿照自然的故事》(1822),诗剧《约瑟和他的兄弟们:圣经故事剧本》(1824),后者曾受到诗人罗塞蒂的称赞。

① 提泰妮娅:莎士比亚的喜剧《仲夏夜之梦》中的仙后。

我的感官就迷醉于它们的甜美： 12
　　它们有亲切的嗓音,柔声地求索
　　　平和,不渝的友谊,真理的光辉。

　　　　　　　　（1816年6月29日）

接受李·亨特递过来的桂冠[*]

一分分,一秒秒,光阴飞逝,既然
　还没有任何超凡的神圣引导
　　我的心进入得尔菲①迷宫,我就要
抓住那一闪不朽的思想来偿还　　　　　　　　4

我欠这温和诗人②的债务,他已然
　把光荣戴上我壮志凌云的额角。
　　这简直是一种痛苦:当我意识到
头上有冠冕——这两条桂枝弯弯。　　　　　　8

光阴依然在飞驰,梦却绝不似
　我想的那样辉煌——我只是看到

---

[*] 本诗和下一首十四行诗《致姑娘们——她们见我戴上了桂冠》记录了同一事件:一天,济慈在李·亨特家吃饭,饮酒之前,他们突发奇想,要学古代诗人的样子,给自己戴上桂冠。参见本书第156页题注。

① 得尔菲(Delphi):古希腊城市,城中有著名的阿波罗(Apollo)神庙。阿波罗是希腊神话和罗马神话中的重要神祇,主神宙斯(Zeus)和女神勒托(Leto)之子,司阳光、智慧、预言、音乐、诗歌、医药、男性美等之神,主要被奉为太阳神。又名福玻斯(Phoebus)、赫利俄斯(Helios)。

② 指李·亨特。

世人最珍视的头巾和王冠,以及

绝对的王权,都被一一踏倒;   12
于是我立即产生狂热的猜疑——
困惑于这一切可能存在的荣耀。

(1816年6月)

致姑娘们——她们见我戴上了桂冠

这包罗万物的大地上,什么东西
　　比桂枝编成的冠冕更可爱？想想。
　　也许是围绕月亮的光环——是三双
甜甜的嘴唇在欢乐中漾起的笑意； 　　　　4

也许你会说,是早晨带着露滴
　　绽开的玫瑰——或是神翠鸟向海洋
　　胸膛上轻轻撒下的一圈细浪；
但是这些个比拟没什么意义。 　　　　　　8

那么,世界上没东西如此美丽？
　　四月的银泪？——五月的青春光焰？
或者,促蝴蝶诞生的六月天气？

　　不呵,这些个比拟都不能夺去　　　　　12
我所宠爱的棕榈叶①——愿它永远

⎯⎯⎯⎯⎯⎯

① 棕榈叶:象征胜利。

向你们尊贵的眼睛表示敬意。

(1816 年 6 月)

*　　　*　　　*

原诗韵式为:
　　　abba　abba　cde　cde
译文略有变动,为:
　　　abba　abba　aca　aca

"对于一个长住在城里的人"

对于一个长住在城里的人,
  能见到天空明丽而开阔的容颜,
  能在蔚蓝苍穹的微笑下面
低声作祷告,这可是多么舒心!   4

谁比他更快乐?——他不求非分,
  倦了就躺在波动的青草之间,
  占个惬意的地方,开卷细看
温雅的故事,讲楚楚可怜的爱情。   8

到傍晚他走回家去,耳朵听着
  夜莺正放开歌喉,眼睛注视
片云裹一身璀璨,在天边驶过,

  他哀悼白天竟这样匆匆流逝: 12
仿佛天使的一颗泪珠坠落,
  滑过明净的太空,默默地消失。

(1816 年 6 月)

给我的弟弟乔治*

今天,我已经见到了许多奇迹:
　　初升的太阳用亲吻抹去了清晨
　　眼里的泪水;头戴桂冠的诗灵们
凭着轻柔的金黄色晚霞斜倚;——　　　　　　4

湛蓝的海洋,无边无际,负载起
　　船只,巉岩,洞穴,忧惧和憧憬,——
　　发出神秘的海语,谁听见这声音
就想到悠悠的未来,滔滔的过去。　　　　　　8

亲爱的乔治!现在,我给你写这些,
　　而月神①正从丝幔里向外稍稍
窥视,仿佛恰逢她新婚的良夜,
　　她正在欢悦的半途,沉醉逍遥。　　　　　12

---

* 乔治·济慈(George Keats,1797—1841),济慈的大弟,生于一七九七年二月二十八日。乔治后来于一八一八年六月携新婚的妻子离开英国去了美国。一八四一年十二月二十四日,乔治因肺病死于美国。

① 月神(Cynthia):亦译作辛西娅,希腊神话和罗马神话中的月神和狩猎女神,又名阿耳特弥斯(Artemis)、狄安娜(Diana)、福柏(Phoebe)。

可是,若没有跟你的思想交流,
天空和海洋的奇迹于我何有?

(1816年8月)

*　　　*　　　*

原诗韵式为彼得拉克式与莎士比亚式的混合型:
  abba　abba　cdcd　ee
译文依原韵式。

初读恰普曼*译荷马史诗

我曾经旅行过许多黄金的邦土①,
　　见到过许多州郡和王国美好;
　　我还曾经居住在西方的诸岛②——
那曾被诗人们献给阿波罗的岛屿。　　　　　4

我时常听人说起那广袤的疆域——
　　荷马的领土,在那里他蹙额思考,
　　但只有恰普曼发了言,慷慨高蹈,
我才吸到了那里的清气馥郁。　　　　　　　8

于是我自觉仿佛守望着苍天,
　　见一颗新星向我的视野流进来,

---

* 恰普曼(George Chapman,1559—1634):英国诗人,戏剧家,翻译家。他译的荷马史诗《伊利亚特》和《奥德赛》,气魄宏大,是一个很大的成功。济慈不懂希腊文,读后仿佛发现了一个新的天地,写了这首著名的十四行诗。
① 指文艺王国,国王是阿波罗(希腊神话中太阳神,同时主管光明、青春、诗歌、音乐、医药等)。
② 指英伦三岛,借指英国诗歌。

或者像壮汉柯忒斯①,用一双鹰眼

凝视着太平洋,而他的全体伙伴们　　　　　12
　都面面相觑,带着狂热的臆猜——
站在达连的山峰上,屏息凝神。

(1816年10月)

*　　　　*　　　　*

原诗韵式为:

　　abba　abba　cdc　dcd

译文略有变动,为:

　　abba　abba　cdc　ede

〰〰〰〰〰〰

① 柯忒斯(Hernando Cortes, 1485—1547):西班牙殖民者,一五一八年率探险队赴美洲大陆开辟新殖民地,一五二三年征服墨西哥。但发现太平洋的不是他而是巴尔波亚(Vasco Nunez de Balboa, 1475—1519)。他于一五一〇年带西班牙远征军到中美洲,三年后在达连地峡(即巴拿马地峡,为中美洲最狭的地带,北面为加勒比海——大西洋,南面为巴拿马湾——太平洋)的一座山峰上见到了他所要寻找的西方的大海——太平洋。

51

"刺骨的寒风阵阵,在林中回旋"*

刺骨的寒风阵阵,在林中回旋,
　　低鸣,树叶一片片枯萎,凋零;
　　天上的星星看上去那么冷峻,
而我呀还有多少里路程要赶;　　　　　　4

但我没感到天气肃杀,严寒,
　　没听到枯叶萧飒,窸窣有声,
　　没留意高空星焰如盏盏银灯,
没觉着离温暖的家有多么遥远:　　　　8

因为我心中溢满了深情厚谊,
　　是在小小的村舍里觅得;我看见
银发的弥尔顿①说不尽多少忧悒,

~~~~~~~~~~~~~~~~

* 这首诗写的是诗人对好友李·亨特的一次造访。他们在亨特的小村舍里畅谈他们倾心的大诗人弥尔顿和彼得拉克。
① 弥尔顿:参见本书第 34 页注①。

  把挚爱向溺水的好友里西达斯呈献①；   12
可爱的劳拉②身穿淡色的绿衣，
  忠诚的彼得拉克③头戴光荣的桂冠。

（1816年10月）

① 弥尔顿在剑桥大学的同窗好友爱德华·金早年溺水而死，弥尔顿曾写挽诗《里西达斯》以志哀悼。诗中的里西达斯即爱德华·金。
② 劳拉：意大利诗人彼得拉克年轻时所倾心的少女，是诗人的《歌集》中的主人公。
③ 彼得拉克(Petrarch,1304—1374)：意大利文艺复兴时期的重要诗人，其主要作品是三百多首十四行诗的《歌集》。他的创作实践使十四行诗达到较完美的境界，成为西方诗歌的一种重要体裁。

一清早送别友人们

给我支金笔,让我倚傍着一丛
　　鲜花异卉,在遥远、圣洁的仙乡,
　　给我白纸,比星星更莹白晶亮,
不然就给我天使的素手,好拨弄　　　　　　4

天堂里竖琴的银弦,奏圣乐赞颂:
　　让缀满珍珠的彩车悄然来往,
　　载着飘动的鬓发,钻石瓶,红罗裳,
半露的翅膀,流盼的美目匆匆。　　　　　　8

让仙乐悠扬,缭绕在我的耳际,
　　当美妙的乐章到达终曲的时辰,
　　让我写出高雅典丽的诗句,

描绘重霄之上的种种奇迹:　　　　　　　　12
　　我的灵魂在攀登凌霄的高峰!
　　它不会这样快就甘愿忍受孤独。

　　　　　　　　　　(1816 年 10—11 月)

给我的两个弟弟

新添的煤里乱舔着小小的火舌,
　微弱的爆裂声轻轻爬过岑寂,
　像冥冥之中的家神语声细细,
守护着兄弟友爱的温馨王国。　　　　　4

正当我上天入地把诗韵搜索,
　你们的眼睛,像睡在诗的梦里,
　凝视着这部传说,它雄辩,奥秘,
宽解着我们的烦忧,当夜幕垂落……　　8

今天是你的生日,托姆①,我高兴
　这一天过得宁静,过得平安。
　愿我们共度多少个这样温馨

　低语的夜晚,安恬地品尝世间　　　　12
　真正的欢乐,直到那伟大的声音

---

① 托姆:即托玛斯·济慈(Thomas Keats,1799—1818),济慈的二弟。济慈写此诗的这天是托玛斯十七岁的生日。两年后的十二月第一周,托玛斯死于肺病。

和颜悦色地召唤我们上天。

(1816年11月18日)

*　　　*　　　*

原诗韵式为彼得拉克式:
　　　abba　abba　cdc　dcd
译文悉依原韵式。

致 海 登[*]（一）

高尚的情操,渴念着嘉言懿行,
　　衷心倾慕伟大人物的美名,
　　往往与默默无闻的百姓为邻,
身居陋巷,或人迹罕至的树林： 　　　　4

我们认为不懂世事的天真
　　却常常具有"锲而不舍的精神",
　　这使高利贷商贾、可怜的一群
感到惊异,羞赧,无颜见人。 　　　　8

意志坚强的天才,献身于理想,
　　勇敢地劳作,赢得了无上的荣耀!
　　不屈的志士,威慑住嫉妒和中伤,

---

* 海登(Benjamin Robert Haydon,1786—1846):英国画家。一八一六年十一月,济慈经介绍认识海登。本诗是济慈第一次会见海登后写赠的。海登对艺术的热烈追求对济慈产生了深刻的影响。海登深信历史画对国民具有教育意义,把一生献给了巨幅历史画的创作。他秉性耿介、刚烈,与学院派发生激烈争吵。他的画无人购买,但他仍坚信自己的才能。他负债累累,最后发现自己不适应生存的斗争,自杀身亡。死后出版的《自传和日记》使他声名大噪。

使它们丑态毕露，有什么不好？
无数颗良心都在默默地赞扬，
　　在人们心目中，他是祖国的骄傲！

（1816年11月）

致 海 登(二)

几个伟大的灵魂①寄寓在大地上;
　一个属于云彩,湖泊,急湍,
　　精神抖擞,在赫尔韦林山巅②,
从天使的翅膀取得常新的力量;　　　　　　4

一个属于玫瑰,紫罗兰,春光,
　友好地微笑,为自由而身系铁链,
　　看啊! 他如此坚定,决不采选
一声低于拉斐尔③耳语的音响。　　　　　　8

还有另一些灵魂站在一旁,
　站在属于未来的时代的额前;
　　他们会赋予世人另一颗心脏,

　　另一种脉搏。你们难道没听见　　　　　12

---

① 指华兹华斯、亨特、海登。
② 赫尔韦林山:在英国北部,高三一八八英尺。
③ 拉斐尔(1483—1520):意大利文艺复兴时的伟大画家。

人间市场上大声的嘈杂喧嚷?①

普天下各族呵,听听吧,不必开言。

(1816年11月)

---

① 第十三行有不同版本,译者根据《哈佛古典文学系列·英国诗歌卷》译出。

厌于世人的迷信而作

教堂的钟声阵阵,阴郁地敲响,
　　召唤人们沉湎于另一种祈祷,
　　另一种幽冥,更加悲惨的烦恼,
专注于倾听布道者可怖的宣讲。　　　　　　4

无疑,人的头脑已经被捆上
　　恶毒的符咒;只见他们都抛掉
　　炉边的欢悦,舍弃温雅的歌调,
跟心地高尚的人们断绝来往。　　　　　　8

钟声不停地敲响,我感到阴凉——
　　那是坟里的寒气;我岂不明白
那些人如残灯将灭,正挨近死亡;

他们一声声叹息着,哀唤着,走向　　　　12
　　永远的沉沦;——而世上鲜花会盛开,
　　壮丽不朽的事物会接踵而来。

　　　　　　　　(1816 年 12 月 24 日)

* * *

原诗韵式为：

  abba abba cdc ddc

译文的韵式在末三行有细微的变动，为：

  abba abba cdc cdd

但 a 与 c 同。

蝈蝈和蟋蟀*

大地的歌吟永远也不会消亡:
　　尽管烈日下小鸟们晒得发晕,
　　　躲进了清凉的树荫,却有个嗓音
越重重篱笆,沿新割的草场飞扬;　　　　　4

那是蝈蝈的嗓音,他带头歌唱
　　盛夏的富丽豪华,他的欢欣
　　　永无止境;他要是吟倦兴尽,
就到愉快的小草下休憩静躺。　　　　　　8

大地的歌吟永远也不会终了:
　　在冬天落寞的傍晚,眼看严霜
　　　把一切冻入静寂,忽然从炉边

---

* 一八一六年十二月三十日,冬晚,二十一岁的诗人济慈与友人李·亨特、克拉克(Charles Cowden Clarke)共坐一室,听炉边蟋蟀高鸣。亨特建议,他和济慈即席以蝈蝈和蟋蟀为题材各写十四行诗一首,由克拉克计时。济慈同意。结果济慈先交卷,就是这首名诗。亨特的诗把蝈蝈和蟋蟀写成两个"可爱的表兄弟",但远逊于济慈的这首。

扬起蟋蟀的高歌,而炉温渐高,   12
 听的人慵倦欲睡,迷离惝恍,
  仿佛听到蝈蝈吟唱在草山。

(1816年12月30日)

    *   *   *

原诗韵式为:
  abba　abba　cde　cde
译文依原韵式,但 a 与 d 同,因而成为:
  abba　abba　cad　cad

致柯斯丘什科*

柯斯丘什科呵！你的伟大的名字
　　是一次丰收,贮满了高尚的感情,
　　在我们听来,它是宏伟的钟声
来自广宇——一种永恒的调子。　　　　　　　4

此刻它告诉我,在那未知的世界里,
　　英雄们的名字爆出来,冲破阴云,
　　化为音乐,永远悄悄地奏鸣,
回荡在无云的碧空,缭绕在星际。　　　　　8

它还告诉我,在一个快乐的日子里,
　　善良的精灵在世上行走之际,
　　　你的、阿弗烈德①的、往古时代

～～～～～～～～～～～～～～～～～～～～～～～～～

* 柯斯丘什科(Kosciuszko,1746—1817):波兰民族解放运动领导人之一,曾参加北美独立战争,屡建战功;领导反对俄、普瓜分波兰的克拉科夫民族起义,建立革命政权(1794);兵败被俘。后流亡英、法、美,死于瑞士。
① 阿弗烈德(Alfred the Great,849—899):英格兰西南部韦塞克斯王国国王,在位期间率军击败丹麦入侵者,曾下令编纂法典和《盎格鲁—撒克逊编年史》。

  伟人的名字融合起来，随即   12
 惊人地诞生出嘹亮的赞歌，远远地，
  远远地飘向上帝居住的所在。

（1816年12月）

*   *   *

此诗原韵式为：
  abba abba cde dce
译文小有变动，为：
  abba abba aac aac

给 G. A. W.*

低眉微笑和斜送秋波的少女!
 在一天之中哪个神妙的一瞬
  你显得最为可爱?是当你身临
甜蜜交谈的忘我境界之时?   4

或是当你不由自主地神往于
 宁静的思索之际?或是穿一身
  睡袍奔出去迎接灿烂的早晨,
你一路欢跃,却不踩鲜花嫩枝?   8

或许你张着可爱的红色嘴唇
 不闭拢,专心谛听时,最娇美可人。
  但你被塑造得如此完美聪颖,

 哪一种情态最好我实在说不清。   12

---

* G. A. W.:乔治安娜·奥古斯塔·威利(Georgiana Augusta Wylie)的缩写。她后来于一八一八年六月成为济慈的弟弟乔治·济慈的妻子。

正如在阿波罗面前美惠三女神①

舞蹈时谁最灵巧我同样道不明。

(1816 年 12 月)

*　　　*　　　*

原诗韵式为彼得拉克式：

　　abba　abba　cdc　dcd

译文韵式依原诗，但 b 与 c 同，b、c 与 d 同，故译文韵式实际上是：

　　abba　abba　bbb　bbb

---

① 美惠三女神(Graces)：又名卡里忒斯(Charites)，是姐妹三人，即代表喜悦的欧佛罗叙涅(Euphrosyne)，代表荣华的塔利亚(Thalia)，代表光明的阿格莱亚(Aglaia)，合称美惠三女神。她们都是宙斯的女儿。

"啊！我真爱——在一个美丽的夏夜"

啊！我真爱——在一个美丽的夏夜，
  当霞光注向金灿的西天长空，
  银亮的白云静倚着温馨的西风——
我真愿远远地、远远地抛开一切   4

鄙吝的念头，向小忧小怨告别，
  把愁结暂解；优游地寻访追踪
  芬芳的花野，美丽的造化天工，
在那里把灵魂诱向忘情的喜悦。   8

在那里叫忠肝义胆暖我的心胸，
  思念弥尔顿①的命运，锡德尼②的灵柩，
  让他们刚正的形象立在我心中：

  也许我展开诗歌的翅膀高飞，   12

---

① 弥尔顿：参见本书第 34 页注①。
② 锡德尼（Sir Philip Sidney, 1554—1586）：英国诗人，学者。一五八五年被委任为荷兰海岸行省弗拉辛的总督，一五八六年他指挥了与西班牙船队作战的聚特芬战役，身负重伤，旋即牺牲。

当悠扬的哀愁蛊惑我眼睛的时候，
我会一次次掉下甘美的泪水。①

(1816年)

        *   *   *

原诗韵式为：
    abba abba cde cde
译文在后六行中略有变动，为：
    abba abba bcb dcd

---

① 最后两行中，用听觉形容词"悠扬的"修饰抽象的"哀愁"，用味觉形容词"甘美的"修饰具体的但实际是咸味的"泪水"，是一种特殊的通感表意手法。

给——

假如我容貌英俊,我的喟叹
　　就会轻捷地飘荡过那象牙贝壳——
　　你的耳朵,找到你温柔的心窝;
恋情将拥抱我,鼓励我这份大胆。　　　　4

但是啊!我不是无敌的骑士,你看,
　　在我的胸前并没有金甲闪烁;
　　我不是山里的牧童,快快活活,
颤动的嘴唇能印上牧女的双眼。　　　　8

可我依然迷恋你,说你甘美,——
　　海布拉①的蜜汁玫瑰,浸染着朝露,
　　沉入了醉乡,远不如你这样甜蜜。

啊!我想要品尝我中意的露水,　　　　12
　　等到月神苍白的面庞显露,

---

① 海布拉(Hybla):意大利西西里岛上埃特纳火山边的古城,芳草鲜美,盛产优质蜂蜜,因而闻名。

我就凭借咒语把露水采集。

(1816年)

* * *

原诗韵式为彼得拉克式：
  abba abba cde cde
译文悉依原韵式。

"漫长的严冬过去了,愁云惨雾"

漫长的严冬过去了,愁云惨雾
  不再压向平原,从温煦的南方
  绽出明媚的晴天,病态的天空上
一切刺眼的污渍被涤荡清除。   4

从痛苦中复苏的日月心切,终于
  收回了失去的权利:五月风光,
  眼睑逗弄着即将逝去的冰凉,
像玫瑰花瓣逗弄夏雨的跳珠。   8

宁静的思绪涌起,使我们想到
  花绽——果实悄悄地成熟——秋阳
向着黄昏里静静的禾束微笑,——

萨福[①]的嫩腮,——熟睡婴儿的呼吸,—— 12
计时的沙漏里慢慢渗下的沙粒,——

[①] 萨福(Sappho):古希腊女诗人。大约生于公元前六一二年。曾被人比作女诗人中的荷马,比作第十位诗歌女神缪斯。她的抒情诗有极高的艺术成就。

林中的小溪,———一位诗人的死亡。

(1817年1月31日)

*　　　　*　　　　*

原诗韵式为彼得拉克式:
　　abba　abba　cdc　ede
译文在后六行略有变动,为:
　　abba　abba　cbc　ddb

写在乔叟的故事《花与叶》*的末页上

这个动听的故事像一座小树林：
　　甜美的诗句如鲜绿的枝叶交缠，
　　读者在这方天地里流连忘返，
走走停停，心里充满了热情； 4

他感到颗颗凉凉的露珠清滢
　　几次意外地落上自己的颜面，
　　凭着流荡的鸟鸣他留心寻探
细脚的红雀跳向哪一条幽径。 8

啊！澄净的单纯有这等力量！
　　温雅的故事有如此动人的魅力！
　　我虽然长久渴望着得到荣誉，

此刻却满足地躺在草地上，就像 12
　　那两个孩子，啜泣着，无人理会，

---

* 《花与叶》，十五世纪英国的一部寓言诗，共五九五行。被认为是乔叟（Geoffrey Chaucer，约 1343—1400，文艺复兴时期英国文学的奠基人，人称"英国诗歌之父"）的作品。

只有知更鸟听着,黯然伤悲。①

(1817 年 2 月)

*   *   *

原诗韵式为:
  abba abba cdd cee
译文依原韵式。

---

① 末二行可能暗示英国古代民歌《林中孩子》的故事:诺福克郡的一个乡绅临终时将一子一女托付给其弟照顾。其弟图财害命,雇佣两个歹徒将二孩诱入森林杀之。歹徒之一心肠较软,不忍下手,便杀了同伙,把二孩留在林中。二孩饿死。知更鸟用树叶埋葬了二孩。活着的歹徒最后自首,于是那凶恶的叔父受到严惩。

初见埃尔金石雕有感[*]

我的心灵太脆弱了——催命的无常
 沉重地压着我,像无可奈何的睡眠,
 一件件苦心的杰构、想象的峰巅、
超凡的艺术都告诉我:我必将死亡,   4

像患病的鹰隼,只向着高空怅望。
 然而哭泣又未免奢侈了,尽管
 我不能驾着云端的清风到天边
去保住那睁开眼睛的鲜丽晨光。   8

这样的惨淡经营,鬼斧神工,

---

[*] 埃尔金勋爵于一八〇六年把雅典帕尔特农神庙中的大理石雕像及大理石柱的中楣劫回英国;一八一六年英国政府购买了这些石雕,置于大英博物馆中。这些文物被称作埃尔金石雕。(法国大作家维克多·雨果在一八六一年十一月二十五日致友人布特勒上尉的信中愤怒抨击野蛮的英法联军于一八六〇年十月对中国圆明园纵火洗劫的强盗行径时,提到埃尔金父子的丑行。老埃尔金〔托马斯·布鲁斯〕即上述埃尔金勋爵,曾参与劫掠帕尔特农神庙的文物,其子小埃尔金〔詹姆斯·布鲁斯〕则是火烧圆明园的罪魁之一。)

  济慈初次见到这些被时间剥蚀的希腊艺术品,在这首诗中写下了他的强烈的、复杂的、细致而微妙的心理反应。

带给我的心以争斗,不可名状;
这些珍奇直使人目眩心痛——

希腊的壮观熬过古老的时光　　12
无情的毁损——它带来海浪的汹涌——
也带来太阳———抹雄伟辉煌。

(1817年3月)

*　　　　*　　　　*

原诗韵式为:
　　　abba　abba　cdc　dcd
译文依原韵式,但 a 与 d 同,所以实际上是:
　　　abba　abba　cac　aca

献 诗*

——呈李·亨特①先生

壮美和柔美都已经过去,消散;
　　因为当我们漫游时,迎着朝晖,
　　我们见不到袅袅的炉香飘飞——
飞向东方,去迎接微笑的白天:　　　　　4

见不到快乐的少女们成群结伴,
　　歌声婉转,带着一篮篮谷穗、
　　石竹花、玫瑰、紫罗兰,要去点缀
那迎来早春五月的万花神②圣坛。　　　8

可仍然有着诗歌这样的乐趣,
　　我将藉此感到生来有福气:
　　在一个时期,我受林木的荫蔽,

---

* 这首诗印在济慈的第一部作品《诗集》卷首,出版于一八一八年三月。
① 李·亨特:参见本书第33页题注。
② 万花神(Flora):亦译作佛洛拉,古罗马宗教所信奉的女性花神。英国的地理位置偏北,伦敦处于北纬五十一度,春季来得较迟。

虽然找不到牧神,可惬意的葱郁
我却感觉到,这样,我能够请你
哂纳这一份微不足道的献礼。

(1817年3月)

*　　　*　　　*

原诗韵式为:
  abba　abba　cdc　dcd
译文韵式依原诗而略有变化:
  abba　abba　cdd　cdd

咏 大 海*

大海发出永恒的絮语,涤荡
  荒凉的海岸,猛涨的海潮涌入
  千岩万穴,直到赫卡忒①以咒语
给一切岩洞留下幽深的空响。   4

大海也常常变得温和,安详,
  最小的贝壳偶尔落脚到一处,
  好几天不会由浪涛挪动一步,
脱缰的天风这些天暂时收缰。   8

哦!若是你眼睛受惑,倦慵,
  那就去饱看大海的恣肆汪洋;
  哦!若是你耳朵被喧哗震聋,

---

* 一八一七年四月十七日,济慈写信给友人雷诺兹,信中写有这首诗。从这封信中可以看出,济慈于前一日(四月十六日)看到海边的种种景色而受到感染,同时受到莎士比亚《里亚王》的启示,于是写了这首咏大海的十四行诗。

① 赫卡忒(Hecate):希腊神话中的月亮、大地和冥界女神,也是魔法和巫术女神。

或者听腻了多少演奏歌唱,——　　　　　　　12
那就去坐在岩洞口,冥想种种……
再惊起,恍若海仙女歌声悠扬!

(1817年4月)

*　　　*　　　*

原诗韵式为:
  abba　abba　cde　dec
译文韵式有小变动,为:
  abba　abba　cac　aca

咏勒安得画像[*]

来吧,可爱的姑娘们,沉着地来到,
 让你们带着睫帘的眼睑微启,
  放出深藏的目光,向下面凝视,
把白皙的手儿柔顺地携在一道,   4

仿佛这样温良,你们会见不着
 你们美貌的牺牲者,还没有触及,
  便变做年轻的鬼魂,沉到黑夜里,——
心神迷乱地沉入荒海的波涛: 8

是青年勒安得,正奋力游向死亡;
 近乎癫狂,他要把疲倦的嘴唇
  印上希罗的面颊,以微笑迎微笑。

 可怕的梦呵!看他的身体死沉,   12
没入水里,一瞬间肩臂亮一亮:

---

* 据加罗德(H. W. Garrod)编的牛津版《济慈诗歌全集》,此诗题为《咏好友雷诺兹小姐赠我的勒安得画像》。关于勒安得,参见本书第36页注①。

他去了;求爱的呼吸全化为水泡!

(1817年8月?)

*　　　*　　　*

原诗韵式为:
  abba　abba　cde　dec

译文依原诗,只是最后两行互换了一下:
  abba　abba　cde　dce

"英国多快乐！我感到由衷满意"

英国多快乐！我感到由衷满意：
　见英国一片葱茏，胜过他乡；
　听轻风吹过英国的高树林，低唱
古老的传说，别的风怎能相比！　　　　　4

但有时我仍恹恹地想去寻觅
　意大利天空，内心叹息着渴望
　把阿尔卑斯山峰当王座来坐上，
而浑然忘却尘世的追名逐利。　　　　　8

英国多快乐！女孩们天真烂漫：
　叫我心醉呀，她们纯朴，动人，
　　伸出雪白的胳臂默默挽着你：

但我仍热情如燃，时常想见见　　　　　12
　眼含深情的丽人们，听她们歌吟，
　　同她们一起游向仲夏的清溪。

　　　　　　　　　　　　（1817年）

题李·亨特的诗《里米尼的故事》*

若有人喜欢凝视早晨的太阳——
  眼睛半闭着,脸上是一片安闲,
  就让他带着这好听的故事在身边,
去寻访潺潺的小溪,青青的草场。   4

若有人喜欢依恋灿烂的光芒——
  天上的金星,就让他把你的诗篇
  低声吟唱给星光柔和的夜晚,
吟唱给开始行猎的女神月亮。   8

若有人懂得这样的赏心乐事,
  想以一颦一笑来解释世道,
  他会从这诗里找到自己的天地——

---

* 《里米尼的故事》,李·亨特所作诗,一八一六年出版。诗作根据但丁《神曲·地狱篇》中保罗与弗兰切斯卡的故事写成。弗兰切斯卡·达·里米尼(?—约1284)是意大利拉文纳大公的女儿,被迫嫁给马拉泰斯塔,因与夫弟保罗相爱,双双被丈夫杀死。亨特的这部诗作质量未必很高,但由于偶句运用灵活,采用普通语言,意象丰富,因而对年轻的浪漫主义诗人们有一定的启示意义。参阅本书第117页十四行诗《咏梦——读但丁所写保罗和弗兰切斯卡故事后》。

他的灵魂的遮荫亭,他会走到　　　　　12
纵横的小径里看杉树落下果实,
　　知更鸟跳跃,一片片落叶枯凋。

（1817年）

坐下来重读《里亚王》有感*

金嗓唱出的传奇呵,诗琴的清歌!
  美丽、披羽的赛人①,仙乡的女王!
  在这个冬日,收起你歌声悠扬,
合上你古老的书页,请保持缄默。   4

再会!我得再次燃烧着经过
  诅咒和热烈人生间残酷的冲撞,
  我得再次谦卑地仔细品尝
莎士比亚这又苦又甜的鲜果。   8

一代诗宗!阿尔比安②的青云!
  我们深刻而永恒的主题之肇始者!

---

* 济慈在修订自己的诗传奇《恩弟米安》的中途,停下来,再次阅读莎士比亚的伟大悲剧《里亚王》。
① 赛人(Siren):或译作塞壬、莎琳,希腊神话中半人半鸟的海妖,常以美妙的歌声诱惑经过的海员而使航船触礁毁灭。这里,"赛人"暗示济慈感到"传奇"正在诱惑自己离开诗人的主要责任而去应付"人类心灵深处的痛苦和撞击"(参阅本书第 141 页济慈《睡与诗》第 124—125 行)。
② 阿尔比安(Albion):英国的凯尔特语古称。《里亚王》的时代背景正是凯尔特族的不列颠。"一代诗宗"称莎士比亚。第九至十四行:对莎士比亚说话。

我将深深地进入这古老的橡树林①,
　不要让我在幻梦里空手漂泊: 12

等我在火中烧成灰,请给我以新生
凤凰②的翅膀,我可以随心飞行。

(1818年1月22日)

*　　　　*　　　　*

这首诗原韵式特殊,是彼得拉克式与莎士比亚式的混合型:
　　abba　abba　cdcd　ee
译文依原韵式,但a与d同,c与e同,故实际是:
　　abba　abba　caca　cc

---

① 古老的橡树林:既指《里亚王》,也指诗传奇《恩弟米安》。
② 凤凰(Phoenix):埃及神话中阿拉伯沙漠的不死鸟,相传此鸟每五百年自行焚死,然后从灰烬中再生。

"我恐惧,我可能就要停止呼吸"

我恐惧,我可能就要停止呼吸,
　　而我还没录下我的丰富的思想,
还没能像谷仓那样,使稿本山积,
　　在字里行间把成熟的谷粒收藏;　　　　4

我见到大块云,高贵传奇的象征,
　　在繁星闪烁的夜的面孔上现出来,
我自觉不久于人世,将不再可能
　　点铁成金地描绘那云块的异彩;　　　　8

我感到——你瞬息即逝的天生佳丽!
　　我将永远不可能再向你凝视,
再在那没有回音的爱情的魅力里
　　陶醉沉沦;——于是,我一人独自　　　12

站立在广大世界的涯岸上,思考……
等爱情和名誉沉降为虚无缥缈。

(1818年1月)

* * *

　　这首诗最初出现于济慈一八一八年一月三十一日给雷诺兹的信中,是济慈采用莎士比亚韵式(abab cdcd efef gg)写成的十四行诗的第一例。济慈总共写了六十一首十四行诗。其中三十九首采用彼得拉克韵式(亦称意大利韵式),即前八行(分两节)为抱韵:abba abba,后六行(分两节)用二或三个韵,但不以偶韵结束(除个别例外,如《坐下来重读〈里亚王〉有感》)。十六首采用莎士比亚韵式(亦称英国韵式),即前面十二行(分三节)为交韵:abab cdcd efef,最后两行为随韵(亦称偶句):gg。另外几首的韵式是实验性的,如《如果英诗必须受韵式约束》即是济慈想突破上述两种韵式的实验。译文基本上依原韵式,只是在某些彼得拉克韵式的后六行中稍作灵活处理。济慈的十四行诗在节奏上全部是轻重格五音步,译文以五顿代五步。

给——*

自从我陷入了你的美貌的网罗,
　　被俘于你那脱去了手套的裸手,
时间的海潮经历了五年的涨落,
　　漫长的时辰反复地渗过了沙漏。　　　　4

可是,如今我只要仰望夜空,
　　依然会见到记忆中你的目光;
我只要见到玫瑰花瓣的嫣红,
　　我的灵魂就飞驰到你的颊上。　　　　8

我只要一眼看见鲜花初绽,
　　我深情的耳朵就幻想在你的唇旁
等着听一声爱的言语,饱餐
　　它的甘美而沉入错觉:你已让　　　　12

～～～～～～～～～～
* 据说这首诗是写给一位小姐的,作者曾在福克斯霍尔见过她几分钟。这首十四行诗在情绪构架的韵律处理上,在逐渐增强的乐感上,都极似莎士比亚十四行诗。罗伯特·布立其斯(Robert Bridges)说,这首诗"简直就像是出自莎士比亚的手笔"。这首诗是一个例证,说明济慈具有与莎士比亚的天才极为接近的艺术感应力。

甜蜜的回忆冲淡了所有的喜悦,
你给我心中的欢乐抹上了悲切。

(1818年2月4日)

*　　　*　　　*

原诗韵式是莎士比亚式的:
  abab　cdcd　efef　gg
译文依原韵式,但 d 与 f 同,故实际上是:
  abab　cdcd　eded　ff

致尼罗河*

亚非利加古老月亮山的后代!
　　抚慰金字塔、统率鳄鱼的巨流!
　　我们称赞你丰饶,可就在这时候,
我们心目中有一片沙漠闯进来。　　　　　　　4

黎黑的民族你养育了千年万载,
　　你真的丰饶? 或许你是在引诱
　　开罗和德干①间平民辛苦劳作后
短暂歇息时向着你顶礼膜拜?　　　　　　　8

但愿这猜想错了! 确实没根据;
　　把自身以外的一切都当作洪荒,
　　那是无知;与我们的河流无异,

---

*　一八一八年二月十六日济慈写信给他的弟弟说:"上上星期三,雪莱、亨特和我,每人写了一首咏尼罗河的十四行诗,不久你们就会读到。"本诗就是济慈写的一首。

①　德干高原(Deccan Plateau):在印度次大陆。在开罗和德干之间有着广阔的地域,其中包括红海、阿拉伯半岛和阿拉伯海,这些地方已远离尼罗河流域。

你正在滋润绿草,领略朝阳　　　　12
欣然升起,你拥有葱茏的岛屿,
　你满怀喜悦,匆匆地奔向海洋。

　　　　　　（1818年2月4日）

致斯宾塞[*]

斯宾塞!有一个你的妒羡的崇拜者,
  隐居在你的园林深处的幽人,
昨晚他要求我答应精心写作
  一篇英文,使你的耳朵喜欢听。   4

可是,灵异的诗人呵!我无能为力——
  一个在冬日大地上长住的子民
不能像太阳神伸展火焰的羽翼,
  用黄金羽管笔写一篇欢乐的早晨。 8

他也不可能一下子摆脱苦役,
  把你的精神鼓励承受下来:
只有吸足了土壤的天然液汁,
  鲜艳的花朵才能够怒放盛开: 12

到夏天来同我作伴吧,为了敬重你,

---

[*] 斯宾塞,参见本书第 33 页注①。

也为了取悦他①,我愿意试试我的笔。

(1818年2月5日)

* * *

原诗韵式为莎士比亚式:

    abab cdcd efef gg

译文依原韵式,但b与d同,e与c、g同,故实际上是:

    abab cbcb cdcd cc

---

① 可能指李·亨特。

答雷诺兹*的十四行诗

——J. H. 雷诺兹的十四行诗最后两行是:
"黑眼睛比那些模仿
深蓝色风信子花冠的眼睛更可爱——"

蔚蓝!这是天空的生命:天空——
　月亮的疆土,太阳的广袤华堂,
笼盖金星和一切星群的帐篷,
　抱金色朝霞、青云和紫雾的胸膛。　　　　4

蔚蓝!这是水的生命:海水
　和一切入海的河流,无数湖泊
会咆哮,滚荡,翻腾,却永远不会
　平静,除非趋归于深蓝的本色。　　　　8

蔚蓝!森林绿色的表兄弟,温柔,
　跟碧绿匹配,凭诸种可爱的花朵:
勿忘我,蓝铃,隐秘王国的王后——

---

* 雷诺兹(John Hamilton Reynolds, 1796—1852):英国诗人,济慈的亲密朋友和通信者。

紫罗兰:你呵,不过是影痕,怎么　　　12

会有非凡的力量? 当你在人眼里

与命运共存时,你真是伟大无比!

(1818年2月8日)

* * *

原诗韵式为莎士比亚式:

　　abab　cdcd　efef　gg

译文依原韵式,但 d 与 f 同,故实际上是:

　　abab　cdcd　eded　ff

歌鸫说的话

附在给雷诺兹的信中 *

你呵,你的脸感到冬季的寒风,
你的眼看到雪裹云悬在薄雾中,
看到榆树梢插到凛冽的寒星间!
那春天对于你将是收获的季节。　　　　　　4

你呵,你唯一的书本是一线光明
来自极度的黑暗,而你啃它
一夜又一夜,尽管见不到太阳!
那春天对于你将是三倍的早晨。　　　　　　8

别为求知而烦恼呵——我没有知识,

---

* 一八一八年二月济慈致雷诺兹的一封信里谈到济慈有过一些想法,如:一个人阅读完美的诗或散文精华,对此沉思冥想,即以此种方式度过愉快的一生……又称思想的旅行为"勤奋的怠惰";称赞伟大作品给予人们的益处;认为记忆不能称作知识;又说,接受者和给予者是相等的受惠者,等等。然后他说,"亲爱的雷诺兹,我受美丽的晨光引导,带着闲憩的感觉,进入这些思索,——我没有读书,——早晨说,我是对的——我什么也没有想,只想到早晨,而歌鸫说,我是对的——歌鸫似乎这样说——"下面就是这首诗。

可是我的歌天生带有激情。
别为求知而烦恼呵——我没有知识,
可是夜神听我唱。思索着怠惰 12
而感到伤心的人不可能怠惰,
以为自己睡着的人,正醒着。

(1818年2月)

*　　　*　　　*

　　这是一首破格的十四行诗:结构是四四六(或四四三三),每行的节律是轻重格五音步,但不用韵,因此可视为素体十四行诗。译文以顿代步,亦不用韵。

"但愿一星期变成一整个时代"*

但愿一星期变成一整个时代,
　　我们就每周经历着相见和别离,
短短的一岁将变作千年万载,
　　人们的脸上永远是热情洋溢: 　　　　　　4

于是我们经片刻而得到长生,
　　于是时间的概念被一笔勾销,
从万古混茫中涌现的一天光阴
　　将延长,扩展,供我们尽情欢笑。　　　　8

去会见印度诞生的每个星期一!
　　去迎接每个星期二来自远东!
在一瞬之间揽住无数个欣喜,
　　留住灵魂在一次永恒的心跳中!　　　　12

朋友!今早和昨夜教会了我

~~~~~~~~~~

* 此诗在有的版本上题为《十四行诗——致约翰·哈密尔顿·雷诺兹》。

怎样怀抱住这样愉快的思索。

（1818年2—3月）

*   *   *

此诗原韵式为莎士比亚式：

    abab cdcd efef gg

译文依原韵式，但 b 与 e 同，故实际上是：

    abab cdcd bebe ff

人 的 季 节*

一年之中,有四季来而复往;
　　人的心灵中,也有春夏秋冬:
他有蓬勃的春天,让天真的幻想
　　把天下美好的事物全抓到手中;　　　　4

到了夏天,他喜欢对那初春
　　年华的甜蜜思维仔细地追念,
沉湎在其中,这种梦使他紧紧
　　靠近了天国:他的灵魂在秋天　　　　8

有宁静的小湾,这时候他把翅膀
　　收拢了起来;他十分满足、自在,
醉眼矇眬,尽让美丽的景象
　　像门前小河般流过,不去理睬。　　　　12

他也有冬天,苍白,变了面形;

---

*　这首诗最初发表于亨特的《文学袖珍本》(1819年)。济慈于一八一八年三月十八日给友人贝莱(Bailey)的信中写有这首诗。

不然,他就超越了人的本性。

(1818年3月)

* * *

此诗原韵式为莎士比亚式:
  abab cdcd efef gg
译文依原韵式,但 a 与 e 同,故实际上是:
  abab cdcd aeae ff

访彭斯墓[*]

这座小镇,教堂的墓园,圆顶山,
　　这云雾,树木,夕阳,虽然美丽,
　　却显得寒冷,陌生,像是在梦里,
很久前梦见过,现在我重新梦见。　　　　　4

短促而苍白的夏季只是从冬天
　　凛冽的寒颤中争来的片刻闪熠;
　　星星都暗淡无光,尽管像蓝宝石:
一切都是冷的美;痛苦没有完:　　　　　　8

谁能聪慧如弥诺斯①,用心去品尝
美的实体,不让病态的想象
　　伴同虚弱的傲气向美的领域

　　投掷灰黑和惨白!彭斯!我一向　　　12

---

* 彭斯(Robert Burns,1759—1796):苏格兰杰出的农民诗人,英国浪漫主义诗歌的先驱。
① 弥诺斯(Minos):希腊神话中克里特岛之王,宙斯和欧罗巴所生之子,秉公治国,死后为冥府三法官之一。

尊重你,敬爱你。伟大的诗灵呵,隐去
你的脸吧;我冒犯了你故乡的天宇。①

(1818年7月1日)

*　　　*　　　*

此诗原韵式为:

    abba　abba　cde　dec

译文略有变动,为:

    abba　abba　ccd　cdd

---

① 正在苏格兰旅行的济慈于一八一八年七月一日把这首诗寄给他的弟弟托姆,并在信中写道:"彭斯墓在教堂墓园的一角,而显得不太合我的口味,但规模大,显示人们对他的崇敬。我写这首十四行诗时处于一种奇特的心境,半睡眠状态。不知怎的,我觉得那云,天空,房屋,一切都违反希腊风格和查理曼风格。"

写于彭斯诞生的村舍*

这个寿命不过千日的身躯,
 彭斯呵!此刻进入了你的房屋,
在这里,你曾梦想过花的山峪,
 浸在幸福中,忘掉了多舛的命途!   4

你的威士忌使我的热血滚翻,
 我向你,伟大的诗魂,碰杯祝愿,
我头晕,目眩,仿佛什么也看不见,
 幻想失灵了,醉倒在它的终点;   8

可是,我还能站在你的地板上,
 我还能打开你的窗子去寻觅
你曾经一遍又一遍踏过的牧场,——
 我还能殚精竭虑地思考、想念你,——   12

---

* 济慈在一八一八年七月十三日从苏格兰写给他弟弟托姆的信中描述了他和布朗访问彭斯家乡的情景,并说,"……然后我们前往彭斯诞生的村舍……我决定在这村舍里写一首十四行诗——我写了——但写得太差,我不敢附上。"

我还能痛饮一大杯为你祝福,

在幽冥中微笑吧,这正是你的美誉!

(1818 年 7 月)

*　　　　*　　　　*

此诗原韵式为莎士比亚式:

　　abab　cdcd　efef　gg

译文依原韵式,但 a 与 b 同,c 与 d 同,a 又与 f 同,故实际上是:

　　aaaa　bbbb　cdcd　aa

致艾尔萨巨岩*

听着！你金字塔般的海上巉岩，
 请回答，用你海鸟呼啸的高嗓：
 你额上还不见阳光，你的肩膀上
还披着巨浪，那是在何月何年？   4

多久了——自从大自然使你剧变，
 从深海的梦境升到半空的睡乡？
 你睡吧，枕着雷电，倚着阳光，
让灰色云片做你冰冷的被单。   8

你不回答，因为你睡得死酣；
 你一生是先后两个死寂的永恒——
 后来在半空，先前在海底深渊；

---

* 一八一八年七月济慈和布朗在苏格兰旅行时经过西部海岸，见到海上巨岩艾尔萨。济慈在给他的弟弟托姆的信中写道："……我们慢慢攀登，最后到达群山的顶峰，一瞬间，我们见到了海上的艾尔萨巨岩，高出海面九四〇英尺，离我们十五英里远，但看上去很近。海上的奇特景观连着我们立足的地方所造成的艾尔萨形象，以及正在下的濛濛细雨，给予我一个十足的洪水泛滥的印象。艾尔萨非常突然地抓住了我，我真有点吃惊。"这首十四行诗于七月十日在格尔文的旅店里写成。

先挽着海鲸,后伴着天际的苍鹰—— 12
一次地震把你耸出了海面,
　再震也震不醒你这岩石的巨灵!

　　　　　　　　（1818年7月10日）

　　　　*　　　　*　　　　*

原诗韵式为彼得拉克式:
　　abba　abba　cdc　dcd
译文依原韵式,但a与c同,故实际上是:
　　abba　abba　aca　cac

写于本·尼维斯山巅*

缪斯呵！在云雾缭绕的尼维斯山巅,
　　给我上一堂课吧,请你高声讲!
我下窥巨壑,只见氤氲的烟岚
　　覆盖着深谷,我知道这样子正像　　　　　　4

人类心中的地狱;我仰望上面,
　　上面是愁云惨雾,人类对天堂
描述的也就是这样;尘雾正布满
　　在我下面的大地之上,像这样——　　　　8

人看自己也像是这样地朦胧!
　　这里,我的脚下是嶙峋的山石,
我知道,像个可怜、愚笨的精灵,
　　我踩着石头,我见到的一切仅仅是　　　　12

---

* 本诗作于一八一八年八月二日,此时诗人正在苏格兰旅途中。一八四八年此诗初次发表时附有一条注:"济慈从威廉堡登上本·尼维斯山。到了山顶,一片云包围了他。他坐在山石上,当云慢慢飘去之后,出现了一座连接着下面深谷的巨型悬崖,他写了这首诗。"

迷雾和巉岩,不但在这座山峰上,
在思想和智力的天地里也是一样!

(1818年8月2日)

*　　　　*　　　　*

原诗韵式为莎士比亚式:
　　abab　cdcd　efef　gg
译文依原韵式,但a与c同,b与d、g同,故实际上是:
　　abab　abab　cdcd　bb

致荷马[*]

我处在可惊的无知中,一身孤单,
　　听说到你,听说到基克拉迪群岛①,
我像一个人,坐在海岸边,渴念
　　或许在深海能见到海豚珊瑚礁。　　　　4

你竟是盲人!——但帷幔有了裂缝;
　　约夫②掀开了天幕,让你住进去,
海神③为你架设了鲸蜡帐篷,
　　牧神④叫野蜂为你唱起了歌曲。　　　　8

～～～～～～

[*] 荷马(Homer):约公元前九至公元前八世纪时古希腊行吟盲诗人,著有长篇叙事诗《伊利亚特》和《奥德赛》。
① 基克拉迪群岛(Cyclades):属希腊,在爱琴海南部。其中的德洛斯岛(Delos Isle)相传为阿波罗的诞生地,阿波罗为希腊神话中的太阳神,也是音乐之神和诗神之首。
② 约夫(Jove):即朱庇特(Jupiter),罗马神话中的主神,相当于希腊神话中的宙斯。
③ 海神(Neptune):音译为涅普图恩,罗马神话中的海洋之神,相当于希腊神话中的波塞冬(Poseidon)。
④ 牧神(Pan):亦译作潘,希腊神话中阿卡狄亚的森林之神和牧神,人身羊足,头上有角,爱好音乐。

啊,黑暗的边沿会升起亮光,
　峭壁上会出现无人践踏的绿叶;
漆黑的午夜里,晨光如花苞待放;
　彻底的盲者拥有多重的视觉;　　　　　　12

你有了这样的目力,像月神①一样——
那主宰人间、天庭和地狱的女王。

(1818年)

---

① 月神(Dian):即狄安娜。参见本书第48页注①。

"为什么今夜我发笑?没声音回答"

为什么今夜我发笑?没声音回答:
  上帝在天堂,严于应对的恶魔
在地狱,都不屑回答这句问话。
  我随即转向自己的心灵求索。   4

心灵!你和我在发愁,感到孤单;
  为什么我发笑?啊,致命的苦痛!
黑暗啊!黑暗!我无时无刻不悲叹,
  问天堂,问地狱,问心灵,全都没用。 8

为什么我发笑?我知道生存的租期,
  我让幻想伸展到极乐的境界;
但是我也许在今夜停止呼吸,
  见到尘世的彩旗一片片碎裂;   12

诗歌,名声,美人,浓烈芬芳,
死更浓——死是生的最高报偿。

(1819年3月)

咏 梦*

——读但丁所写保罗和弗兰切斯卡故事后

像赫耳墨斯①拍起轻捷的翅膀——

  这时阿耳戈斯②被催眠,昏昏睡去,

我的游魂,把得尔菲③芦笛吹响,

  对巨龙族行使魔法,予以征服,   4

从它身上剥夺了一百只眼睛,

  见到它沉沉酣睡,便飞往远处,

不去周天寒彻的伊达山④顶,

---

* 参见本书第86页《题李·亨特的诗〈里米尼的故事〉》题注。
① 赫耳墨斯(Hermes):希腊神话中众神的使者,脚上有翅膀。行走迅速,有如"神行太保"。
② 阿耳戈斯(Argus):希腊神话中的三眼、四眼或百眼的怪物,力大无穷,他睡时总有一些眼睛睁着。宙斯爱上女祭司伊俄。赫拉由于嫉妒,把伊俄变为母牛,令阿耳戈斯看守。宙斯派赫耳墨斯去救伊俄。赫耳墨斯用动听的笛声催阿耳戈斯入睡,然后砍下他的头,救出伊俄。赫拉把怪物的眼睛移到她最喜爱的鸟——孔雀的尾巴上。
③ 得尔菲:参见本书第43页注①。
④ 伊达山(Ida):特洛亚附近的一座山。据荷马在《伊利亚特》中的描述,奥林波斯的大神们就坐在这座山的最高峰上观看特洛亚战争的进行。

不去任约夫①伤心的滕陂河谷；　　　　　　　8

而去悲惨的地狱的第二圈②里，
　　这儿有狂飙突起，旋风刮来，
阵雨和暴雹肆虐，恋人们何必
　　互诉愁肠，——我见到柔唇苍白，　　　　12

我吻的红唇也苍白，而同我一道
随凄风苦雨飘动的形体——却窈窕。

（1819 年 4 月）

---

① 约夫：参见本书第 114 页注②。
② 地狱的第二圈：意大利诗人但丁在他的《神曲·地狱篇》中写自己在古罗马诗人维吉尔的带领下游历地狱，地狱共有九圈。在第二圈里受苦的大都是沉溺于情欲而忘记理性的人的幽灵。其中有弗兰切斯卡和保罗。

致 睡 眠

哦,安静的午夜里温柔的送香者①!
    你用细心而慈祥的手指合上
喜爱矇眬的眼睛,遮住光色,
    让眼睛荫蔽在神圣的遗忘之乡;   4

酣甜的睡眠呵! 如果你乐意,就请在
    你歌赞的中途,合上我甘愿的两眼,
要不就等到"阿们"②之后,你来
    把罂粟催眠的好意洒到我床边;   8

然后请救我,否则逝去的日光
    会照到我枕上,引起一串串悲哀;

请救我摆脱生性的好奇,这好奇
    依然有力气向黑暗钻进,像鼹鼠;   12
请在润滑的锁孔里巧转钥匙,

---

① 送香者:或指以香膏药物涂抹尸体使之不朽、成为木乃伊的人。
② "阿们":祈祷的结束语,表示"诚心所愿"。

把装着我的魂魄的灵棺封住。

(1819年4月)

*　　*　　*

这首诗原来的韵式较为特别,是:

  abab　cdcd　bc　dede

译文悉依原诗。

咏 名 声（一）

名声，像个任性的姑娘，对那些
　　奴颜婢膝的求爱者不动感情，
但是粗心的男孩她倒不拒绝，
　　却更倾倒于满不在乎的心灵； 　　　　4

她是吉普赛，谁要是没她作伴侣
　　便觉得不舒坦，她绝不跟他搭腔；
她水性杨花，听不进喁喁私语，
　　人们谈到她，她就认为是诽谤； 　　　　8

她是地道的吉普赛，生在奈拉斯①，
　　她是嫉妒者波提乏②之妻的妹妹；
单相思的诗人呵，用蔑视回报蔑视！
　　失恋的艺术家呵，别那么疯傻、迷醉！ 　　12

---

① 奈拉斯(Nilus)：尼罗河之神。这里指尼罗河。
② 波提乏(Potiphar)：基督教《圣经·创世记》中埃及法老的护卫长，买约瑟为奴。波提乏之妻勾引约瑟不成，反咬一口，波提乏便将约瑟投入监牢。

请向她潇洒地鞠一躬,说声再见;
这样,她要是愿意,会跟在你后面。

（1819年4月30日）

*　　　　*　　　　*

此诗原韵式为莎士比亚式:
    abab　cdcd　efef　gg
译文悉依原韵式。

咏 名 声（二）

"你不能又吃糕，又有糕。"

——谚语

这人简直在发烧！他不能心平
 气和地对待自己有限的岁月，
他折磨生命之书的每一页光阴，
 使他的美名丧失了处女的纯洁；   4

这就好比是玫瑰撷取她自身，
 李树摧折自己的雾里烟花，
又仿佛水泉女神①，捣蛋的精灵，
 用污泥浊水把仙窟净界糟蹋；   8

但是呵，玫瑰依然站立在枝上，
 任凭熏风来亲吻，蜜蜂来采蜜，
盛开的李花仍披着朦胧的衣裳，

---

① 水泉女神（Naiad）：音译为那雅得，希腊神话和罗马神话中住在河流、泉水和湖泊中的水泉女神。

湖水没被人搅浑就晶莹澄碧；

为什么，人要美誉便软磨硬求，
信奉邪神，不再想得到拯救？

(1819年4月30日)

* * *

原诗韵式为：
abab cdcd efe ggf

这是莎士比亚式与彼得拉克式变格的混合型。译文稍作变动，成为莎士比亚式的变格：
abab acac dede ff

"如果英诗必须受韵式制约"

如果英诗必须受韵式制约,
可爱的十四行必须戴上镣铐,
不管多痛苦,像安德罗墨达①般;
如果我们必须受格律调节,　　　　　　　　4
那就让我们给诗的赤脚找到
编织得更加精美的草鞋穿上:
让我们审察弦琴,掂量每根弦
发出的重音,且看勤勉的听觉　　　　　　8
和细心测试能求得怎样的音调;
正如迈达斯②那样贪爱金钱,
让我们珍惜声韵,就连一张张
枯叶也善于用来编织桂冠;　　　　　　　12
如果我们不想让缪斯脱缰,
那就让她受制于自己的花环。

(1819年5月?)

① 安德罗墨达(Andromeda):希腊神话中的埃塞俄比亚国公主,其母夸其美貌而得罪海洋女神,致使全国遭到骚扰,她为拯救国民毅然献身,被锁于巨石之旁。后为英雄佩耳修斯救出并娶为妻。
② 迈达斯(Midas):希腊神话中弗里吉亚国王,贪恋财富,能点物成金。

* * *

此诗韵式比较特殊,为:

abcabdcabcdede

其中 a、b、c、d 各出现三次,e 出现两次,交错回环,灵活多变,是济慈独创的韵式。济慈在一八一九年五月三日致弟妹的信中说:"我在努力寻找一种比现有各类更好的十四行体诗型。法定的诗型(指彼得拉克韵式——引者)不甚适合我们的语言,由于它的脚韵太跳跃;另一型(指莎士比亚韵式)则太像挽歌,而最后两行押韵又总是不易讨好。"这首诗与这封信写于大体同时。因此这首诗很可能就是诗人"努力寻找""更好的十四行体诗型"的实践。诗中的议论也正体现了他追求新形式的想法。但济慈也承认,他的尝试没有成功。他在这之后仍用莎士比亚韵式写过几首十四行诗。

译文保留了原韵式,但 c 与 e 同。

致 芳 妮[*]

我恳求你疼我,爱我! 是的,爱!
　　仁慈的爱,决不卖弄,挑逗,
专一的、毫不游移的、坦诚的爱,
　　没任何伪装,透明,纯洁无垢! 　　　　4

啊! 但愿你整个属于我,整个!
　　形体,美质,爱的细微的情趣,
你的吻,你的手,你那迷人的秋波,
　　温暖、莹白、令人销魂的胸脯,——　　　8

身体,灵魂,为了疼我,全给我,
　　不保留一丝一毫,否则,我就死,
或者,做你的可怜的奴隶而活着,
　　茫然忧伤,愁云里,忘却、丢失　　　　12

---

[*] 济慈于一八一八年秋天遇见芳妮·布劳恩(Fanny Brawne)。当时济慈二十三岁,芳妮十八岁。二人相爱,于一八一九年十二月订婚。一八二〇年九月济慈因病重,离开英国去气候温和的意大利,从此二人永别。参见本书第 131 页十四行诗《"亮星! 但愿我像你一样坚持"》。

生活的目标,我的精神味觉
变麻木,雄心壮志也从此冷却!

(1919 年 10—12 月)

*　　　*　　　*

原诗韵式为莎士比亚式:
　　abab　cdcd　efef　gg
译文依原韵式,但 c 与 e 同,故实际上是:
　　abab　cdcd　cece　ff

"白天消逝了,甜蜜的一切已失去!"*

白天消逝了,甜蜜的一切已失去!
　　甜嗓,甜唇,酥胸,纤纤十指,
热烈的呼吸,温柔的低音,耳语,
　　明眸,美好的体态,柔软的腰肢! 　　　　4

凋谢了,鲜花初绽的全部魅力,
　　凋谢了,我眼睛见过的美的景色,
凋谢了,我双臂抱过的美的形体,
　　凋谢了,轻声,温馨,纯洁,欢乐——　　　8

这一切在黄昏不合时宜地消退,
　　当黄昏,节日的黄昏,爱情的良夜
正开始细密地编织昏暗的经纬
　　以便用香幔遮住隐蔽的欢悦;　　　　12

但今天我已把爱的弥撒书读遍,

~~~~~~~~~
* 这首诗是写给芳妮·布劳恩的。参见本书第 127 页十四行诗《致芳妮》题注。

他①见我斋戒祈祷,会让我安眠。

(1819年10—12月)

   *   *   *

原诗韵式为莎士比亚式:
  abab cdcd efef gg
译文依原韵式。

---

① 指上帝。

"亮星！但愿我像你一样坚持"[*]

亮星！但愿我像你一样坚持——
　　不是在夜空高挂着孤独的美光,
像那大自然的坚忍不眠的隐士,
　　睁开着一双眼睑永远在守望　　　　　　　4

动荡的海水如教士那样工作,
　　绕地上人类的涯岸作涤净的洗礼,
或者凝视着白雪初次降落,
　　面具般轻轻戴上高山和大地——　　　　8

不是这样,——但依然坚持不变:
　　枕在我爱人①的正在成熟的胸脯上,

~~~~~~~~~~~~~~~~~~~~

* 据济慈的朋友、画家塞文(Severn)回忆,一八二〇年九月,济慈离开英国去意大利,塞文同行。在途中(九月二十八日),济慈在一本莎士比亚作品集的空页上,正对着莎士比亚的诗《恋女的怨诉》,写下了这首十四行诗。因此这首诗被认为作于一八二〇年九月二十八日,并被认为是济慈的"最后的十四行诗"。但后来,有学者发现济慈的朋友布朗(Brown)抄有同诗的另一稿,下面写明"一八一九年"。现在多数学者认为这首诗作于一八一九年。

① 指芳妮·布劳恩。参见本书第 127 页十四行诗《致芳妮》题注。

以便感到它柔和的起伏,永远,
  永远清醒地感到那甜蜜的动荡;　　　　12

永远倾听她温柔地呼吸不止,
  就这样永远活下去——或昏醉而死。

(1819年)

      ＊　　　　＊　　　　＊

原诗韵式为莎士比亚式:
　　abab cdcd efef gg
译文依原韵式,但 b 与 f 同,a 与 g 同,故实际上是:
　　abab　cdcd　ebeb　aa

抒情诗·歌谣·其他

死

I

生,若是梦,那么死,可是睡眠?
 幸福的场景可是如幻影逝去?
瞬间的欢乐消失如烟云过眼,
 我们却认为死是最大的痛苦。   4

II

多么奇怪呀,人在世上要流浪,
 要度过悲惨的一生,却不能抛开
一路的坎坷;也不敢大胆想一想
 将来的死呵,只是从梦中醒来! 8

      (1814年)

睡 与 诗

"我躺在床上,睡眠总是不愿意
来到我身边,可是我弄不明白
为什么我不能休息;在我看来,
世上没人比我的心情更平静,
因为我既不烦恼,也没有疾病。"

——乔叟

什么比夏天的风儿更加熨帖?
什么比嗡嗡的蜜蜂更令人怡悦?
蜜蜂在怒放的鲜花上稍稍停留,
随即愉快地从树荫向树荫飞走。
什么比麝香玫瑰更加安静——
开在翠绿的岛上,远离人群?
什么比山谷的葱茏更有益身心?
什么比夜莺的窝巢更隐秘幽深?
什么比科黛丽雅①的面容更安详?
什么比传奇故事更富于想象? 10

---

① 科黛丽雅:莎士比亚的悲剧《里亚王》中的女主人公,里亚王的小女儿。

只有你,睡眠!合拢眼睑的纤手!
低唱着温柔的催眠谣曲的歌喉!
绕着惬意的枕头轻翔的翅膀!
用罂粟和垂柳编织花冠的巧匠!
你呵,悄悄地把美人的头发弄乱!
你愉快地谛听晨光的赐福,祝愿
你有幸开启千万双欢乐的眼睛,
让灵活的明眸迎视旭日的东升!

但什么比你更难以想象地高贵?
什么比山里树上的浆果更鲜美? 20
比鸽子、远翔的鹰隼、天鹅的翅膀
更奇异、美丽、更光洁、庄严堂皇?
它是什么?我用什么来比方?
它有一种荣耀,没人能分享:
想到它就觉得敬畏,甜蜜,神圣,
驱散了一切尘世的凡俗和愚蠢;
它有时到来,如惊人的雷声霹雳,
或隆隆的低鸣从地下深处响起;
它有时又像一声温存的耳语,
诉说着奇妙事物的全部隐秘, 30
在我们身旁空荡的氛围中低吟;
促使我们向周遭注视,探寻,
要眼见光的形状,空气的彩图,
从隐隐颂歌中把握飘动的意绪;
要目睹光荣的桂冠,在空中高悬,

等生命结束,给我们姓名上加冕。
有时它赋予嗓音以一种荣耀,
从心的深处涌出:欢笑吧! 欢笑!
这声音直达天地万物的创造者,
成为热切的私语而飘远,失落。 40

谁见过一回太阳的灿烂光烨
和霞光万道,而觉得身心纯洁,
无愧于伟大的造物主,谁必定知悉
我说的是什么,从而欢情洋溢:
因此,我不会使他的精神不悦,
说出他凭本性已经感知的一切。

啊,诗歌! 为了你我拿起我的笔,
我还不是你那广阔的天国里
光荣的居民——我难道不会在哪座
高山的顶上跪下来,直到我觉得 50
我周身有一道炽热的华彩在燃烧,
让你的语言在我的身上缭绕?
啊,诗歌! 为了你我握紧我的笔,
我还不是你那广阔的天国里
光荣的居民,但我热切地希冀
你从圣殿里送来些清新的空气,
为了醉人,再糅合一些月桂
吐出的芳香,使我能经历一回
奢侈的死亡,我青春的灵魂将追赶

朝阳的金光,直达阿波罗座前,　　　　　　60
像新鲜的祭品;假如我承受得住
无法抵挡的快乐,我就会被带入
种种幻境,树荫下凉亭的一隅
将是极乐土,——一本永恒的书,
我可以从中抄出许多妙语,
讲到树叶和花朵,林中仙女
在游玩嬉戏,喷涌的泉水,林荫
给睡着的少女周围铺一片安宁;
还可以抄出许多诗篇,如此
奇妙,让我们惊煞那诗篇出自　　　　　　70
谁手。许多幻想会绕着我炉边
振翼飞翔,或许还能够发现
庄严之美的远景,我可以去漫游,
快乐而安静,像清澈的米安德①河流
穿过幽谷;在那里我找到一处
森严的树荫,或一方魅人的洞窟,
或一座青山,铺一身缤纷的野花
如彩衣,对这种美景我感到惊诧,
就在书板上写下可写的一切,
这一切能使人类的感官愉悦。　　　　　　80
我要抓住世界的百态千姿,
做一名巨人,并激励我的神思,
使它能骄傲地见到自己的肩上

---

① 米安德:小亚细亚西部的河,以曲折著名。

有一对要飞去抓住永恒的翅膀。

静下来想一想!生命不过是瞬间;
如一滴易晞的朝露挂在树尖
摇摇欲坠;如印第安不幸者的睡眠,
正当他的船冲向可怕的悬岩,
在蒙莫朗西①。但何必叹息悲伤?
生命是待放的玫瑰蕴含的希望; 90
生命是诵读变化无穷的故事;
是把少女的面纱轻轻揭起;
是炎夏凉风中野鸽子疾飞骤降,
是欢笑的学童,全不知痛苦忧伤,
把榆树伸出的弹性枝条当马骑。

啊,给我十年吧!我可以在诗里
征服自己;我可以大有作为,
听从我灵魂对我自己的指挥。
我可以遍历各国,看国土成串
在我的眼前展开,我还将不断 100
品尝各地的清泉。我首先前往
花神和牧神之国;我睡在草地上,
吃的是紫色的草莓,红色的苹果,
凭我的幻想去寻找种种欢乐;
抓住仙女的玉手在隐蔽的树荫,

---

① 蒙莫朗西:加拿大魁北克省南部的一条河,河口有飞瀑。

恳求躲避的面颊给一串甜吻,——
抚弄纤指,触摸白皙的肩膀,
使她们娇嗔地退缩,却硬硬心肠
用嘴唇蜇了我一口:终于同意,
我们将共读人生的美好故事。 110
有一个仙女将教会鸽子怎样
待我睡着了给我轻轻地扇凉;
另一个仙女,弯着腰灵巧地举步,
将披上绿衣,让它在周身飘舞,
她还将随心所欲地跳各种舞蹈,
朝着绿树和鲜花发出微笑:
另一个仙女招引我前去,前去,
走过扁桃花丛和茂盛的肉桂树,
进入个葳蕤绿叶世界的怀抱,
我们静静地安歇,像两粒珍宝 120
深深隐藏在贝壳里,踡伏在一起。

那么,我能否把这些欢乐舍弃?
是的,我必须抛开这些,去追寻
更崇高的生活,去发现人类心灵
深处的痛苦和撞击:瞧!我看见
一辆马车疾驰过峭拔的蓝天,
辕马的鬃毛飞动——驾车的驭手
带着辉煌的惶恐探看着风头:
马蹄轻举,沿着巍峨的云巅
奔踏而过;一会儿又轴轮飞旋, 130

车驾下降,驶入清朗的蓝天,
太阳的金眼把车轮镀成银盘。
他们如一阵旋风般继续下降;
这会儿我看见他们在绿色山岗
旁边歇下来,周围是颠簸的花枝。
那驭手打着令人惊奇的手势
向山峦和树木说话;于是马上
出现欢乐、神秘和恐惧的形状,
这些形体在一群巨大的橡树
造成的阴影面前飞速地移过去,   140
仿佛在追赶稍纵即逝的音符。
瞧它们在低诉,哗笑,微笑,哀哭:
有的举着手,嘴角是严厉的神态;
有的伸出两臂,把面孔遮盖,
直盖到耳朵;有的正青春焕发,
微笑着跨过幽影,怒放着心花;
有的回头看,而有的抬头凝视;
是的,千万形体以千万种方式
掠过——一会儿一圈可爱的女孩子
跳着舞,把光润的头发跳成乱丝;   150
一会儿展现巨翅。赶马的驭手
敬畏而专注地躬身倾向前头,
好像在倾听:哦,我真想了解
他在闪光的飞驰中录下的一切。

所有的幻象消失了——马车隐灭,

化入明亮的天光,代替这一切,
现实世界的感觉顽强地到来,
像一条混浊的小河,它硬拽
我灵魂向幻灭;但我将奋力扫除
这一切疑虑,在心里活生生记住　　　　　160
那辆马车,和那辆马车的经历——
奇异的旅程。

　　　　如今勇敢的心力
驰骋的疆场如此小,以至人类
崇高的想象竟不能自由地腾飞——
像过去那样? 她①不能备好马匹,
向阳光冲去,完成奇妙的业绩
在云端? 难道她不曾显示这一切?
从灏灏苍穹,一直到花苞绽裂
吐出的一缕幽香? 从约夫②眉间
隐含的意蕴,一直到绿茵片片　　　　　170
涌自四月的牧场? 她的神坛
在岛上也曾发过光;谁能超赶
热情的歌队③?——它唱过和谐的歌声,
这歌声直达上苍,在那里形成
永远跌宕回旋的宏伟音涛,
巨大如一颗行星,在滚动奔跑,
绕着眩目的真空永恒地运转。

〰〰〰〰〰〰〰〰〰〰

① 她:指崇高的想象。
② 约夫:即朱庇特。参见本书第114页注②。
③ 指乔叟和莎士比亚时代的诗人们。

啊,那时候缪斯们已经载满
荣誉;她们整日价无忧无虑,
除了唱歌,把波动的鬈发轻抚。 180

这一切都忘了?是的,由蒙昧状态
和浮华风尚豢养的一种教派①
使阿波罗为他的领地感到羞愧。
谁不识他的荣耀,谁就被称为
聪明人:这些人骑着一匹弹簧马,
用尽吃奶的力气前后摇晃它,
认它作珀加索斯②。啊,可悲的灵魂!
天上有风云激荡,大海有滚滚
浪涛翻卷——你们全不知。蓝天
袒露永恒的胸脯,在夏天的夜晚, 190
露水暗暗地凝聚,为了使早晨
变得更可爱:啊,美已经苏醒!
你们为什么不醒来?但是你们对
不了解的事物麻木不仁,——你们被
束缚于拙劣的教条,邪恶的指南,
墨守陈规:你们教一帮笨蛋
把诗句磨光,修剪,熨平,镶嵌,

---

① 指十八世纪英国古典主义诗人们。他们同伊丽莎白一世时期的诗歌传统是相背离的。
② 珀加索斯(Pegasus):希腊神话中生有双翼的飞马,其蹄踏出灵泉,谁喝了这泉水就得到诗的灵感。

使之像雅各的智慧魔枝①一般，
相互搭配。这工作易如反掌：
许多许多的匠人都这样戴上 200
诗的面具。倒霉的、不肖的一群！
当面亵渎了光辉的抒情诗人，
却还不知道，——不，他们高举起
破烂不堪的旗帜招摇过市，
标榜浅薄的信条，旗子上写着
布瓦洛②之流的大名！

     而你们，哦，
该翱翔在我们可爱山间的一群！
你们群体的威严已经充盈
我虔敬的胸怀，在这不洁的场所，
离这些凡夫太近，我无法追索 210
你们神圣的名字；他们的无耻，
你们不惊诧？古老哀伤的泰晤士③
不曾使你们愉悦？你们从不曾

---

① 魔枝：《圣经·旧约·创世记》第三十章三十七至三十八节载："雅各取些白杨树、杏树和梧桐树的幼枝，剥掉一部分树皮，使树枝露出白色的斑纹。他把这种树枝插在羊群前面、羊喝水的水槽里，因为它们来喝水的时候交配。羊在这种树枝前交配便生下有纹、有斑、有点的小羊。"雅各的智慧魔枝即指此。这里，济慈把十八世纪英国古典主义诗歌比作仅仅是凭某些虚伪的教条拼凑而成的骗人的货色。
② 布瓦洛（Nicolas Boileau-Depréaux, 1636—1711）：法国诗人，文学理论家，他用诗体写的文学理论代表作《诗艺》被认为是古典主义文学理论的经典。他的理论影响了英国十八世纪诗歌。
③ 泰晤士：流经伦敦的一条河。

聚集在怡人的爱汶河①边,悲声
哭泣?难道你们都已经离开
那不再生长月桂枝叶的地带?
或者你们还留下来准备欢迎
那些曾经骄傲地唱完了青春
就死去的寂寞的精灵②?正是这样:
但我想把那悲苦的时代遗忘: 220
如今是明媚的季节;你们已赐予
我们以美好的祝福;你们已编出
新鲜的花环:因为到处都可以
听到优美的音乐;——有的人③已惊起,
走出湖上水晶般清澈的住宅,
被天鹅用黑喙唤醒;从密密草莱,
静静地栖息在幽谷的树丛深处,
流出了笛音;动听的音调正飘浮
在整个大地上:你们幸福而快乐。

这是无疑的:但我们也听到,真的, 230
从诗歌内部迸出奇异的雷鸣;
其中也渗透着来自威严的强劲、
甜美的成分:但显然,那主题可是
丑陋的棍棒,诗人们——波吕斐摩斯

---

① 爱汶河:莎士比亚故乡的一条河。
② 济慈在这里想到了查特顿。有的论者认为这里还包括怀特(Henry Kirke White,1785—1806):英国诗人,终年二十一岁。
③ 可能指湖畔诗人华兹华斯。

搅乱了壮丽的海洋。① 诗乃是光之雨,

永无穷尽;诗乃是至高的伟力;

是倚着右臂半睡半醒的潜能。

她那圆圆如弓的眼睑能吸引

万千志愿的使者来为她效力,

她仍凭温和的权威进行治理: 240

但单独的力量,虽然是缪斯所产,

却像堕落的天使:只有黑暗、

蠕虫、劈裂的树木、尸衣和坟墓

能使它高兴;因为它的食物

是磨石,人生的荆棘;它已经忘记

诗的伟大的目标是化为友谊

去缓解忧伤,提高人的想象力②。

~~~~~~~~~~

① 棍棒(club)一词和第二三四、二三五两行,不同的版本有不同的文字和标点,引起校勘家的研究。这里据西林考特注本译出。波吕斐摩斯(Polyphemes):希腊神话中的独眼巨人。奥德修斯及其伙伴被波吕斐摩斯拘于洞中,波吕斐摩斯每日吃掉奥德修斯的两个伙伴。奥德修斯把波吕斐摩斯灌醉,用棍棒把他的独眼弄瞎,然后设计偕余下的伙伴逃走。这里的意思可能是:诗人们正是如波吕斐摩斯及其兄弟们那样的巨人,具有超凡的伟力,但又像瞎眼的波吕斐摩斯那样,不能适当地发挥自己的力量,只能用棍棒(诗人们写作的主题和处理主题的方式)成功地搅乱了壮丽的海洋(诗歌的海洋或人生的海洋?)而已。

② 这里所指的可能是拜伦。济慈早年热烈赞赏拜伦的诗,曾写过一首颂赞拜伦的十四行诗《致拜伦》。见本书第 31 页。但他逐渐成熟起来,他的才能朝着与拜伦不同的方向发展,拜伦的作品愈来愈不合他的口味。他一方面承认拜伦在文坛上的崇高地位,同时又认为拜伦的作品缺乏非凡的想象的素质。济慈在书信中写道:"拜伦勋爵名声显赫,但对别人没有象征意义";"在我们之间存在着巨大的差异。他(拜伦)描绘他见到的事物,我描写我想象的事物。"

可我也高兴:从苦味草丛里
桃金娘出生,胜过帕福斯①的花,
向空中伸展甜蜜的花冠,还把　　　　　　　　250
新抽的绿芽喂给静静的空间。
这里小鸟们找到了合意的帐幔,
穿越花荫,轻快地拍动翅膀,
戏咬小小的酒盅花,又引吭歌唱。
让我们从它嫩枝的周围清除
那些要把它缠死的荆棘;让小鹿——
我们匆匆离去后诞生的幼兽——
在它的下面找到鲜草坪,上面有
纯洁的花朵;那里不会有喧嚷,
只听到情人屈膝的声音轻响;　　　　　　　260
不会有半点粗鲁,只见到有人
面容温和,倚着合上的书本;
更没有扰攘,只有绿草坡静躺
在两山之间。欢迎,美好的希望!
幻想,一如她往常那样,会走进
一座座无比可爱的迷宫去旅行,
谁能讲朴素的故事使心情舒畅,
谁就被拥戴而成为诗人之王。
愿这些欢乐成熟在我死以前。

---

① 帕福斯(Paphos):塞浦路斯西部古城,美神阿弗罗狄忒的奉祀地,阿弗罗狄忒即罗马神话中的维纳斯。

会不会有人说,我的话都是胡言　　　　270
乱语？说别等耻辱赶来光顾,
我最好藏起自己愚昧的面目?
说少年呜咽想躲避可怕的雷打
就该敬畏地顶礼膜拜?什么话!
假如要隐藏,我准定让我自己
在诗的神殿、诗的灵光里隐蔽:
假如要倒下,我至少让我自己
躺在白杨树下静静的绿荫里;
覆盖我身躯的青草会修剪平整;
那里会竖起友好的纪念碑铭。　　　　280
但是,去吧,沮丧!可悲的灾难!
每时每刻都在渴望着登攀
崇高目标的人们与沮丧无缘。
虽然我没有横空的智慧,上天
没给我如许恩赐;虽然我不明白
疾风劲吹,强大的气流往来,
把人类所有变幻的思想向哪里
吹去;虽然没有伟大助人的智力
把人类灵魂的幽暗隐秘化成
清醒的想象;但在我面前始终　　　　290
滚动着宏大的理想,我从中采撷
我的自由;从中我也已察觉
诗的终极和目标。它像每一件
实物那样地清晰;正如一年
由四个季节组成一样——恰似

古老教堂尖顶上巨大的十字
直插白云般明显。所以,我必将
成为畸形的、扭曲的实体,反常,
一介懦夫,只要我说出我大胆
想象的事物时竟然眨一眨我的眼!   300
啊!我宁愿像一个狂人,冲下
陡峭的悬崖;让炽热的阳光熔化
我的代达洛斯的翅膀①,促使我
抽搐着向下迅猛地跌落!慢着!
良心不悦地嘱咐我不要偏激。
庄严的沧海,岛屿星罗着,展示
在我的面前。这需要多少辛劳!
多少时间!多少拼搏和烦恼——
我才能探知这大海有多么深广。
啊,艰巨的工程!我跪向上苍,   310
尽可以收回前言——但是啊,不!
不可能!
        为了松口气,我要讲出
一些愚见,让这次陌生的试笔
以高雅开始却就这样地完毕。
如今我胸中的纷扰已经平复:
我全心全意期待友好的帮助
为我铺平光荣的道路;我瞩望

---

① 代达洛斯(Daedalus)的翅膀:代达洛斯是希腊神话中的能工巧匠和建筑师。他用蜂蜡和羽毛做成双翼给自己和儿子伊卡罗斯插上,腾空飞去。伊卡罗斯飞得太高,太阳把蜂蜡晒化,伊卡罗斯落海而死。

兄弟的情谊——相互友善的乳娘。
我期待热心的握手给大脑送上
一首意想不到的迷人的十四行；　　　　　　320
我期待诗韵涌出时那一片宁静，
和诗韵涌出后那阵阵笑语欢声：
这显然是信息，明天要再来一次。
也许还可以从那安适的隐居室
取出一本极可珍爱的宝书，
我们下次集会时围着它阅读。
我无法再写了；因为优美的曲调
像鸽子成对，正在屋子里飞绕；
回忆那喜人的一天里多少欢悦，
这欢悦初次触击了我的感觉。　　　　　　330
从这些曲调里出现优雅的图像，
一些人俯身坐在腾跃的马车上，
快活，庄严——柔润滚圆的手指
分开浓密的鬈发；——酒神巴科斯①
从车上敏捷地跃下，而他的眼睛
直盯得阿里阿德涅的面颊羞红。
这样，当我打开画册的时候，
我忆起美妙的歌词汨汨奔流。

　　像这样一些事情永远是一连串

---

① 巴科斯(Bacchus)：希腊神话中的酒神，又名狄俄倪索斯(Dionysus)，是宙斯和塞墨勒之子。巴科斯在从冥府返回希腊途中，遇到了被忒修斯(Theseus)抛弃的阿里阿德涅(Ariadne)，娶她为妻。

安宁形象的先兆:天鹅的弯弯　　　　　　　　340
颈项移动着隐入灯心草丛:
红雀把树林里外的一切都惊动:
蝴蝶张开阔大的金色翅翼,
歇在玫瑰上,它仿佛由于狂喜
而痛苦地抖动——还有很多,很多,
我可以在我的宝库里尽情游乐:
但是我怎样也不能忘记睡眠——
他温和文静,戴一顶罂粟花冠:
假如我这些诗句还有点价值,
我一半归功于他:这样,真挚　　　　　　　　350
而谐调的乐声就让位给那同样
可爱的宁静,当我休憩在榻上,
开始追忆那令人愉快的一日。
那是位诗人的房间,他有把钥匙①
能开启欢乐的神庙。室内挂着
诗人们光辉的画像,他们高歌
在过去的时代——冷静圣洁的胸像
面对面微笑。乐观的人呵,他向
晴朗的未来托付他珍爱的名声!
这里有牧神和森林神挽弓对准　　　　　　　　360
茂密的葡萄藤叶间鼓圆的苹果,
等射中便一跃而出,用手指抓获

---

① 从这一行即第三五四行起到第三九五行,都是对诗人李·亨特书房里艺术装饰的描写。在这里,设有济慈的卧榻。本诗即是在这里写成的。

那些果子。还可以见到大理石
建筑的神殿,一群仙女这时
正跨过草地温雅地向神殿走去:
一个仙女,最美的,伸玉手指出
炫目的旭日:可爱的姊妹二人
弯下窈窕的形体使两身挨近,
护着个小小孩童轻快的跳舞:
有一些仙女在聆听,神态专注, 370
听芦笛如露珠滚动的自由颤音。
看,另一幅画上,仙女们在细心
揩干月神狄安娜畏怯的手足;——
浴池边,细布斗篷戏水般浮出
折叠的一角,随着水珠的沉降
轻轻地左右摆动:像大海汪洋
静静地涌起平稳的巨浪漫过
岩石的边缘,使耐心的海草能得
再一次摆动;海水不再来冲击,
海草在起伏波动中感到惬意。 380

萨福[1]仁蔼的面容朝下对虚空
微微地一笑;仿佛在一瞬之中
她思虑过度的颦眉已经离开
她的额角,让她孤单地留下来。

---

[1] 萨福:古希腊女诗人。参见本书第73页注①。

还有阿弗烈德大王①,眼神焦虑,
悲天悯人,像总是在听着被驱
众生的叹息;柯斯丘什科②露出
因受难而憔悴的脸色——极其愁苦。
彼得拉克,正走出浓绿的树荫,
见劳拉而惊羡不已,他的眼睛　　　　　　390
离不开她的甜美。③ 他们真幸福!
在他们身上有一双翅膀长出,
自由地展开,诗神的灿烂容光
从他们中间显出来:她从宝座上
俯视着种种我无法描述的景象。
只要我意识到我在什么地方,
睡眠就远离;尤其是在我的心里
一个个思想接踵而来,燃烧起
满腔烈火;以至于我整夜失眠,
直到吃惊于晨光已照到身边;　　　　　　400
我起身,直感到新鲜,愉快,欢乐,
打定主意从这天就开始写作
这些诗行;至于诗写得怎么样,
随它去,像父亲听任儿子去闯荡。

(1816年)

---

① 阿弗烈德大王:参见本书第65页注①。
② 柯斯丘什科:参见本书第65页十四行诗《致柯斯丘什科》题注。
③ 彼得拉克和劳拉:参见本书第53页注③、②。

　　　　*　　　　　*　　　　　*

　　这首诗是济慈早期的重要作品。在这首诗里,诗人说到他在"花神和牧神之国"里已经凭幻想找到种种欢乐,而现在他声称"必须抛开这些,去追寻/更崇高的生活,去发现人类心灵/深处的痛苦和撞击"。他的理想就是通过诗达到更深层次的人类同情心和对于自然奥秘和人生奥秘的更加热切的探索。本诗的轮廓大致如下:

　　1—84行:解释诗题,将未醒的经验与觉醒的经验作了对比。

　　85—121行:描述诗人心目中诗歌发展的步伐,也是诗人自己准备踏上的诗歌历程。其中96—98行:诗人声称"给我十年吧!我可以在诗里/征服自己;我可以大有作为,/听从我灵魂对我自己的指挥"。可惜从这时起济慈的生命只延续了不到五年时间。虽然在这段短短的时间里,济慈给世界诗坛奉献了最美的歌唱,但后世的读者仍然无不为诗人的早逝而叹息。

　　122—162行:据塞林柯特分析:"很明显,济慈在这里努力表述两种不可分割地相互联系着的概念,即:(1)只有同情地对人性进行探究之后,人才有可能同自然完全契合并理解自然的神秘的美,可以说,对自然的理解和对人性的理解是相互作用、相互影响的;(2)对自然所揭示的理想进行深思之后,肮脏的现实给人的感觉就更加敏锐,如果没有使诗人心中的理想活跃、使他免于绝望的那种幻想来支持,诗人就更加不能忍受肮脏的现实了。"

　　163—205行:对十八世纪古典主义诗歌提出强烈批评。

　　206—229行:怀念伊丽莎白一世时代的诗人们,描述他们对后代的影响。

　　230—353行:抒发对诗的理解和自己献身于诗的志愿与信念。

　　354—395行:描写李·亨特书房里的艺术装饰——一个诗的环境。

　　396—404行:在这个环境里写出本诗。

　　这首四百零四行的长诗,原诗全部是两行一押韵,译文依原诗。原诗各行均为轻重格五音步,译文以五顿代五步。

阿波罗赞歌*

I

天神！你手举金弓，

你弹奏金琴七弦，

你飘着一头金发，

你身披金色火焰，

你驾车跨越

缓慢的岁月，

你的怒火在哪儿安眠——

容忍我痴人般戴上了你的花枝，

你的桂冠，你的辉煌，

你的故事闪耀的光芒？　　　　　　　　　　10

~~~~~~~~~~

* 据伍德豪斯叙述：一天，在李·亨特的住处，济慈和亨特吃完了饭，正举起酒杯要喝酒，他们忽发奇想（可能是亨特怂恿），要学古代诗人的样子，给自己戴上桂冠。他们戴上桂冠后，恰逢亨特的两位朋友来访。客人进门前一刻，亨特从头上取下了桂冠，并示意济慈也取下。但济慈狂热地发誓说他决不为凡人取下桂冠，于是一直戴着它，直到来访结束。事后济慈说他已决定写一首向诗神阿波罗道歉的诗，不久即写成了这首未完的颂歌。关于阿波罗和得尔菲，参见本书第43页注①。

也许我是一条虫——不值得一死?

啊,得尔菲的阿波罗!

II

雷神①握着拳,握着拳,

　雷神皱着眉,皱着眉,

神鹰的羽毛似马鬃,

　愤怒地直竖着——巨雷

　　酝酿的响声

　　一阵阵低鸣,

轻吼着要冲出重围。

为什么你要怜悯我? 为什么你要

　为虫子弹琴

　到雷声消隐?

为什么不把我——可怜的幼芽击倒?

　啊,得尔菲的阿波罗!

III

七姊妹星团②:已升起,

　守望着静谧的昊天;

种子、根株在大地里

---

① 雷神:指主神朱庇特(宙斯)。他的手中有雷电霹雳作武器。
② 七姊妹星团:总称普勒阿得斯(Pleiades),阿特拉斯(Atlas)和普勒伊俄涅(Pleione)所生的七个女儿,死后化为天上的七颗星,即昴星团。

冒着芽盼夏夜盛筵；
　与大地毗邻的海洋
　　持续着亘古的动荡； 30
　这时候,谁呀,谁竟敢
疯子般把你的桂枝戴上他的额角——
　开口笑,满脸傲气,
　大声叫,亵渎神祇,
朝着你拜倒,就为了那份荣耀？
　啊,得尔菲的阿波罗！①

(1816年6月)

*　　　　*　　　　*

原诗每行的"格"无规则,但每行的长短有一定的安排。译文的格式和韵式依原诗。

---

① 济慈自认为他此时还不是成熟的诗人,就向阿波罗顶礼膜拜,自己戴上桂冠以取得诗人的荣耀,无异于亵渎了阿波罗。

致 爱 玛[*]

来吧,亲爱的爱玛,玫瑰在开放,
花神把珍宝慷慨播撒在大地上,
空气是一团温柔,溪水晶晶亮,
西天裏一身霞彩,散一片辉煌。

来吧!我们快去找清凉的树荫,
雕刻精美的石凳,林中的草坪;
那儿有仙子唱歌把黄昏赞颂,
精灵轻盈地游泳在夕阳光中。

你要是倦了,我为你找一角草地,
你可以枕着青苔和野花歇息: 10
美丽的爱玛!让我坐在你脚旁,
迷醉地把爱的故事为你细讲。

---

[*] 此诗原文第一行中的"亲爱的爱玛",初稿为"乔治安娜",第十一行中的"美丽的爱玛",初稿亦为"乔治安娜"。此诗原是济慈写给乔治安娜·奥古斯塔·威利小姐的。参阅本书第 67 页十四行诗《给 G. A. W.》的题注。

我这样痴情地呼吸,轻轻地喟叹,
你以为是爱的微风吹到你身边:
不——我吐气正挨近你的膝盖,
你会知道,叹息是由我发出来。

亲爱的,为什么我们不要幸福?
人是傻瓜,他错过这样的欢愉:
笑一笑默许吧,答应我共赴佳期,
给我以目光的柔情,嗓音的爱意!　　　20

咏美人鱼酒店[*]

已经升天的诗人的幽魂,
你们领略了怎样的仙境?
喜人的田野?苔绿的洞穴?
比美人鱼酒店更加超绝?
你们可曾啜饮过酒浆
胜过店主的加那利[①]佳酿?
天堂里出产的新鲜果品
比这些精美的鹿肉馅饼
难道更可口?啊,美食!
烹调得仿佛罗宾汉[②]壮士   10
会带着他的女伴玛丽安
用角杯和陶罐来痛饮加餐。

~~~~~~~~~~

[*] 美人鱼酒店:伦敦面包街上的一家酒店,据说由华尔特·罗利爵士(1554?—1618,诗人,探险家,历史家)所创设。来这里光顾的有莎士比亚、多恩、本·琼森、波芒、弗雷彻等。这是个当时文人经常聚会的地方。

[①] 加那利:一种葡萄酒,原产于北大西洋东部加那利群岛。它经常出现在伊丽莎白一世时代的文学作品中。

[②] 罗宾汉(Robin Hood,音译应为罗宾·胡德。"罗宾汉"是上海方音的音译,已通用):英国民间传说中的绿林好汉。他劫富济贫,大约活跃在十三世纪的英国。

我曾经听人说过,有一回
店主的招牌不翼而飞,
没人知道它飞到了哪里,
直到占星家古老的羽笔
记下了故事在羊皮纸上——
说见到你们身披神光,
在簇崭新的老招牌下方
啜饮着天赐的玉液仙浆,　　　　　　　　20
心满意足地举杯祝赞
黄道带①上开美人鱼酒店。

　　已经升天的诗人的幽魂,
你们领略了怎样的仙境?
喜人的田野?苔绿的洞穴?
比美人鱼酒店更加超绝?

(1818 年)

　　　＊　　　　　＊　　　　　＊

　　本诗共三节。各行为重轻格四音步。韵式为两行一押的随韵。译文以四顿代四音步,韵式依原诗。

---

① 黄道带:天球上黄道两边各八度的一条带,日、月和主要行星的运行路径都处在黄道带内。古人把黄道分为十二段,称"黄道十二宫"。其第六宫为"室女",这里暗与美人鱼吻合。

仙子的歌

不要哭泣呵！不要流泪！
花儿明年会再放蓓蕾。
别再流泪呵！别再哭泣！
花苞正睡在根株的心里。
擦干眼睛呵！擦干泪水！
我从天堂里学会了怎样
把美妙歌曲倾泻出胸膛——
　　　　不要流泪。

看看上头！瞧瞧上面！
在红白相映的鲜花中间——
向上看,抬头瞧。我拍动翅膀,
飞在茂盛的石榴枝上。
瞧啊！用这银白的嘴唇
我永远治愈好人的疾病。
不要哭泣呵！不要流泪！
花儿明年会再放蓓蕾。
再见,再见！——我飞了,再见！
我将消失在无边的蓝天——

再见！再见！

（1818年）

*　　　　*　　　　*

本诗共两节。第一节八行，韵式为 aabbccca。第二节十一行，韵式为 ddcceeaadd。各行轻重格和重轻格交替出现。除两节末行为二音步外，各行均为四音步。译文以顿代步，韵式依原诗。

雏 菊 的 歌

太阳,巨大的眼睛,
不如我视野宽广;
月亮,骄傲的银辉,
也会被乌云遮挡。 4

春天啊——春天来了!
我活得快活,像国王!
我倚在茂草中,窥见
每一个漂亮的姑娘。 8

没人敢看的,我看,
没人凝望的,我凝望;
黑夜临近了,羊羔
为我把催眠曲歌唱。 12

(1818 年)

你到哪儿去,德文郡姑娘?

1

你到哪儿去,德文郡姑娘?
　　你的篮子里,装的什么货?
娇小的天仙,来自乳品间,
　　你可愿拿点奶油饼送给我? 　　　　　　4

2

我喜爱你的草地和野花,
　　我喜爱你的甜美的食品,
我更爱在门后,把你吻个够,
　　呵,别那么不屑地瞟人! 　　　　　　8

3

我喜爱你的山峰和溪谷,
　　我喜爱你的羊群咩咩叫——

哦,让我们双双在花草地上
　　躺着听彼此的心儿猛跳! 12

4

让我把你的篮子藏好,
　　把你的披巾挂上柳梢;
我们会叹息,使雏菊惊奇,
　　我们来枕着青草吻抱。 16

(1818年3月)

*　　　　*　　　　*

本诗原文四节,每节四行,韵式均为 xaxa(x 为不押韵)。各节第三行有行内韵(internal rime),译文韵式依原诗,行内韵也照样移植。

梅格·梅瑞里斯*

梅格是个吉卜赛老妇,
　　她在旷原上居住:
她把荒漠草野当作床,
　　把天地当作家屋。

黑刺莓浆果作她的苹果,
　　金雀花荚作葡萄干,
白玫瑰露水作美酒佳酿,
　　坟墩作她的书卷。

巍峨的峰峦是她的弟兄,
　　落叶松是她的姊妹;　　　　　　　　　　10

---

* 梅格·梅瑞里斯:原是司各特的小说《盖伊·曼纳霖》(发表于一八一五年)中的人物——一个吉卜赛老妇。小说写一个地主的儿子被恶人陷害,拐到印度,在盖伊·曼纳霖上校手下服务。恶人霸占了地主的庄园。梅格·梅瑞里斯挺身而出,对恶人作了殊死的斗争,取得成功,但最后牺牲了生命。一八一八年六月,济慈偕朋友布朗徒步到湖区并赴苏格兰旅行,经过柯库布莱郡,见到小说《盖伊·曼纳霖》的背景所在地。布朗曾把梅格·梅瑞里斯这个人物描述给济慈听。济慈见到一处景色,惊呼:"毫无疑问,这就是老妇梅格·梅瑞里斯煮锅的地方!"七月二日,济慈把他写好的这首诗寄给了他的妹妹弗兰西斯。

她和伟大的家人一同
　　生活得称心快慰。

多少个早晨她没吃早点,
　　多少个中午没午餐,
她只要紧紧地盯着月亮,
　　就可以不吃晚饭。

每天早上她采摘忍冬花,
　　用来制作花环,
每夜她编织幽谷的紫杉,
　　她的歌儿唱不完。　　　　　20

她用粗糙暗褐的手指
　　把灯心草垫编成,
她在林子里遇见村民,
　　就把草垫子相赠。

梅格勇敢,像玛格丽特王后,
　　高大,与亚马孙[①]比攀;
她的头上是一顶破草帽,
　　身上是红色旧披肩。

---

① 亚马孙(Amazon):希腊神话中居住在黑海边的一族女战士,以强悍刚勇著称。

上帝安葬了她的老骨头：
她死在很久以前。 30

（1818 年 7 月 2 日）

罗 宾 汉 *

——给一位朋友

那个时代呵,已云散烟消,
那些时辰呵,已陈旧苍老,
一分一秒都已经葬入
人们脚下踩踏的无数
年月的落叶织成的棺椁:
冬天的剪刀,封冻的北国,
寒冷的南方,已经多少回
把狂风暴雨掀起来带给
林中碎叶的宴会,那时
人们不知道租赁为何事。   10

 呵,再没有号声嘹亮,
再没有弓弦嘣嘣作响;
越过山巅,飘过林地,
牙笛的尖鸣早已沉寂;
树林中央再没有高笑,

---

* 罗宾汉:参见本书第 161 页注②。

只有回声①把余音袅袅
留给人们,听的人奇怪
野林深处有说笑传来。

到了六月美好的时刻,
你可以披着阳光或月色,   20
或者由七颗明星②照亮,
或者由北极光指路前往;
但是你永远不会再看见
勇敢的罗宾汉以及小约翰③;
他们一伙里,再没有好汉
用手敲击空空的铁罐,
哼出古老的打猎歌调,
漫步在满眼绿色的小道,
沿着特伦特④牧场走去
会见美丽的女主人"欢愉";   30
他已经留下逗人的故事——
预报要痛饮美酒的信使。

消逝了,快活喧闹的舞蹈;

---

① 回声(Echo):音译为厄科,希腊神话中的回声女神。她是居于山林水泽中的仙女,因爱恋美少年那喀索斯(Narcissus)遭到拒绝,憔悴消损,最后只留下声音。
② 七颗明星:希腊神话中的普勒阿得斯(Pleiades)。参见本书第 157 页注②。
③ 小约翰:传说中的绿林好汉,罗宾汉的同伙。
④ 特伦特(Trent):英格兰中部河流。

消逝了,盖米林①的歌声缭绕;
消逝了,紧束腰围的强盗,
他们不再在绿林里逍遥;
一切都逝去了,云散烟消!
如果罗宾汉突然从青草
覆盖的坟墓里一跃而出,
如果玛丽安②能够再度 40
在她的绿林里消磨时光,
她将会哭泣,而他会发狂,
会咒骂,因为他的橡树群
会被造船厂伐下做船身,
在大海的咸水里泡烂浸坏;
她会哭,因为野蜂不再
为她嗡嗡唱歌——真希奇!
不付现金就得不到蜂蜜!

就这样;可我们还要歌赞:
光荣归于古老的弓弦! 50
光荣归于号角声声!
光荣归于原始森林!
光荣归于绿色的林肯郡!
光荣归于神奇的射箭人!

---

① 盖米林(Gamelyn):乔叟的作品《盖米林的故事》中的主人公。这故事同罗宾汉的故事有着很近的"血缘关系"。
② 玛丽安:传说中的人物,罗宾汉的女伴。

光荣归于精悍的小约翰,
还有他的马儿不一般!
光荣归于勇敢的罗宾汉,
他正在灌木林里睡得酣:
光荣归于姑娘玛丽安,
以及全体舍伍德好汉! 60
他们的时代虽已飞逝,
咱俩可还要试唱颂诗。

(1818年2月3日)

关于我自己的歌

——摘自致芳妮·布劳恩的一封信*

有一个淘气的男孩,
　淘气的男孩就是他。
他一跑跑到苏格兰,
　把人情世故来观察——
　　于是他发现,
　　跟英格兰比,
　　那里的土地
　　同样硬,
　　那里的尺寸
　　同样长,
　　那里的歌唱
　　同样美妙,
　　那里的樱桃
　　同样红艳——
　　那里的铅

---

* 这首诗最初写在济慈致芳妮·布劳恩的一封信里,信的日期是一八一八年七月二日。原诗共有四节,这里译出的是第四节。

同样沉甸甸,
　　那里三七
　　同样是二十一,
　　那里的门
　　同样是木头制成——　　　　　　20
于是他站着发呆,
　　觉得真奇怪,
　　　真奇怪,
他站着发呆,
　　觉得真奇怪。

(1818年7月2日)

诗 人 颂

写在波蒙特和弗雷彻的悲喜剧《旅店里的美女》卷首空页上。

歌唱激情和欢乐的诗人,
你们在尘世留下了灵魂!
你们可也有灵魂在天国,
到新的世界过双重生活?
是的,你们天上的灵魂
浑然交融于日球和月轮;
交融于喷泉奇妙的声响,
以及轰轰然雷霆的振荡;
与天庭的林木一同低语,
你们彼此以安闲的心绪   10
坐在极乐世界的草地上,
有猎神①的小鹿吃草在旁;
大朵的蓝铃花如帏帐荫庇,
雏菊散发出玫瑰的香气,

---

① 猎神(Dian):即狄安娜,罗马神话中的狩猎女神和月神。

玫瑰花拥有自己的芬芳,
那是尘世间绝无的异香;
夜莺在这里鸣啭歌喉,
不唱那麻木不仁的事由,
唱的是悦耳的神圣真谛;
流畅的诗句蕴含哲理, 20
金铸的历史和传说掌故
把天堂的秘密娓娓讲述。

　这样你们居住在高天,
也就再度生活在人间;
你们留在地上的灵魂
教世人怎样去寻找你们,
找你们另外的灵魂在何处
逍遥,永远不睡觉,不餍足。
你们尘世的灵魂向凡人
述说着自己短促的一生; 30
讲到一桩桩欢乐和悲苦,
以及一件件激情和怨怒;
倾谈自己的耻辱和荣光,
什么在鼓劲,什么在刺伤。
你们就每天教人以明智,
虽然早已经远离尘世。

　歌唱激情和欢乐的诗人,
你们在尘世留下了灵魂!

你们也都有灵魂在天国,
在新的世界过双重生活! 40

(1818年8—12月)

幻　想

应当永远让幻想漫游，
欢乐决不在家里停留：
甜蜜的欢乐一触就化掉，
像大雨激起的一个个水泡；
那就让插翅的幻想去流浪，
穿过那不断扩展的思想：
快敞开心灵牢狱的大门，
她会冲出去，飞向青云。
甜蜜的幻想呵，让她脱缰；
夏天的愉悦被享足就消亡，
春天的种种赏心乐事，
等花开花谢一切都流逝：
秋天的果实如圆唇红透，
雾霭里，露水下，一个个成熟，
尝够就生厌：那该怎么办？
你可以坐在炉火旁边，
看干柴着火，熊熊燃烧，
那是冬夜的精灵在舞蹈；
无声的大地全被覆盖，

经农家男孩用厚靴一踩,　　　　　　　　　　20

整块的白雪就变得零乱;
这时候黑夜和中午会见,
在暗中策划,秘密商量
怎样把黄昏从天空流放。
你尽管坐着,肃穆安泰,
派遣幻想出使到域外,
给她崇高的使命:派她去!
她自有臣仆替她服务;
不怕严霜,她将会带回
大地丢失的千娇百媚;　　　　　　　　　　30
她将会给你带来一切
盛夏季节的欢欣喜悦;
五月的蓓蕾,铃花,采自
带露的草地,多刺的树枝;
秋天堆积的丰盈财富,
她会神秘地在暗中偷出,
把种种欢乐协调在一起,
像三种美酒在一只杯里,
你将喝干它:你还会听到
远方清亮的丰收歌调;　　　　　　　　　　40
收割庄稼的窸窣声音;
可爱的小鸟赞颂早晨:
就在这同一时刻——你听!
云雀鸣啭在四月初旬,

181

忙碌的乌鸦呱呱乱叫,
正在搜寻着树枝和稻草。
你呀一眼就能够看见
雏菊和金盏花在你面前;
百合披白羽,还有篱笆旁
初醒的樱草花盛开怒放;　　　　　　　50
风信子:五月中旬的花女王,
仿佛蓝宝石,在树荫里隐藏;
同一阵甘雨把珍珠抛洒
给每片树叶,给每朵鲜花。
你将会看见田鼠饿瘦,
不再冬眠,向洞外探头;
还有瘦蛇越过了冬天,
把蛇皮蜕在向阳的河沿!
斑驳的鸟蛋你会目睹,
在山楂树丛里正被孵育,　　　　　　　60
母鸟的翅膀一动不动
落在生满苍苔的巢中;
接着蜂巢里抛出群蜂,
一片骚乱和一片惊恐;
成熟的橡实被纷纷打落,
秋天的微风轻轻地唱歌。

　　甜蜜的幻想呵,让她脱缰;
天下万物被耗尽就消亡:
哪里有红颜永不凋零,

永远悦目?哪里有美人 70
成熟的嘴唇永远鲜妍?
哪里有眸子,不管多蓝,
能永远迷人?哪里有容颜
在任何地方都可以看见?
哪里有嗓音,尽管温馨,
能时刻听到,恒久长新?
甜蜜的欢乐一触就化掉,
像大雨激起的一个个水泡。
那就让插翅的幻想给你
带来个姑娘合你的心意: 80
像刻瑞斯①的女儿,两眼柔美,
还没从痛苦之神学会
怎样皱眉,怎样责怪;
她的腰身如此洁白,
白得像赫柏②,她的腰带
一下子从金扣滑脱下来,
她的衣裙跌落到脚背,
她手里捧着芳醇的酒杯,
约夫醉倒了。——快快剪开
捆住幻想的丝绦网带; 90

~~~~~~~~~~~~~

① 刻瑞斯(Ceres):罗马神话中的谷物和耕作女神,她的女儿指她和朱庇特(宙斯)生的普罗塞嫔,即希腊神话中的佩耳塞丰。参见本书第20页注③。
② 赫柏(Hebe):希腊神话中的青春和春天女神,原为斟酒女神,是宙斯和赫拉的女儿。

快快打破囚她的牢狱，
她就会带来这许多欢愉。——
应当让幻想插翅漫游，
欢乐决不在家里停留。

（1818年8—12月）

歌

呵,十二月凄凉的寒夜里,
一棵快乐的、快乐的树,
你的枝柯从来不牵记
曾经有过的绿色幸福:
北方的雪雨呼啸逞强,
绝不能把你的枝柯摧伤;
化雪的料峭也无法阻挡
春天在你的枝头吐蕊。

呵,十二月凄凉的寒夜里,
一条快活的、快活的溪涧,
你的水沫从来不牵记
太阳神阿波罗夏日的容颜;
只是带着甜甜的忘却,
让细浪凝固成一片莹洁,
对这冰封雪冻的季节,
你决不、决不撒气,怨怼。

啊,但愿少男少女们

都跟你们的遭际相似!
但是他们之中有谁人
对欢乐消逝不心痛神驰?　　　　　　20
世事无常,人们都感知,
这种创伤,却无法医治,
麻木也不能使变化停止——
这些从未表露在诗内。

(1818年10—12月)

*　　　*　　　*

　　原诗共三节,每节八行,韵式为 ababcccx。各节末行的 x 为同一个韵。译文依原韵式。原诗每行三音步,译文每行作四顿处理。

睡着了,睡一会儿吧

睡着了!睡一会儿吧,纯白的珍珠!
让我跪下,让我为你祈祷,
让我唤醒天国的福祉降临你的眼睛,
让我的呼吸融入那幸福的空气——　　　　4
那空气拥抱着、接触着你的周身,
我起誓:为你服役,牺牲自己,
我突发的崇拜呵,我伟大的爱情!

(1818年?)

*　　　*　　　*

原诗为轻重格五音步素体诗(即无韵诗)。译文以顿代步。译文中的韵是无意中的巧合。

歌

我有只鸽子,这可爱的鸽子死了;
  我想它的死是因为太伤心了:
啊,它为什么伤心?它的两只脚
  被我亲手纺出的银线捆紧了。　　　　　　　4

又红又小的脚,多可爱!你为什么死去?
为什么离开我,可爱的鸟?什么缘故?
你曾经单独地生活在树林里,
漂亮的东西!为什么不跟我生活在一起?　　8
我时常吻你,给你洁白的豌豆吃;
你为什么不愉快地活着,像活在绿色树林里?

(1818 年 12 月)

冷酷的妖女[*]

"为什么你这样痛苦呵,骑士——
　　脸色苍白,独自彷徨?
湖上的芦苇已经枯萎,
　　也没有鸟儿歌唱。

"为什么你这样痛苦呵,骑士——
　　形容憔悴,神情沮丧?
松鼠的窝里已贮满粮食,
　　收获都进了谷仓。

"我见你额角白如百合,
　　渗出热汗像颗颗露珠,
我见你面颊好似玫瑰
　　正在很快地干枯。"

---

* 此诗原题为 La Belle Dame sans Merci(冷酷的妖女),出自法国诗人阿兰·夏尔蒂埃(Alain Chartier,1385—1435),他最著名的诗就题为 La Belle Dame sans Merci(1424)。英文译本约出现于一五二六年,假托译者为乔叟。

"草地上我遇到一位姑娘,
　　美丽妖冶像天仙的娇女,
她头发曼长,腿脚轻捷,
　　有一对狂放的眼珠。

"我为她做了一顶花冠,
　　做了手镯和芬芳的腰带;
她对我凝视,像真的爱我,
　　发出温柔的叹息来。　　　　　　　　　　20

"我抱她骑在马上慢慢走,
　　整天除了她,什么也不瞧;
她侧过身子倚着我,唱出
　　一支仙灵的歌谣。

"她为我找来美味的草根,
　　天赐的仙露和野地的蜂蜜,
她用奇异的语言说话,
　　想必是'我真爱你'!

"她带我到她的精灵洞里,
　　她流下眼泪,深深地悲叹,　　　　　　　30
我用四个吻阖上了她那
　　狂放的、狂放的两眼。

"她在洞子里哄我入睡,

于是我做了——啊啊！灾难！
我做了从没做过的噩梦呵，
　　在这凄冷的山边。

"我梦见国王,王子,武士,
　　他们的脸色全是死白;
他们叫道:'冷酷的妖女　　　　　　　　40
　　已经把你也抓来!'

"幽暗中我见到他们张大了
　　饿嘴,发出可怕的警告,
我一觉醒来,发现自己
　　在这凄冷的山腰。

"所以我就在这里逗留,
　　脸色苍白,独自彷徨,
虽然湖上的芦苇枯了,
　　也没有鸟儿歌唱。"

　　　　　　　　　（1819年4月28日）

叙 事 诗

伊萨贝拉

或

罗勒花盆

采自薄伽丘的故事*

1

美丽的伊萨贝尔,纯情的伊萨贝尔!
罗伦佐,爱神眼里朝圣的年轻人!
他们两人在同一所华屋里居住,

---

* 薄伽丘(Giovanni Boccacio,1313—1375),意大利作家,杰出的人文主义者和意大利文艺复兴的先驱。他的作品有传奇、史诗、叙事诗、十四行诗、短篇故事集、论文等。他的《十日谈》是欧洲文学史上第一部现实主义巨著。济慈的这篇《伊萨贝拉》取材于《十日谈》中第四日的第五个故事,情节框架与原作基本相同,个别地方略有出入:主人公原名莉沙贝达;原有三个哥哥,被改为两个;三兄弟原为怕家丑外扬而谋杀罗伦佐,被改为女主人公的哥哥原打算把妹妹嫁给一名贵族,眼看此计将落空,于是起了杀心;原来知情的女仆被改为事先并不知情的保姆;事情发生的地点原为墨西拿(在西西里岛),被改为佛罗伦萨。济慈丰富了许多细节,特别是女主人公的心理刻画,加以诗的创造。诗中第十四、十五、十六节,描写两个哥哥靠残酷剥削工人而成巨富,深刻地描绘了被剥削者的悲惨处境,这是济慈添加上去的。爱尔兰作家伯纳·萧曾指出,这几节诗中所写的场景集中表现了马克思在《资本论》中有关资本剥削的原理。

怎能不心头骚动,思恋成病;
他们坐下来进餐,只要相互
　假依在一起,怎能不感到称心;
确实,他们在同一屋顶下入睡,
怎能不梦见对方,夜夜流泪。　　　　　　8

2

每天早晨,他们的柔情更浓,
　每天傍晚,他们的痴情更深;
他无论在屋里,田间,园中走动,
　眼睛里见到的全是她的倩影;
他情意绵绵的嗓音在她耳中
　比树叶萧萧、幽溪潺潺更动听;
她的琴弦回荡着他的名字,
她因这名字乱了手中的针黹。　　　　　16

3

他知道谁的柔手按上了门闩,
　不用等门开把她推送到眼前;
他能够从她闺房的窗口窥见
　她美的姿容,比鹰眼看得更远;
他守望,像她的晚祷,持常不变,
　因为她的脸仰望同一片苍天;
他熬过漫漫长夜,苦苦地盼望

听她早起下楼的脚步声踏响。　　　　　　　24

4

漫长的五月,经历了痛苦的相思,
　　六月来临,他们的脸色更苍白:
"明天我要向我的所欢屈膝,
　　明天我要向情人恳求青睐。"——
"啊,罗伦佐,我愿在今夜死去,
　　如果你不把爱的歌曲唱出来。"——
他们只对着枕头这样说;唉!
苦涩的日子他一天一天地挨;　　　　　　　32

5

伊萨贝拉的没被碰过的嫩颊
　　本该红扑扑,现在却一脸病容,
清瘦得就像年轻的母亲,当她
　　想用摇篮歌减轻婴儿的病痛:
"她多么苦恼,"他说,"我不该说话,
　　但我想坦率告诉她我爱在心中:
假如眉目能传情,我要饮她的泪,
至少这能够把她的忧烦斥退。"　　　　　　40

6

一天清晨他这样自语着,整日
　　他的心在撞击胸膛,猛烈跳动;
他暗暗向心灵祈祷,希望自己
　　有胆量表白,但是他热血奔涌,
窒息了嗓音,把决心再次推迟——
　　虽然对新娘的思念燃烧在胸中,
但随之而来的是孩子般的胆怯:
可叹!热恋是这般胆怯又狂野! 48

7

假如伊萨贝尔的锐眼没领悟
　　他的前额透露的每一个征兆,
他就会再次失眠,内心痛苦,
　　挨过相思的长夜,凄楚烦恼;
她见他额头苍白,表情僵木,
　　立刻羞红了面颊,柔声说道,
"罗伦佐!"——她欲语又止,想问又怯,
他却从她的音容明白了一切。 56

8

"啊,伊萨贝拉,我只有一半把握——

我可以把我的痛苦说给你听；
假如你相信过什么事情，那么，
　　请相信我多么爱你，我的灵魂
已临近毁灭：我不用唐突的紧握
　　来压痛你的手，不用大胆的紧盯
来冒犯你的眼；但我活不过今夜，
如果我不把满腔的情愫倾泻！　　　　64

9

"我爱！你在引导我走出严寒，
　　姑娘！你在带领我奔向盛夏，
我定要品尝一朵朵沐着温暖、
　　迎着美丽的晨光开放的鲜花。"
他原先羞怯的嘴唇变得勇敢，
　　同她的嘴唇如诗韵成对相押：
他们感到无比的幸福和愉快，
欢乐如六月抚育的鲜花盛开。　　　　72

10

告别时刻，他们高兴得飘飘然，
　　一对被和风吹散的并蒂玫瑰
准备更加亲密地合拢成一片，
　　把对方内心的芳馨吸取，融汇。
她走向闺房，吟着优美的诗篇，

歌唱爱情的美妙,被爱的欣慰;
他踏着轻快的脚步登上西山,
向太阳告别,心里充满了喜欢。　　　　　　80

11

他们又秘密相会,那时候黄昏
　还没有揭开帷幕,让群星闪现,
他们每晚都幽会,那时候黄昏
　还没有揭开帷幕,让群星闪现,
躲入风信子和麝香馥郁的花荫,
　不让人知道,避开私议的人言。
啊!但愿他们俩能永远这样,
别让闲人取悦于他们的悲伤。　　　　　　88

12

他们会不会不快乐?——那不可能——
　我们为爱侣洒过太多的泪滴,
我们用太多的喟叹酬答过他们,
　在他们死后给过太多的怜惜,
看过太多的哀感故事,其内情
　最好能铸入灿烂的黄金字体;

除了这一页,讲到忒修斯的配偶①
　　远隔着大海对丈夫遥遥恭候。　　　　　　　96

13

不过,爱情给予的奖赏无需过度,
　　片刻的欢愉能消弭长期的辛酸;
尽管狄多②已安息在密林深处,
　　伊萨贝拉忍受着巨大的磨难,
尽管罗伦佐没被印度丁香树
　　温暖的香气熏醉,可真理没变——
就连小蜜蜂,向春花丛中求恩赐,
　　也知道毒花里藏着丰富的蜜汁。　　　　　104

14

这美人和两个哥哥住在一起,
　　祖传的财货使他们家境富裕,
在火炬照明的矿坑、喧闹的厂里
　　有多少劳工为他们挥汗如雨,

---

① 指阿里阿德涅。忒修斯是希腊神话中的英雄,雅典王埃勾斯的儿子。他在克里特王弥诺斯的女儿阿里阿德涅的帮助下,杀死了每年要用七对童男童女喂养的怪物弥诺陶罗斯。他带走了阿里阿德涅,后来又把她遗弃在那克索斯岛上。
② 狄多(Dido):罗马神话中迦太基的建国者和女王。维吉尔的史诗《埃涅阿斯纪》中说她落入特洛亚王子埃涅阿斯的情网,因后者离去而感到绝望,终于自杀。

多少一度带箭袋的腰身被鞭子
　　抽打得血肉模糊;多少人双目
深陷,整天站在耀眼的河中,
把水里漂走的贵重金砂集拢。

15

锡兰潜水者屏住呼吸,为他们
　　赤裸着全身游向饥饿的鲨鱼;
他的耳朵为他们冒血,为他们,
　　海豹可怜地呻唤着,满身箭镞,
死在冰块上;千百人就为他们
　　在茫茫无边的水深火热中受苦:
他们生活得欢快,怕不大明白
他们正架起刑具在杀戮、屠宰。

16

他们凭什么骄傲? 凭石砌喷泉
　　喷水比可怜虫流泪流得更欢吗? ——
他们凭什么骄傲? 凭橘园青山
　　比之于病丐①的台阶更好登攀吗?
他们凭什么骄傲? 凭注销的账单

---

① 病丐:《圣经·新约·路加福音》第十六章二十至二十三节载,病丐拉撒路在财主门口台阶上乞讨,死后升入天堂,财主则入地狱。

多得超过古代希腊的歌篇吗?
凭什么骄傲?我们再高声问道,
向荣誉起誓,他们凭什么骄傲?　　　　　　　128

17

但是这两个佛罗伦萨人却依凭
　　傲慢的贪欲、怯懦的掠夺而逍遥,
像是圣地的两个吝啬的犹太人
　　围起葡萄园严防乞丐来瞧一瞧;
像是桅杆般森林中盘旋的鹫鹰——
　　像马骡驮筐拼命找谎言和财宝——
像猫爪迅速扑向离群的肥鼠,——
对西班牙、托斯卡纳①、马来语运用自如。　　136

18

这样的两个算账人怎能窥见
　　暖窝里美人伊萨贝拉的隐秘?
他们怎能从罗伦佐眼里发现
　　心不在焉的神态?是埃及瘟疫
进入了他们狡猾贪婪的视线!
　　这两个财迷怎能分清东和西?——
可他们做到了——正如野兔被追赶,

---

① 托斯卡纳方言被认为是意大利的标准语。

正经的商人都得时时往后看。　　　　144

19

啊,著名的文豪、天才的薄伽丘!
　　如今我们该请求你宽宏大量,
求你那盛开的香花桃金娘原宥,
　　求你那恋着月亮的玫瑰花见谅,
求你那因不再听到你琴声悠悠
　　而变得苍白的百合也宽恕一趟:
这些斗胆写下的诗句实难以
表达出如此阴郁的悲剧主题。　　　　152

20

只要得到你原谅,这故事就将
　　从容不迫地讲下去,有条不紊;
我没有什么邪念,也不曾妄想
　　把古代散文变作更美的新韵:
但是我写了——无论成败,这诗章
　　是为了敬献给你的在天之灵;
用英语诗歌来表现你的精神,
让北方的风中回荡起你的声音。　　　　160

21

那两个兄弟从种种迹象发觉
　　罗伦佐深深爱上了他们的妹妹,
而她也爱他,两兄弟相互发泄
　　胸中的怨气,说着更怒气加倍,
他只是他们商业事务的跑街,
　　居然能乐享妹妹深情的恩惠,
他们原计划诱导她逐步就范,
投向那贵族和他的橄榄树庄园。　　　　　168

22

多少次,他们嫉恨地互相商议,
　　多少次,他们咬紧自己的嘴唇,
终于想出了办法,要万无一失,
　　叫那个小伙子为他的罪孽偿命;
最后,这两个毫无人性的汉子
　　用快刀狠狠劈碎了仁慈的良心;
他们决定在幽暗的森林里动手
杀死罗伦佐,并就地埋葬尸首。　　　　　176

23

于是在一个晴朗的早晨,他正在

花园里一方露台上倚栏探望
东方的日出,两兄弟向他走来,
　　足迹踏过了露珠;他们对他讲,
"罗伦佐,你好像十分满足、安泰,
　　我们不愿打搅你宁静的遐想,
安恬的思索;可要是你聪明的话,
趁天冷,不妨跨骏马驰骋一下。　　　　184

24

"我们打算在今天——对了,就此时
　　策马向亚平宁山脉奔驰十哩①路,
请你下来吧,趁骄阳还没有开始
　　数蔷薇花上露水串成的念珠。"
罗伦佐像往常一样彬彬有礼,
　　对两条嘶叫的毒蛇欠身答复;
他匆匆前去把一切准备就绪:
腰带、靴刺和紧身的猎人装束。　　　　192

25

当他朝着庭院里走去的时候,
　　每走三步停一停,他留心倾听,
想听到姑娘在早晨一展歌喉,

---

① 十哩:原文是三里格(league),一里格约合三哩(英里)或五公里。

想听到她的脚步如细语轻轻；
他的心正在强烈的恋情中逗留，
　　忽听到从上面传来悦耳的笑声；
他抬头看见那姑娘光艳照人，
正在窗子里微笑，无比欢欣。　　　　　　　200

26

"伊萨贝尔，我爱！"他说，"我真苦，
　　就怕来不及向你道一声早安：
啊！只分别三点钟我就受不住
　　种种忧虑的煎熬，假如我一旦
失去你又会怎样？但我们会走出
　　相思的暗夜到达爱情的明天。
再见！我很快就回来。"——"再见！"她说：——
他离她而去，她却愉快地唱歌。　　　　　　208

27

于是两兄弟和他们谋杀的对象
　　驰出佛罗伦萨城，到阿诺河边，
河水奔流过狭窄的两岸，岸上
　　飘舞着香蒲给河水不断打扇，
鲻鱼正逆流而上。蹚水的时光，
　　两兄弟看上去面色惨白，疲倦，
罗伦佐满面是爱的红润。——他们

过河进入适宜于杀人的森林。 216

28

就在那里罗伦佐被杀害,埋葬,
 他的崇高的爱情就到此为止;
啊!灵魂从躯壳里得到了释放,
 仍在孤独中悲痛——它不得安息,
正如窜出来犯罪的恶狗那样:
 两兄弟各自把剑在水里洗一洗,
然后用靴刺猛烈地驱马回家走,
由于杀了人他们俩变得更富有。 224

29

他们告诉妹妹说,罗伦佐如何
 奉命急匆匆乘船去到了国外,
这全是由于他们商务的紧迫,
 急需把可以信赖的人手委派。
可怜的姑娘!穿上寡妇的丧服吧,
 挣脱"希望"的应予诅咒的箍带!
今天你不会见到他,明天也不会,
下一个日子又将是一整天伤悲。 232

30

她因为失去欢乐而独自流泪,
　　她哀哀哭泣,直哭到夜晚来临,
这时候,不再有热恋,哦,可悲!
　　她只好独自冥想着过去的欢情:
仿佛在幽暗中她见到他的眼眉,
　　向一片岑寂她发出轻轻的呻吟,
她把纯洁的两臂向空中伸起,
在榻上低叫:"在哪里?啊,在哪里?"　　　　240

31

但"自私","爱情"的表弟,不可能长久
　　在她专一的胸膛里烧着烈火;
她曾为盼不到黄金时刻而发愁,
　　为等待那时刻到来而不安、躁热——
但是没多久——很快,更高尚的念头,
　　更强烈的向往,来到了她的心窝,
带着悲剧的意味;热情止不住,
对颠沛在外的情人更不免恸哭。　　　　248

32

到了仲秋的季节,当黄昏莅临时,

从远方吹来冬的凛冽的气息,
使面带病容的西天不断丧失
  金黄的色彩,并在灌木丛林里,
树叶之间,奏出旋舞曲歌颂死,
  催万物凋零,然后冬鼓起勇气
走出北方的洞穴。而伊萨贝拉
也逐渐枯萎,失去了美的光华, 256

33

因为罗伦佐没回来。她的目光
  已失去亮色,她竭力镇定眼神,
多次问她的哥哥,是什么鬼地方
  使他长时期回不来?兄弟二人
一次次撒谎稳住她。他们的头上
  笼罩着罪恶,像欣诺姆谷地①的烟云;
他们每夜在梦里都呻唤不已,
见到妹妹穿一身雪白的尸衣。 264

34

恐怕她到死也懵懂,不明真相,
  要不是来了个无比凶险的暗示;

---

① 欣诺姆谷地:在巴勒斯坦。据《编年史》记载:阿哈兹由于憎恶异教徒,在欣诺姆谷地把自己的两个孩子活活烧死。欣诺姆谷地的烟云象征杀人的罪恶。

它恰如偶然喝下的烈性药汤,
　　能从羽饰的棺罩下救人于垂死,
让人再喘息几分钟;它也像长枪
　　狠狠的一刺,能使印度人醒自
云翳的厅堂,并使他重新感知
烈火在他的心头和脑际咬噬。　　　　　　　272

35

那就是梦境。——在朦胧的昏睡中,
　　阴沉的午夜时刻,她卧榻之旁,
罗伦佐站着,流泪,林中的坟茔
　　损毁了他的头发,发上没丝光
能再次与阳光媲美;凛冽的寒冷
　　封锁了他的嘴;他那凄凉的柔嗓
失去了琴韵悠扬,泥污的耳轮上
划出了小沟让他的眼泪流淌。　　　　　　　280

36

幽灵说话了,那声音多么奇怪,
　　仿佛在努力转动可怜的舌头,
想把生前惯用的声音发出来,
　　让伊萨贝拉细听着乐音悠悠:
那声音不断地颤抖,透出倦怠,
　　像祭司木然把松弦的竖琴弹奏;

在那声音里,呜咽着鬼魂的伴唱,
像夜风凄厉地吹过多棘的坟场。　　　　　288

37

幽灵的眼睛狂乱,却仍然闪亮,
　流露着爱情,凭这眼睛的法术,
可怜的姑娘摆脱了虚幻的惊慌;
　幽灵把黑暗编出的可怕织物,
统统拆开,——讲到那贪婪和狂妄
　引起的谋杀,——森林里幽暗的松木
造成的树荫,——山谷里阴湿的草泥,
在那里,无声地,他被刺杀,倒地。　　　　296

38

"伊萨贝尔,我爱!"幽灵又说道,
　"红色越橘果在我的头上垂挂,
巨大的燧石压着我的两只脚;
　柏树和栗树在我的周围撒下
枝叶和多刺的坚果;咩咩的羊叫
　从河的对岸直传到我的卧榻:
去吧,向我枕边的杜鹃花洒滴泪,
坟里的我呀,会从这得到安慰。　　　　　304

39

"如今我是个幽灵了,可悲啊,唉!
　如今我呆在人类天性的外沿,
茕茕孑立:我独自把弥撒唱起来;
　生命的细小声音在四周轻叹,
闪光的蜜蜂在中午飞向野外,
　教堂钟声告诉人时辰的早晚,
刺痛我:对这些声音我感到生疏,
而你在无比遥远的人间居住。　　　　312

40

"我知道过去,也完全感觉到现在,
　只要灵魂会发火,我就会发怒;
尽管人世的幸福我已经忘怀,
　苍白的余烬仍温暖着我的坟窟,
我似已从光的穹隆选出天使来
　做妻子:你一脸苍白使我欢愉;
我渐渐爱上了你的美质,我发觉
更伟大的爱情已渗透我的一切。"　　320

41

幽灵哀叹说,"再会!"——就消失不见,

给无边黑暗留下轻微的骚动;
像我们在温馨的午夜不能安眠,
　回想着艰辛的岁月,无益的劳动,
我们把眼睛埋在枕头缝里面,
　看到闪烁的暗影在翻滚奔涌:
幽灵使伊萨贝拉的眼皮疼痛,
天刚亮,她突然惊起,醒自梦中;　　　　328

42

"哈哈!"她说,"我不知人生惨酷,
　原想最坏的不过是单纯的贫困;
想命运只教人苦斗或让人享福,
　人们快乐地度日,或一命归阴;
可居然有罪恶——哥哥血腥的刀斧!
　你给我上了启蒙课,亲爱的幽灵:
因此我要去看你,吻你的眼睛,
每天早晚问候你在高高的天庭。"　　　　336

43

这时候天色大亮,她已经想定
　怎样秘密地向那座黑森林走去;
怎样找到那抔土,她珍爱的坟茔,
　向着那抔土唱支最新的催眠曲;
要做到没人知道她暂时出门,

让她去证实梦中隐秘的疑虑。
打定了主意,她带着年老的保姆,
一步步走近那可怖的林中坟墓。　　　　　344

44

看呵,她们沿河走,蹑手蹑脚,
　　她对老保姆说话,低语悄悄,
她环顾旷野,然后,拿出一把刀。——
　　"你胸中有什么热病如烈火燃烧,
孩子?——为什么这会子你又含笑,
　　是迎接喜事降临?"——等黄昏来到,
她们才找着罗伦佐长眠的土床;
燧石压坟,越橘果在他的头上。　　　　　352

45

谁不曾在绿色墓园里徘徊漫行,
　　让自己的精魂像只机灵的鼹鼠
钻透地下的黏土,坚硬的砂砾层,
　　去探看棺中的脑壳、尸骨和丧服?
谁不曾痛惜被死神摧残的身形,
　　想再次让死者拥有人类的灵府?
啊!这感觉好比是过节,怎比得
伊萨贝拉向罗伦佐跪着的时刻!　　　　　360

46

她两眼凝视着那座新垒的坟墓,
　　仿佛一眼就看透了其中的秘密;
她看得清楚,正如谁都能认出
　　清亮的井底躺着的苍白肢体;
在杀人的地方她仿佛扎下根株,
　　像朵土生的百合在谷中挺立:
突然她抽出小刀向地下挖掘,
挖得比财迷挖金子还要热切。　　　　　　368

47

很快她挖出一只泥手套,手套上
　　有她用丝线绣出的紫色幻想,
她吻着手套,嘴唇比石头还凉,
　　她把它揣在怀里,紧贴着胸膛,
在怀里手套把甘饴冻结成冰霜,
　　那甘饴可用来止住婴儿的哭嚷:①
她继续小心地挖掘,不稍停留,
不时把挡脸的头发甩向脑后。　　　　　　376

---

① 这两行写伊萨贝拉美好幻想的破灭。她原想成为妻子,将来有孩子,但罗伦佐被杀,一切都成为泡影。"甘饴"可能指喂婴儿以甘乳的乳房。"手套"象征罗伦佐的死亡。

48

老保姆站在她旁边,觉得奇怪,
　　看这艰苦的挖掘,凄凉的景象,
她的深心里充满着同情、怜爱,
　　她跪在地上,哪怕已白发苍苍,
也用她枯瘦的两手挖掘起来:
　　可怕的劳作进行了三点钟时光;
最后她们挖到了坟墓的中央,
伊萨贝拉没跺脚,也没有叫嚷。　　　　384

49

唉!为什么尽说些虫豸的地窖?
　　为什么老在坟坑边沉吟徘徊?
啊,要是有优雅的传奇该多好,
　　游吟诗人纯朴的哀歌也不坏!
亲爱的读者,请把老故事①瞧一瞧,
　　因为,这故事在我的诗篇里实在
讲不好:——最好你还是去阅读原著,
品尝那惨淡景象里流出的乐曲。　　　　392

---

① 老故事:指薄伽丘《十日谈》中第四日的第五个故事,即本诗所据的故事。

50

比不上佩耳修斯①用快刀割下

 狰狞女怪的头颅,她们用钝刀

割下了人头,这人头死后也温雅,

 同它活着时一样。古琴曾唱道,

爱情是永生的主宰,不死,不垮:

 它也许正是爱情的化身,死得早,

伊萨贝拉正吻着它,低声啼哭,

它就是爱情;——死了,但没有被废黜。 400

51

她们急忙把头颅偷偷带回家,

 它成了伊萨贝拉独有的宝贝:

她用金梳子梳匀了它的乱发,

 在两只墓穴般深凹的眼窝周围

把睫毛梳得挺直;脸上有泥巴,

 她用眼泪——冷得像一滴滴泉水,

把污泥洗掉:——她继续用梳子梳理,

整天叹息,——不断地吻它,哭泣。 408

---

① 佩耳修斯(Perseus):希腊神话中的英雄,宙斯之子。曾用弯刀把女怪墨杜萨的头颅割下来,装进神袋里,最后装在雅典娜的盾上。墨杜萨的面貌极其丑陋可怕,她的头发全是毒蛇,凡看她一眼的人都变成石头。

52

她用丝织的围巾裹住它,在上面
　　洒着阿拉伯奇花吐出的露珠,
洒着从幽冷的蛇状笛管里缓缓
　　渗流出来的提神醒脑的仙露,
使丝巾香甜;还给它准备好坟坛,
　　她选出园里的花盆,把它放入,
用泥土覆盖,在上面栽种一株
芬芳的罗勒花,用眼泪日夜灌注。　　　　　416

53

她忘了星星,忘了月亮和太阳,
　　她忘了树林上面蔚蓝的天空,
她忘了幽谷里溪水潺潺流淌,
　　她忘了深秋时节吹来的寒风;
她木然不知道白天何时过完,
　　看不见晨光来临:只是在平静中
始终俯身守着那芬芳的罗勒花,
朝着花心用泪水一次次浇洒。　　　　　424

54

她日日夜夜不断用清泪喂养它,

于是它长得茂盛,青翠,美丽,
比佛罗伦萨城里同类的罗勒花
　　芳香百倍;因为它除了泪滴,
还从人们害怕的,速朽的脑瓜——
　　秘藏的头颅得到养料和生机:
于是这宝贝就从密封的盆内
怒放出鲜花,伸展出香叶葳蕤。　　　　　432

55

哦,"忧郁"呵,在这里逗留片时吧!
　　哦,音乐呵,音乐,请黯然吹响!
哦,回声呵,回声,向我们叹息吧,
　　叹息在缥渺的岛屿,在遗忘之乡!
痛苦的精灵呵,抬头露出笑意吧;
　　亲爱的精灵,把沉重的头颅高昂,
请在阴暗的柏枝间射出幽光来,
把银的苍白染上大理石坟台。　　　　　440

56

所有的悲声呵,都到这里来呜咽,
　　从悲剧女神深深的嗓子里出来!
让青铜弦琴鸣响凄惨的音乐,
　　请弹拨丝弦,奏出神秘的悲哀;
让哀辞迎风倾诉,低沉又悲切;

因为,纯真的伊萨贝拉将很快
　　与死者为伍:她逐渐枯萎,像一株
　　被印第安人砍下取香汁的棕树。

57

啊,让那株棕树独自凋枯吧;
　　别让严冬冷彻它临终的时刻!——
也许不可能——那两个拜金的狂徒,
　　她的哥哥,注意到她眼含死色,
仍不断泪如泉涌;而她的亲属——
　　几个好事的家伙,奇怪得了不得:
天赋的青春和美貌被抛在一旁,
这个女子不去当贵族的新娘。

58

而且她两个哥哥也十分奇怪,
　　为什么她垂头坐在罗勒花一旁,
为什么那花着了魔似的盛开;
　　他们惊疑地猜测事情的真相:
当然,俩家伙不可能想象出来
　　这无足轻重的东西竟然有力量
使她舍弃美丽的青春和欢快,
甚至不想念她情人久不归来。

59

因此他们就留神察看,以便
　　探明她隐秘的心事;但久而无效;
因为她很少去教堂忏悔罪愆,
　　她也几乎不感到饥饿的煎熬;
她偶尔外出,也总是匆匆回转,
　　像鸟儿为了孵卵而急飞归巢;
然后像雌禽一般耐心地坐下,
偎着罗勒花,任泪珠滚湿头发。　　　　　　472

60

他们还是偷到了那罗勒花盆,
　　拿到秘密的角落去仔细察看;
花上染着青绿和死灰的斑痕,
　　他们认出这是罗伦佐的容颜:
他们已得到谋害人命的奖品,
　　就离开佛罗伦萨在匆促之间,
永远没回来。——他们逃走了,头上
带着罪恶的血迹,去他乡流亡。　　　　　　480

61

哦,"忧郁"呵!把你的目光移去吧!

哦,音乐呵,音乐,请黯然吹响!
哦,回声呵,回声,改日再叹息吧,
　　改日向我们叹息在岛屿,在忘乡!
痛苦的精灵呵,暂停歌唱"悲兮"吧!
　　因为可爱的伊萨贝尔将死亡;
她将要死于孤寂,死含遗恨:
他们夺走了她亲爱的罗勒花盆。　　　　　　488

62

可怜,她望着没有知觉的石木,
　　深情地向它们索还罗勒花株;
她嗓音凄凉,如琴弦悠然发出
　　咯咯的笑声,她用这声音喊住
正在漫游的香客,让停下脚步,
　　她问,她的罗勒花如今在何处;
为什么不让她见到:她这样哀诉,
"偷走我的罗勒花是多么残酷!"　　　　　　496

63

就这样她日趋憔悴,凄凉地死去,
　　到死还哀求还给她罗勒花盆。
在佛罗伦萨,对她的爱情悲剧,
　　没人不悲伤,每颗心都充满同情。
有人据此编出了哀婉的歌曲,

口口相传,在整片国土上流行:
　　歌的叠句永远是这样——"好狠心,
　　是谁呀,偷走了我的罗勒花盆!"① 　　　　504

　　　　　　　(1818年3—4月)

　　　　　*　　　　*　　　　*

　　这首诗共六十三节,每节八行。原诗各节韵式均为abababcc;各行均为轻重格五音步。译文以五顿代五音步,用韵依原韵式。

---

① 薄伽丘《十日谈》中第四日第五个故事末尾也引了这首歌,大意相同。据注家称,这原是一首西西里民歌的开头两句。

圣亚尼节*前夕

1

圣亚尼节前夕——啊,彻骨的凛冽!
猫头鹰披着厚羽也周身寒冷;
野兔颤抖着拐过冰冻的草叶,
羊群拥挤在羊栏里,寂静无声:
祈福人①数着念珠的手指已经
冻僵,他呼出的热气凝成白雾,
像古铜炉里敬神的香烟上升,
没一刻停滞,向天空袅袅飞去,
飘过圣母的画像——他不断把祷辞念出。　　9

～～～～～～～～～～

* 圣亚尼节:圣亚尼(St. Agnes),基督教的圣徒,约公元三〇〇年她十三岁时殉教。她是处女的保护者。在中世纪流传着一种说法:贞淑的处女在圣亚尼节的前夕(一月二十日)遵守一定的仪式,可以在梦中见到未来的丈夫。
① 专门为恩主祈祷赐福的侍从。

2

这个耐心的祈福人做完祷告；
提起油灯,从跪着的地方起身,
他回头走去,清癯,赤足,又疲劳,
沿着教堂的夹道,缓缓地行进:
两旁死者的塑像似已冻成冰,
似在黑色炼狱的围栏里坐牢:
骑士和贵妇,默默地祈求神灵,
他从旁经过;神志疲弱,想不到
冷的头巾和铠甲把他们冻得受不了。 18

3

穿过了一扇小门,他转身向北,
还没走三步,传来了音乐悠扬,
可怜的老人听了便流下喜泪;
但是呵,且慢——丧钟已为他敲响:
他此生的欢乐已被说完,唱光:
在圣亚尼节前夕,他该去忏悔:
于是他走向另一个地方,马上
坐进了灰堆,为他的灵魂赎罪,
他整夜没睡,为众生之罪而痛苦伤悲。 27

4

祈福的老人听到柔婉的序曲；
因为恰好有许多人来来往往，
门都敞开了。立刻，直飘向高处，
清亮、狂放的号角一声声震响：
一排房间射出了璀璨的灯光，
已作好准备来迎接佳宾成千：
飞檐下站着一群天使的雕像，
他们永远睁大着凝望的两眼，
头发向后飘，一双双翅膀交叠在胸前。　　　36

5

终于在银灯之下掀起了狂欢，
攒聚着羽饰，花冠，耀眼的盛装，
像无数幻像影影绰绰地涌现
在少年心头，这里还不断传扬
古代传奇的故事。这些且不讲，
让我们来专心叙述一位少女，
在这严寒的冬日，她一心向往
爱情，神驰于亚尼圣洁的关注，
因为她已听到过老妈妈多次的讲述。　　　45

6

老妈妈讲过,在圣亚尼节前夕,
年轻姑娘能见到爱人的影像,
能接受情郎缠绵的柔情蜜意,
在这节日前欢悦的午夜时光,
只要姑娘们谨守着仪式规章;
例如,必定要不进晚餐就上床,
让白如百合的身体仰天平躺;
不准后顾或旁视,只准对天堂
仰视,求上苍来满足她们的一切热望。 54

7

沉思的梅黛琳心中充满幻想:
音乐声声,像天神在痛苦呻唤,
她没听见:她纯洁虔诚的目光
向下看,见仕女裙裾扫过地板,
熙来攘往,她毫不在意:美少年,
多情的骑士,踮脚走到她身旁,
失望而退去;不是她无礼傲慢,
是她没看见:她心向别的地方:
渴望着亚尼会赐给幸福,甜蜜的梦乡。 63

8

　　她舞在堂前,对别人无心关注,
　　她嘴唇焦渴,呼吸紧张而急促:
　　神圣的时刻近了:四周是铃鼓
　　脆响,客人们簇拥着来来去去,
　　悄声说笑,或吐出愤懑的低语,
　　脸上有爱怜,轻蔑,挑衅和厌恶,
　　蒙在幻境里;这些她全然不顾,
　　只把圣亚尼和她的羔羊①记住,
　憧憬着天亮前能够得到至高的幸福。

9

　　这样,她每时每刻准备去上床,
　　却还在徘徊。这时候,越过旷原,
　　青年波菲罗来了,心头火正旺,
　　为了梅黛琳。他站在大门旁边,
　　躲开明亮的月光,他发出祈愿——
　　愿天使给他机会一睹梅黛琳,
　　在他耐心久等后给一个瞬间,
　　让他悄悄凝视她,倾注爱慕心;

---

① 在圣亚尼节,对这位处女圣徒祭祀时需用两只羔羊。这些羔羊的毛由经过挑选的修女用特殊的织机纺织,制成衣服。

也许能说话,屈膝,或亲吻——后来都成真。　　　81

10

他大胆进门:要防止传言流行:
要蒙住人眼,否则万剑如闪电
会劈他的心——热烈的爱的卫城:
对他来说,房间里是一伙蛮汉,
阴狠的敌人,脾气暴躁的大官,
他们的狼狗也对他龇牙诅咒,
厉声狂吠:没有人给他一丁点
善意,在这座可憎的楼屋里头,
只有一个身心俱衰的老妈妈与他为友。　　　90

11

啊,事情真凑巧! 老妈妈已出现,
她手中拄着象牙头饰的拐杖,
蹒跚着挨近,他躲过火炬光焰,
站在大厅的圆柱后,避开笑浪,
远离欢声和没精打采的合唱:
他使她一惊;她很快认出面庞,
紧握他的手,用她颤抖的手掌,
她说,"天! 波菲罗,快离开这地方:
他们整夜在这里,这一帮喝血的豺狼!　　　99

12

"快走！快走！矮个子希尔德布兰
最近得了场热病,病中他诅咒
你以及你的宗族、土地和家园:
还有莫里斯勋爵,尽管白了头,
却没有半点慈悲心——唉！赶快走！
逃个没影儿！"——"亲爱的老妈妈,哦!
咱挺安全;请坐在安乐椅里头,
对我细说。"——"老天爷！这里不能说;
跟我来,要不这石头会成了你的棺椁。" 108

13

他跟她走过矮矮的穹顶甬道,
头上高高的羽饰扫过蜘蛛网,
老妈妈咕哝着"唉呀,真正苦恼！"
他走进一间小屋,洒满了月光,
银白,有窗格,凄清,静得像坟场。
"告诉我梅黛琳现在哪里,"他讲,
"说吧,安吉拉,看在织机的份上——
神圣的织机只有修女知其详,
她们为了圣亚尼虔诚地把羊毛细纺。" 117

14

"圣亚尼!啊!今晚,圣亚尼节前夕——
可就在神圣节日,恶人会谋杀:
你得像巫婆把水装在筛子里,①
你得把妖魔鬼怪都加以管辖,
才好进来:见到你我多么惊诧,
啊,波菲罗!——今晚,圣亚尼节前夕!
求上帝保佑!小姐要尝试魔法,
在今天夜里:愿天使教她着迷!
让我笑一笑,我有足够的时间去哀泣。" 126

15

淡淡的月光下,她的笑容微弱,
波菲罗仔细注视着她的面庞,
像顽童好奇,望着龙钟老太婆——
她的谜语书没打开,拿在手上,
她戴着老花眼镜,坐在壁炉旁。
但当她说出小姐的心愿,立即
他两眼发光;止不住眼泪流淌,
想到寒夜里会有怎样的奇迹,
梅黛琳要按照古代的传说上床安憩。 135

---

① 指具有超自然的力量。

16

突然来了个念头,像玫瑰绽开,
他面额绯红,在他痛苦的心中
掀起紫色骚动:他壮胆提出来
一个设想,老妈妈却大吃一惊:
"没想到你敢这样地放肆,不恭:
该让好姑娘祈祷,入睡,在梦里
跟她的天使在一起,像你这种
狂徒绝不能接近她。去!快离去!
我只觉得你不是我想象中的那个你。"　　144

17

"凭圣徒发誓,我不惊动她,决不!"
波菲罗说道:"哪怕临终向苍天
竭力作祈祷,我仍将万劫不复,
只要我动一动她的半绺发鬈,
或带着贪欲去观看她的容颜:
安吉拉,凭我的眼泪你该放心;
要不然,我会发出惊人的叫喊,
就在此刻,把我的敌人们喊醒,
向他们挑战,哪怕他们比豺狼更凶狠。"　　153

233

18

"啊呀!你何苦吓唬衰迈的魂灵?
我是半瘫的、快进墓园的废物,
不用到半夜,丧钟会为我而鸣;
我为你向上苍祈祷,朝朝暮暮,
哪天疏漏过!"——听了她这番倾诉,
热情如炽的波菲罗变缓口气,
说他真烦恼,深陷相思的痛苦;
安吉拉终于向他许诺,她愿意
为他出把力,是福还是祸都在所不计。　　162

19

计划是,要她偷偷地给他带路,
进入梅黛琳的卧房,把他藏在
一间壁橱里,他可以声色不露,
看到梅黛琳窈窕美丽的体态,
只要有许多仙子在衾面往来,
用魔法使她合上眼沉入睡眠,
今夜或许能赢得新娘的青睐。
自从墨林把巨债向魔鬼偿还,①

---

① 传说墨林是亚瑟王宫廷里的男巫,原是魔鬼的儿子。他把符咒教给了女巫维维安,女巫反用这符咒把墨林禁闭起来。

从来没有情人们相会在这样的夜间。　　　　171

20

　　"你可以如愿以偿,"老妈妈说道,
　　"今儿是饮宴之夜,我立刻给您
　　准备好美味佳肴:你将会看到
　　刺绣架旁她的琴;时间要抓紧,
　　因为我又老又迟钝,头脑发晕,
　　我敢把操办饮宴这事当儿戏!
　　耐心等一等,孩子;跪下求神明:
　　啊!你必定能够跟小姐结伉俪,
否则我灵魂难升天,永远住在坟墓里。"　　180

21

　　说完了,她蹒跚而去,不胜惊惧。
　　情人的时间过得慢,像没尽头;
　　老妈妈回来了,在他耳边低语:
　　"你跟我来";她老眼昏花,却依旧
　　惶恐地察看动静。见没人,然后,
　　他们走过一道道黝黑的长廊,
　　来到小姐的绣房,纯净而清幽;
　　波菲罗满心欢喜,在室内隐藏。
他的领路人忙退下,心里还带着慌张。　　189

235

22

她的手颤颤巍巍把栏杆扶住,
老妈妈安吉拉摸黑走下楼梯,
这时梅黛琳,亚尼护佑的少女,
正上楼,像负有使命去赴佳期:
她手拿银烛,虔敬地,小心翼翼,
回房去,借着烛光老妈妈下楼,
踏到平地草垫上。准备好,注意,
年轻人波菲罗!你看那边床头,
她来了,来了,像受惊飞来的一只斑鸠。

23

她进房走得匆匆,使蜡烛熄灭;
一缕轻烟溶化入苍白的月光:
她关上房门,喘口气,一心迎接
冥冥之中的精灵和万千幻象:
不能出点声,否则,就祸从天降![①]
但在她心里涌动着万语千言,
尽管这会使她的芳心憋得慌;
正如暗哑的夜莺把歌喉呜啭
却不能发声,心中窒闷,殒灭在山谷间。

---

① 仪式规定,必须绝对闭口不语,才能梦见未来的丈夫。

24

　　卧室有三重拱形高大的窗扇，
　　框边雕刻着花纹，精巧的图像，
　　果实和花朵交叠，两耳草铺垫，
　　窗玻璃设计得别致，晶莹灿亮，
　　五彩缤纷的板块，交错着嵌镶，
　　仿佛豹灯蛾斑斓似锦的双翅；
　　窗子上四面拼绘着图案纹章，
　　依稀的圣徒形象，朦胧的花饰，
中央是盾牌，染着帝后们暗红的血渍。　　216

25

　　冬日的月光照进了这片窗棂，
　　把暖的红色映上梅黛琳胸膛，
　　这时她跪着感谢上天的施恩；
　　玫瑰红染上合着的素手一双，
　　银色十字架变作紫水晶炫亮，
　　光环罩发丝，使她像圣徒，又似
　　光辉的天使，着新装，只待插上
　　翅膀飞向天，——波菲罗如醉如痴：
她跪着，如此纯洁，没尘世的一点瑕疵。　　225

26

他的心重又跳动：她做完晚祷，
把她发上成环的珠玉解下来；
卸除一颗颗沾着体温的珍宝；
又把溢满着体香的胸衣松开；
一件件绣衣窸窣地滑下膝盖：
像条美人鱼半裸在海藻下面，
她沉思片刻，睁着眼做梦，就在
幻想中见到圣亚尼与她同眠，
她不敢回头看，否则魔法会烟消云散。　　234

27

很快地，她半醒半醉，心神茫然，
微颤着躺在冰凉柔软的窝里，
直到睡眠的暖意如罂粟熏染
松软的四肢，她觉得心劳神疲；
像一缕情思飞去迎晨光升起；
幸福地睡着，全不知忧喜苦乐；
仿佛异教徒用的祈祷书紧闭；
不感到丽日当空或大雨滂沱，
就像能闭拢又能再开的玫瑰花一朵。　　243

28

偷进了这样的天国,心醉神迷,

波菲罗看着她脱下来的衣裳,

倾听着她的鼻息,也许那呼吸

已经苏醒在睡梦的温柔之乡;

终于听到了,祝福这片刻时光,

他松了口气:蹑足从壁橱出来,

悄没声,仿佛恐惧地经过蛮荒,

踏上无声的地毯,他步子轻迈,

透过帐缝去窥视,瞧她呀,多酣的睡态! 252

29

在她的绣床旁边,暗淡的月亮

洒下朦胧的银光,他轻手轻足

摆好了桌子,忐忑不安地铺上

有朱红、金黄、彩墨花纹的桌布:——

哦,但愿能挂上摩耳甫斯①护符!

以避开夜宴笑闹,嘹亮的号角,

---

① 摩耳甫斯(Morpheus):希腊神话中的睡梦之神。有了他的护符就能沉浸在睡梦之中。

远处吹奏的竖笛,猛敲的铜鼓:
　　他感到刺耳,尽管喧器声渐消:——
　　这时厅门又关上,一切复归于静悄悄。　　　　261

30

　　眼睑上映着青光,她依然酣眠,
　　盖着纯白亚麻被,柔滑,熏了香,
　　他从壁橱里拿出一盘又一盘
　　苹果脯,榲桲,李子,南瓜的甜瓤;
　　胜过奶油酥酪的各色果子酱,
　　澄明的蜜露,肉桂的香味渗透,
　　仙浆,海枣,鲜美的菜肴和羹汤;
　　这些全是用海船运来:桌上有
来自非斯①、撒马罕②、黎巴嫩等地的珍馐。　　270

31

　　他以激动的双手把这些美馔
　　盛在金盘里,装在用银丝镶边、
　　闪闪发亮的篮子里;一席华筵
　　置备在这幽僻而安谧的房间,
　　冷的夜气里飘着一丝丝香甜。——

---

① 非斯:摩洛哥北部城市。
② 撒马罕:亦译作撒马尔罕,古代波斯城市,现为乌兹别克斯坦东南部城市。

"亲爱的,我的美丽的天使,醒来!
我是你的崇拜者①,你是我的天:
为了圣亚尼,请你把眼睛睁开,
要不然我就会晕在你身旁,心痛难耐。"　　　279

32

低语时,他把温暖乏力的手臂
落到她的绣枕上。幽昧的帏帐
罩着她的梦:——这是午夜的魔力,
似冰川,不可能立即融化,消亡:
晶莹的杯盘反射月亮的幽光;
地毯上织着宽阔的金色花边:
看来他永远、永远无法使姑娘
从这强力的魔法中复苏,睁眼;
他默想片刻,竟也沉入了交织的梦幻。　　　288

33

他醒来,拿起了她的弧形诗琴,
弹奏出一支久已不弹的古曲,
响亮地,——扬起万般温柔的和音,
在普罗旺斯②,人称《冷酷的妖女》:

---

① 崇拜者(eremite):原意是隐士,这里指虔诚的崇拜者。
② 普罗旺斯:法国东南部一地区。十一至十三世纪这里产生过许多行吟诗人。

铮铮的琴声紧绕着她的耳际;——
　　受到触动,她发出轻微的喟叹:
　　他停止弹奏——她急速喘息——忽地
　　她完全睁开带惊的蓝色双眼:
他屈膝跪下来,像一尊雕像,苍白,无言。　　　297

34

　　她睁着眼睛,已完全清醒,可是
　　仍然见到酣睡时出现的景象:
　　她感到痛苦,因为她似已丧失
　　梦里的幸福,那样地纯洁,酣畅,
　　佳人梅黛琳为此而流泪,哀伤,
　　吐出些懵懂的话语,连连叹气;
　　这时她依然朝着波菲罗凝望;
　　他眼含恳求,抱着拳,跪地不起,
不敢动,不敢说话;她看着,还像在梦里。　　　306

35

　　"啊,波菲罗!"她说道,"刚才在睡乡
　　我听到你的声音是那么甜蜜,
　　你向我发誓,每句都像是歌唱;
　　你这双眼睛又多么神采奕奕:
　　怎么你变了!竟这样苍白,忧悒!
　　把你原来的嗓音给我,我的爱,

给我亲密的抱怨，不朽的睥睨！
　　把我从无限苦恼中拯救出来，
假如你死了，我不知生命的目的何在。"

36

被她情深意切的话语所激动，
他站起身来，仿佛已超凡脱俗，
飘逸，兴奋，像一颗搏动的亮星
升起在深蓝天空静谧的深处；
他完全溶入她的幻梦中，有如
玫瑰把温馨揉进紫罗兰芳馥——
甜蜜的交融：这时候霜风发怒，
　　像警告情侣，猛吹一阵阵冻雨
敲击窗户；圣亚尼的月亮已经落下去。

37

天昏黑：风吹冻雨猛叩着门窗：
"这不是梦啊，我的新娘，梅黛琳！"
天昏黑：暴风紧裹着冰雪猖狂：
"不是梦，可悲！可悲呀！我真不幸！
波菲罗会离去，使我憔悴，伶仃。——
狠心呵！哪个坏蛋引你来这里？
我不抱怨，我心已投入你的心，
　　尽管你会把受骗的人儿抛弃；——

我是只迷途的鸽子,只有稚弱的羽翼。"　　　　333

38

"梅黛琳!你真会做梦!我的新娘!
我能否永远做你幸运的奴隶?
做你的盾牌,涂上朱红,像心脏?
你银色圣殿,我要在里面休息,
我是饥饿的朝圣者,经过长期
艰苦的跋涉,——终于见到了奇迹。
到了你的香巢,我要的只是你,
我不偷别的东西;但愿你同意,
我来供奉你,别信异教徒原始的献祭。　　342

39

"听!小精灵从仙国吹来了狂飙,
它虽然暴烈,对我们却是恩典:
起身啊——起身!看天色快要破晓;——
食客们酒足饭饱,早松了防范:——
亲爱的,我们逃走吧,快马加鞭;
他们的耳朵已聋,眼睛也已瞎,——
美酒和佳肴使他们烂醉似瘫:
醒来呀!起身!我的爱,不用害怕,
跨过南面的旷野,我为你安了一个家。"　　351

40

她一听,急忙起身,害怕得发抖,
因为凶恶的人们就歇在周遭,
说不定正虎视眈眈,刀枪在手——
他俩摸着黑寻路走下了楼道。
整个宅院里没一点人声听到。
每一重门口吊灯闪烁着微光;
画帏上骑马人奔驰,鹰飞,狗叫,
随着呼啸的朔风而飘舞癫狂;
长长的地毯被风吹得起伏在地板上。 360

41

他俩幽灵般潜入宽大的厅堂;
幽灵般,他俩走近铁铸的大门;
司阍正摊开四肢躺在大门旁,
身边是一只喝空了的大酒瓶:
警醒的猛犬跳起来,抖动全身,
它眼睛敏锐,认出是主人来到:
门闩一个个抽出,没一点声音:——
铁链躺在踏石上,一片静悄悄;——
钥匙转动了,大门的铰链嘎吱地一叫。 369

42

他们俩永远去了,在很久以前,
这对恋人逃入了暴风雪之中。
那一夜男爵梦见了许多灾变,
好斗的宾客也都整夜做噩梦,
梦见了妖巫,恶魔,啃棺的蠕虫,
不断的鬼影憧憧。安吉拉老人
因瘫痪亡故,临终时变了面容;
祈福人向圣母诵过千遍祷文,
在一堆冰冷的灰烬里物化,长眠不醒。 378

(1819年1—2月)

* * *

这首诗共有四十二节,每节九行。原诗各节第一至八行各为轻重格五音步,第九行为轻重格六音步;韵式为 ababbcbcc。译文以顿代步;用韵依原韵式。

拉 米 亚

第 一 部

从前,小神仙家族还没把森林神
和山林水泽女神驱逐出茂林,
仙王奥布朗①辉煌灿烂的王冠、
节杖、用露珠作扣子的披风翩翩,
还没有吓走牧神和林中女仙,
使她们逃出樱草地,灌木丛,菌草滩,
这时候,永受神罚的赫耳墨斯②离开
金宝座,一心把偷情的勾当干起来:
从奥林波斯山高峰上大神约夫③
身边云霓的一侧,他把光盗取,   10
为避开他的伟大召唤者的目光,

---

① 奥布朗(Oberon):中世纪欧洲民间传说中的仙王。
② 赫耳墨斯:希腊神话中众神的使者。并为掌管疆界、道路、商业以及科学发明、辩才、幸运、灵巧之神,也是盗贼、赌徒的保护神。在罗马神话中叫墨丘利(Mercury)。参见本书第 117 页注①。
③ 约夫:罗马神话中的主神。参见本书第 114 页②。

他躲进克里特岛岸边森林中隐藏。
在这座圣岛上住着位林泽女神,
所有的森林神都向她跪拜礼尊;
特赖登①们向她的裸踝把珍珠倾倒,
在陆上他们爱慕得形容枯槁。
在她常常去沐浴的泉水近旁,
在她有时去闲游的青草地上,
撒满了华丽的礼物,缪斯都不知道,
只有从幻想的宝盒里可以挑选到。 20
啊,她脚下是一个可爱的世界!
赫耳墨斯这样想,一种仙国的热切
从他带翅的脚跟燃烧到耳朵,
两耳白皙,仿佛晶莹的百合,
却激成玫瑰红,隐在金发后面,
那妒羡的发鬈垂在他裸露的双肩。

从山谷到山谷,树林到树林,他飞行,
向朵朵鲜花吹送他新生的热情,
循许多河流曲折地追溯到源头,
把可爱的女神隐秘的床笫寻求: 30
无效;可爱的女神哪儿也找不见,
他歇息下来,停在寂寞的地面,
郁郁不乐,充满了痛苦的嫉妒,

---

① 特赖登(Triton):海神波塞冬之子,希腊神话中的人身鱼尾的海神,海洋中的二流神祇。

嫉妒林神们,甚至嫉妒那树木。
他站着,听到一个嗓音凄切,
像曾经听过的,那嗓音把痛苦消灭
在心头,只留下怜悯:听嗓音孤伶:
"我何时从缀满花圈的坟中苏醒?
何时能活动,以美丽的身躯,宜于生、
宜于爱、宜于欢乐和健朗的斗争,　　　　　40
爆自心灵和嘴唇?啊,我悲伤!"
那尊神,以鸽脚滑行,悄没声响,
围绕着灌木林疾走,轻轻拂过
丰茂的青草,盛开的野花朵朵,
直到他发现一条悸动的蛇,
闪着亮,抬头盘伏在林薮的暗角落。

　　她状似色彩缤纷的难解的结①,
一身斑点,或朱红,或金碧,或蓝色;
身上的条纹像斑马,斑点像豹,
眼睛像孔雀,全是深红色线条;　　　　　50
浑身是月亮的银光,她呼吸的时刻,
银光就溶化,或增强,或把光泽
同幽暗的织锦画面交织在一起——
于是,身体像彩虹,带一点忧悒,
她立刻变得像个悔罪的妖精,

―――――
① 希腊神话中弗利基亚国王戈尔迪打的难解的结。按神谕,能入主亚洲者才能解开。后马其顿国王亚历山大挥剑把它斩开。

又像恶鬼的情妇,或恶鬼自身。
她的头上戴一团苍白的火焰,
洒满了星星,像阿里阿德涅①的冠冕:
她的头是蛇的,但是啊,苦辣的甜味!
她有女人的嘴,满口的珠贝: 60
至于她的眼,这双眼长得这么美,
又能做什么,除了流泪,再流泪?
像普罗塞嫔仍在为西西里天空洒泪水。②
她的喉是蛇的,但是她说起话来
就像汩汩的蜜流,那是为了爱;
这时候赫耳墨斯倚翅躺着,像捕获
猎物前俯身的鹰隼;而她这样说:

　　"戴羽冠、轻身飞翔的、美丽的赫耳墨斯!
昨夜我做了个绚烂的梦,梦见你:
我见你坐着,在黄金宝座上坐定, 70
在众神之间,在古老的奥林波斯山顶,
唯你是忧伤的,因为你没有听见
轻拨琴弦的缪斯们嘹亮的歌赞,
甚至没听见阿波罗引吭独唱,
充耳不闻他颤喉发出的哀音悠长。

---

① 阿里阿德涅(Ariadne):希腊神话中国王弥诺斯的女儿,曾给情人忒修斯一个线团,帮助他走出迷宫,忒修斯带她一起逃走。据另一传说,阿里阿德涅做了酒神的妻子,升天化为北冕星座。济慈在这里想象:一圈小星星出现在阿里阿德涅的头上,作为她即将升天变为星座的象征。
② 普罗塞嫔原为宙斯的女儿,在西西里被冥王所劫,被迫为冥后。参见本书第20页注③。

我在梦中见到你,你身穿紫衣,
像曙光,多情地穿过云霓而升起,
你像太阳神发光的金箭飞驰,
射向克里特岛,如今你就在此地!
温柔的赫耳墨斯,你可曾找到那姑娘?"　　　　80
听到这,忘川烈溪之星①马上
发挥滔滔的辩才,他这样问道:
"你油嘴滑舌的蛇呀,灵感真不少!
你呀,美丽的花环,眼含忧思,
你尽可去享有你能想到的福祉,
只消告诉我那林泽女神的踪影,
她如今在哪里!""你话已出口,亮星!"
蛇回答,"你要用誓言来保证,美神!"
"我起誓,凭我的蛇杖②,"赫耳墨斯声称,
"凭你的眼睛,凭你星形的头冠!"　　　　90
他诚挚的言辞轻轻地飞入花间。
那才智横溢的女性又开口吐音:
"脆弱的心呵!你那失去的女神
像空气一样自由,无形,她游荡
在没有荆棘的旷野;她独自品尝
欢快的日月;她轻捷的双足无形

---

① 忘川,参见本书第11页注①。"忘川烈溪之星"指赫耳墨斯,因为他的责任是引导死者的灵魂到冥王那里去。死者喝了冥河烈溪中的水即忘记过去的一切。
② 希腊神话中赫耳墨斯的节杖,杖上盘绕二蛇,杖顶有双翼,此杖为诸神使者的标志。

在绿草和芬芳的鲜花间留下印痕;
从倦垂的藤须、压弯的绿色枝条
她采摘苹果,她沐浴,都不被见到:
我有力量把她的美貌隐蔽, 100
使她不遭到冒犯,不蒙受袭击,
摈斥森林神、牧神呆眼里的媚眼,
拒绝赛利纳斯①含泪的声声哀叹。
她不朽的仪容逐渐苍白,全因为
所有的情人们在苦恼,她如此伤悲,
我对她十分同情,我让她把头发
浸在鬼魅的黏液里,使别人无法
见到她的美貌,而她却可以
自由地爱去哪里就去到那里。
你,唯独你,可以见到她,赫耳墨斯, 110
只要你如你所誓给我以恩赐!"
于是那受惑的神又一次开始
立誓,这誓言热烈,颤抖,诚挚,
像琴韵一般透入那蛇的两耳。
她感到狂喜,抬起她蛊惑的头颅,
蔷薇般羞红,口齿不清地倾诉:
"我原是女人,请让我再次得到
女人的身形,跟过去一样窈窕。
我爱上一个科林斯少年——好福气!

---

① 赛利纳斯(Silenus):希腊神话中森林诸神的领袖,也是酒神的养父和师傅。

给我以女身,把我带到他那里。　　　　　　　120
俯身,赫耳墨斯,我吹气给你的天庭,
你马上能见到你那位美好的女神。"
那神半收拢翅膀沉静地往下靠,
她吹他的眼,他俩马上就见到
被守护的女神正在绿茵上含笑。
这不是梦幻,或者说,这是梦境,
诸神的梦是真实的,他们的欢欣
在一个永恒的长梦中,顺利度过。
他似在飞翔,在温暖、羞赧的一刻,
震惊于女神的美貌,他浑身是火;　　　　　130
然后,他在无痕的青草上停落,
转向狂喜的蛇,用酥软的手臂
细心试验那轻巧节杖的魔力。
做完后,他面向女神,眼里充盈着
爱慕的泪水和甜言蜜语的诱惑,
他向她走去:她,像月亮淡下去,
在他的面前萎谢,退缩,止不住
胆怯的啜泣,自己合拢来,就像
黄昏时自己昏晕的花朵一样。
但那神把她冰凉的手儿轻握,　　　　　　140
她感到温暖,睁开她两眼温和,
像鲜花随着蜜蜂的晨歌开放,
她把她的蜜献给背荫的地方。
他们向绿荫幽深的林间奔来,
不像人间的恋人们那样苍白。

一旦独处，那蛇便开始蜕变，
她体内妖精的血液疯狂地流转，
她口吐白沫，被洒满白沫的青草
在甜而剧毒的唾珠下立即枯凋；
受到剧痛的折磨，她两眼凝固， 150
灼热，光泽，阔大，而睫毛全枯，
闪烁着磷光和火星，没一颗阴凉的泪珠。
色彩透过她全身燃烧成炽红，
她因深重的痛苦而抽搐，扭动：
火山喷发般深深的黄色取代
她周身银月般温柔优美的色彩；
当火山熔岩蹂躏草地的时候，
全毁了她的银甲和金色刺绣；
使她的斑点、条纹全变得暗淡，
蚀她的蛾眉月，舔去她的星星焰： 160
这样子，在顷刻之间，她被卸去
宝石蓝亮色，紫水晶光泽，青绿，
红玉的银光：这一切全被拿走，
给她剩下的只有痛苦和丑陋。
她的头冠还发光；光一旦消失，
她也在顷刻之间溶化，隐逝；
在空中，她发出新声如琴韵悠远，
叫道，"里修斯！温柔的里修斯！"这语言
随白头群山周围的光雾升高，
消散，克里特岛森林再也听不到。 170

拉米亚如今是个新生的美女,
十分的艳丽、娇小,她奔向何处?
她奔向山谷:人们从森屈里海岸
走向科林斯必须经过这地段;
她停下休憩在野外小山的脚边,
挨着匹里安溪河参差的源泉,
休憩在另一支山梁下,山梁的裸脊
携带着满山雾霭和团团云霓
伸向西南的克里翁。她站在那里,
大约像幼鸟从林间奋飞到此地,　　　　180
风姿绰约,她走在苔绿的草坡上,
澄澈的潭边,激动地从水潭中央
见到自己已逃脱痛苦的魔障,
而她的衣袍正随着水仙轻飚。

　　啊,幸福的里修斯!——她这个少女
比那编织过发辫、红过脸、叹过气、
在铺满春花的草地上向游吟诗人
展开过绿裙的少女更美,更超群:
嘴唇最纯洁的处女,在她的心头
对爱的学问却作了精深的研究:　　　　190
年龄只半小时,却有科学的头脑
教幸福不受邻近痛苦的困扰;
确定二者易冲破的界线,隔开
二者的接触点,不让交互往来;

跟外实内虚的混沌密谋,用绝技
把其中混混噩噩的原子分离;
她仿佛曾是丘比特学院的一名
好学生,度过好时光,没有挨过训,
楚楚可怜地学完愉快的课程。

  为什么这个美丽的生灵要徘徊　　　　200
在路边似仙子一般,我们会明白;
但首先该讲她曾在蛇的牢狱中
如何冥想,并梦到她如意的事情——
种种宏伟的场面,奇异的事由:
她的魂魄随心所欲地去漫游;
去到缥渺的极乐界,或去到如发鬟
飘动的浪里,那儿有海仙女美艳
穿海浪,登珠梯,绕入西蒂斯①的房间;
或去酒神喝干他仙杯的地方,
他在流脂的松树下舒适地平躺;　　　　　210
或去冥王普路托的御花园,看那里
穆西伯②成排的廊柱幽光熠熠。
有时候她会把睡梦送到一座座
城市里,连同饮宴和狂欢作乐;

---

① 西蒂斯(Thetis):希腊神话中海神涅柔斯(Nereus)的女儿之一。上一行"海仙女"(Nereides),音译为涅瑞伊得斯,都是涅柔斯的女儿,他有五十个女儿。
② 穆西伯(Muciber):罗马神话中的伍尔坎(Vulcan,火与锻冶之神)的别名,即希腊神话中的赫菲斯托斯(Hephaestus)。

有一次,她梦见自己在凡人中间,
看到科林斯人里修斯,翩翩少年,
他在可羡的竞赛中驾车领先
像青年约夫一脸的从容和稳健,
她神魂颠倒地迷恋上了里修斯。
如今在蚊蛾出没的朦胧黄昏时,   220
他从海岸走回科林斯,她明白,
他必经那条路;温和的东风正在
强劲地吹起,他的战舰正以
铜制的舰首摩擦码头的石级
在森屈里港口,来自埃琴纳岛屿,
刚刚碇泊;不久前他去到那里
向约夫献祭,那里的约夫庙堂
正敞开大理石高门接受鲜血和异香。
约夫听他的誓言,助他的欲求;
由于突异的机缘,他抽身退走,   230
离开他的同伴们,并开始漫行,
也许是厌倦于科林斯式的谈论:
他徒步越过寂寞凄冷的群山,
起初无思虑,但在黄昏星出现前,
理智消隐处,他的幻想迷失
在柏拉图式树荫的宁谧暮光里。
拉米亚看着他走近来,越来越近,
靠近她走过,冷淡地漠不关心,
他的鞋子在绿苔上无声地扫过,
她这样邻近,但是没有被见着,   240

她站着:他走过,封闭在神秘之中,
他的心像披风裹紧,她两眼追踪
他的步伐,她端庄白皙的脖子
转过来,她说,"啊!漂亮的里修斯,
让我一个人留在山上,你忍心?
里修斯,回头瞧!请给予一点怜悯。"
他给了,不是由冷漠的惊奇驱遣,
却像奥菲斯①对欧律狄刻望一眼;
因为她说的话语美妙如歌声,
他仿佛整个夏天爱上了这嗓音:　　　　　　　250
他两眼把她的美貌一饮而尽,
那只发愣的酒杯里一滴也不剩,
可酒杯依然满满的,——他却害怕,
还没把爱慕之情充分地表达,
她就会消失,于是他开始求爱;
她温柔羞涩,见到他牢固的纽带;
他说,"请你留下吧!往回看,女神!
看我的眼睛会不会离开你的身!
可怜这悲伤的心吧,不要哄骗它——
一旦你消失,我立刻以死回答。　　　　　　260
站住!你哪怕是溪河女神,别走!

---

① 奥菲斯(Orpheus):希腊神话中的歌手,诗人,善弹竖琴,弹奏时猛兽俯首,顽石点头。他的妻子欧律狄刻(Eurydice)在新婚之夜被蟒蛇杀死,奥菲斯到冥界,以音乐打动冥界女王,女王答应他领回妻子,但规定在走出冥界之前不能回头看她。他爱妻心切,还没有走出冥界,就回头一望,从此永远失去妻子。

你的溪河会服从你长远的企求：
尽管绿树林是你的领地，站住！
那树木自会喝干早晨的雨露：
即便是下凡的七星团①中的一颗，
你和谐的姊妹之一难道会顺你的
轨道运行？并代替你发出银光？
你甜蜜的招呼甜蜜地进入我这双
狂喜的耳朵，以至于假如你消失，
对你的思念会使我消瘦成影子：—— 270
可怜我，别消溶！""假如我能够停留，"
拉米亚说，"留在这块土地上不走，
踏着这粗糙的花朵使我脚疼，
你又能说什么做什么迷人的事情，
使我减轻对家乡美好的怀想？
你能否要我同你一起在山上
和谷底漫游，而这里没有欢欣，
也没有永垂不朽和至高的福分！
你是个学者，里修斯，你一定知悉
娇嫩的精灵不宜在下界呼吸， 280
在人间生存：可怜的少年呀，唉！
你有什么纯朴的爱好能用来
安慰我？有什么庄严宁静的宫殿
能够愉悦我身上的种种感官，
并且用秘术缓解千百次口干？

① 七星团即昴星团。参见本书第 157 页注②。

不可能有的——再见!"她说完,起身,
踮起脚,伸开雪白的手臂。他不忍
失去她凄楚怨言中透露的情爱,
晕了,低诉着爱慕,因痛苦而苍白。
这狠心的女郎不显出任何忧虑　　　　　　　290
以同情她多情宠儿内心的痛苦,
相反,如果她眼睛能变得亮晶晶,
她就带着亮眼和悠悠的柔情,
用新生的嘴唇同他接吻,使自己
体内纠结的生命重新燃起:
他从昏晕的状态中苏醒片刻,
又昏晕过去,这时她开始唱歌,
对美,生命,爱情,一切,都感到欢乐,
爱的歌太美了,人间的弦琴奏不出,
群星屏住气,把它们喘动的光焰收拢住。　　300
于是她用颤抖的声调低语,
好像一些人,经历了长期的痛苦,
重新相聚在一起,平安无事,
不用眼色用语言;她叫他抬起
低垂的头颅,扫清心中的怀疑,
要知道她是女人,在她的脉管里
除了搏动的鲜血,没任何更为
精妙的流动液体,她跟他相类,
她脆弱的心中含着相同的苦难。
其次她奇怪何以他眼睛长时间　　　　　　310
在科林斯没有看见她,她说,在那里

260

她几乎隐居着,手中有万能的金币,
她那些日子就过得无比幸福,
而无需爱情的帮助;她心满意足,
直到见到他,一次她走过他身旁,
而他沉思着,靠在维纳斯庙堂
门廊里一根柱子上,周围是一篮篮
相思草加上风月花,那是在傍晚
刚刚采来的,这时仿佛是阿多尼斯①
节日的前夜;后来他不见了,从此　　　　　320
她独自流泪,——为什么她要爱慕不止?
里修斯从死亡中醒来,十分惊愕,
看见她仍然在唱着甜蜜的歌;
接着他又从惊愕转入了欣喜,
听她熟练地低诉女人的道理;
她说的每句话都在引诱他进入
无忧无虑的喜悦和熟悉的欢愉。
让疯癫诗人随心所欲地说道,
说仙子、精灵、女神们怎样美好,
经常去洞窟、湖泊、瀑布的神仙,　　　　　330
他们中决没有这种极乐的源泉:
做个实在的女人,真正的嫡系,

---

① 阿多尼斯(Adonis):希腊神话中的美少年,为阿弗罗狄忒(即维纳斯)所爱,后在狩猎中被野猪撞伤致死。在腓尼基和叙利亚,每年仲夏都举行祭祀阿多尼斯的活动;在亚历山大利亚,祭祀仪式包括举行阿多尼斯同阿弗罗狄忒的婚礼盛会。

源自皮拉①的石头,或亚当②的后裔。
温存的拉米亚准确地作出判断:
里修斯不可能又爱又提心吊胆,
于是她抛弃女神身,愉快地做一名
真正的女人来赢得他的爱心,
不带来恐惧,只带来美的给予,
即使他的心受打击,也保证救助。
里修斯对一切回答得十分流利,　　　　　　　340
每说一句话,就伴着两声叹息;
最后,指着科林斯,向她问道,
当夜走,会不会太远,累坏她的脚。
路不长,拉米亚由于赶路心切,
念一声符咒,就把三里格③缩瘪,
变成几步路;视而不见的里修斯
毫不生疑,已被她完全控制。
他不知,也从没想到要得知,他们
怎样无声无息地通过了城门。

好像人们说梦话,科林斯全市,　　　　　　　350
在她的全部富丽堂皇的宫殿里,

---

① 皮拉(Pyrrha):希腊神话中忒萨利王丢卡利翁(Deucalion)之妻。当宙斯发洪水欲将人类消灭时,丢卡利翁遵照他父亲普罗米修斯的主意,偕妻登上一只船,因此人类中只有他和皮拉得救。在发洪水的第九天,丢卡利翁根据先知的暗示,向背后掷石头。丢卡利翁掷出的石头都变成男人,皮拉掷出的石头都变成女人,从而重新创造了人类。
② 亚当(Adam):基督教《圣经》中人类的始祖。
③ 里格(league):长度单位。一里格相当于五公里。

在挤满人群的街上,淫乱的庙宇中,
都窃窃私语,诉向塔上的夜空,
有如一场在远处酝酿的暴风雨。
在凉快的时辰,人不分男女,贫富,
移动着草鞋,走过白石铺的路,
结伴或独行;豪华的宴会上散出
多少支灯光,远远近近地闪亮,
把过路人们的影子投射到墙上,
或者照到他们在庙宇的拱门内, 360
暗的廊柱边,飞檐的阴影里,聚成堆。

他蒙住面孔,怕见打招呼的友人,
他紧捏她的手,因这时有人走近,
这人白须鬘,目光尖,头顶光秃,
脚步缓慢,穿着哲人的袍服:
当他们相遇,擦身而过时,里修斯
紧缩进披风里,脚步加快如飞驰,
拉米亚被紧催,颤抖着,他说:"哎!
亲爱的,为什么你抖得这么厉害?
为什么你的柔掌溶化成露水?"—— 370
"我累了,"美丽的拉米亚说道,"他是谁,
那个老人?我心里再也记不起
他的相貌:里修斯!为什么你隐蔽
自己,躲他的锐眼?"里修斯回答说,

"那是哲人阿波罗尼①,我的指导者
和良师;但今夜看来他已经变成
愚蠢的鬼魂,干扰着我的美梦。"

  他这样说着,他们已经到达
列柱的门廊前,这儿前门高大,
门口挂一盏银灯,燐光闪闪亮,   380
映在下面石板铺成的台阶上,
柔和如水中一颗星;大理石显得
洁白无疵,呈现出鲜亮的颜色,
穿过晶莹的光泽,液态的精巧,
黑色纹路流走着,只有神的脚
曾踏过那地方。伊奥利安②声音
从门上铰链发出来,两扇大门
豁然洞开,呈露出一处地方,
没人知道的,除了两个人,加上
几个波斯哑巴,那一年在集市   390
有人见到过他们:但没人知悉
他们的住处;有的人出于好奇,
追踪到他们的屋子,也白费心机:
但振翅飞翔的诗句为了诚实
必须说出此后发生的悲惨事,
这可以顺应许多人的心意,使之

---

① 阿波罗尼(Apollonius):公元一世纪时提亚纳城的希腊哲学家,属毕达哥拉斯学派。
② 伊奥利安(Aeolian):古希腊的一种音乐调式。

隔绝于更加怀疑的繁忙人世。

第 二 部

小屋里面的爱情,只有水,面包皮,——
爱神,宽恕我们!——是灰烬,尘粒;
宫殿里面的爱情,恐怕到头来
比隐士的禁食痛苦得更加厉害:——
那是个可疑的故事,来自仙界,
平凡的芸芸众生却难以理解。
假如里修斯活着把故事传流,
他准定会使卫道士痛心疾首,
扼杀这故事:但他俩的幸福太短暂,
引不起怀疑和憎恶,轻声责难。　　　　　　10
何况,爱神对如此美满的一双
心生嫉妒,每夜都射出凶光,
在他俩卧房的门楣上鼓动翅膀,
嗞嗞有声,并发出可怕的叫嚷,
通过走廊把一片光焰投射到地上。

　　不管这,毁灭终于来到:到晚上,
他们俩有如登上王位,双双
并卧在榻上,靠近一幅帘幕,
那质地轻盈的帘纱,被金带系住,
流水般飘到房里,让夏日的晴天　　　　　　20
在两根大理石圆柱中间显现

一片蔚蓝和明净:——他们在睡眠,
这习惯是甜蜜的;他们闭拢两眼,
却留着爱情使之睁开的小缝,
让他们入睡时见到对方的面容;
这时,从郊外小山的斜坡上传来
刺耳的号声,把燕子的呢喃遮盖,——
里修斯吃惊地跳起——那号声飞逸,
却留下悬念,嗡嗡响,在他的脑子里。
自从他最初躲进这甜蜜的罪戾　　　　　　　　30
作祟的紫宫以来,这是第一次
他的精魂越过黄金的边界线,
进入那几乎被放弃的喧嚣世间。
那始终警惕的、洞察一切的女郎,
痛苦地见到这情形,提出希望
得到比她那欢乐的统治更强、
更多的东西;于是她叹息、哀伤,
因为他越过她去深思,他已弄懂
瞬间的思索成为热恋的丧钟。
"为什么你叹息,美人?"他低声向她:　　　　40
"为什么你思索?"她这样柔声回话,
"你已经抛弃我;——现在我在哪里?
忧虑压在你眉梢,我不在你心底:
不,你叫我离开,我只好告别
你的心窝,没了家,却别无选择。"
他俯身对着她睁开的眼睛,这眼睛
反映出他在天堂里缩小的身形,

他答道:"我的黄昏星和晨星的银光!
为什么你要诉说得这样忧伤?
要知道我正在努力用更深的绯红　　　　　50
和加倍的创痛填满在我的心中;
努力把你的灵魂纠缠、抓捕、
诱入我的灵魂里,把你迷住,
像含苞未放的玫瑰里隐藏的芳冽。
一个甜吻啊!——你知道你痛苦剧烈。
我的思索呵!要不要敞开?你听!
一个凡人得到了一件珍品,
别人会不知所措,感到害羞,
不如让它堂皇地到外面去走走,
洋洋得意,正如我为你而欣喜,　　　　　60
不顾科林斯人嘎叫着表示惊奇。
让我的敌人噎死,友人欢叫,
看你的婚车行过拥挤的街道,
轮辐炫目地转着。"——女郎的面孔
哆嗦着;她不说什么,苍白而顺从,
起身跪在他面前,听了他的话,
哀伤得泪如雨下;她终于恳求他,
带着悲痛,同时她紧握他的手,
要他改变意图。他挨刺,难受,
倔强,引起更大的幻想,要求她　　　　　70
野狂又羞怯的天性服从于他:
而且,他尽管爱着,却轻视自己,
违背自己的善性,而感到狂喜,

由于她透出新的、温柔的忧伤。
他的激情,变得严酷,更染上
凶猛残暴的色彩,它可能出现
在没有青筋凸起的眉宇上面。
已经缓和的暴怒是美妙的,如像
阿波罗前来动手打蛇的模样。——
哈,蛇啊!一点不假,她不是　　　　　　80
蛇类。她感情炽热,她喜欢专制,
完全屈服了,同意他选定吉日,
任凭他携带着新娘走向婚礼。
午夜,一片寂静,年轻人低语道,
"你一定有个芳名,我老实巴交,
没问过你的名字,始终以为你
不是凡人,而是天仙的后裔,
现在也这样想。你这炫目的身躯
可有人间的名字,合适的称呼?
在城市密布的人间,你可有亲朋　　　90
来共享我们的喜筵和婚礼的欢腾?"
"我没有朋友,一个也没有;"拉米亚说,
"在广大的科林斯几乎没人知道我:
我的双亲的骨殖在土瓮里安放,
埋入了坟墓,那里没有人烧香,
他们不幸的后裔除了我都已
死去,为你我弃置了神圣的礼仪。
你可以随心邀请来许多客人,
但如果像现在这样你的眼睛

总喜欢看我,那么别邀请老者　　　　　　　100
阿波罗尼,藏起我,别让他见到我。"
里修斯听到这难解的话语而困惑,
就仔细询问;她避开他的触摸,
佯装睡觉;他也很快地被引向
朦胧的幽境,进入了沉睡之乡。

　　那时的风俗,在晚霞满天的时候
把头戴面纱的新娘从家里带走,
乘一辆华丽的彩车,一路上人们
撒花朵,举火炬,唱婚歌,盛装游行,
以此来开路:但这位无名的美女　　　　　110
没一个朋友。里修斯已经去召集
他所有的亲戚,她被单独留下,
明确地知道自己决不能使他
愚蠢的心放弃发疯的炫耀,
她开始深深地思索,一心想要
使排场适度,以掩饰其中的悲痛。
她这样做了,但她的灵巧的仆从
怎样来,何时来,他们是谁,都可疑。
厅堂周围,从门户出来又进去,
响起拍翅的声音,直到短时内,　　　　　120
炽热的宴会厅射出巨大拱形的光辉。
缭绕的音乐,恐怕是仙居屋顶
唯一的支柱,引起四处的哀吟,
担心整个魔法会可怕地失效。

新雕的松木,雕成棕榈和大蕉
长在林间草地上,从两边相接,
中央高凸,向新娘贺喜庆佳节:
两棵棕榈,又两棵大蕉,许多树,
一枝对一枝,把枝干从两边伸出,
伸展向林中小径,这一切下面,　　　　　　　　130
从外墙到内壁,闪动着一串涌流的灯盏。
荫蔽下,摆着尚未品尝过的宴席,
香味扑鼻。拉米亚,身着华衣,
无声地走来走去,她这样走着,
不满足,却露出满足的苍白神色,
嘱咐那些看不见的仆人把壁龛
和墙角的浮雕拾掇得更加美观。
树枝的中间,首先,素净如大理石,
出现了碧玉窗格;然后,过一时
又爆出纤小树木的匍匐的图像,　　　　　　　140
大大小小交织成纷繁的式样。
认可了这一切,她又任性地消隐,
把房门紧紧关闭,无息无声,
端正地准备好迎接痛饮狂欢,
等待着讨厌的客人来破坏她的孤单。

　　白天来了。到处是流言蜚语。
无知的里修斯!痴汉!为什么瞧不起
暗中赐福的命运,幽居的温馨,
把隐秘的卧室公开给众人的眼睛?

人群来了；每一个客人都忙乱, 150
走到大门前,猛然向里面观看,
惊奇地走进来:他们熟识这条街,
从小清楚地记得这里的一切,
没丝毫遗漏,但以前从来没看见
堂皇的门廊,建筑宏丽的庄园；
他们全拥入,惊呆了,好奇,敏感:
只有一个人睁眼苛刻地观察,
挂一脸严峻,踱着沉静的步伐；
那正是阿波罗尼:他微露笑容,
好像有棘手的问题,曾经愚弄 160
他忍耐的头脑,现在已开始缓解,
而且解决了:——可见他预见的正确。

　　在人声嘈杂的前厅里他遇见
他年轻的门徒。"这不合通常习惯,"
他说道,"让一个不速之客跟你——
里修斯勉强地呆在一起,又以
自发的莅临来干扰这一群美丽
年轻的朋友；但我要坚持干错事,
请你原谅我。"里修斯脸红了,带领
这老人走过内室敞开的"重门"； 170
说着缓和的话语,彬彬有礼,
把智者的肝火化为甘甜的乳汁。

　　宴会大厅里是一片富丽堂皇,

到处是灿烂的灯火,扑鼻的芳香:
每扇明亮的窗格前有一只香炉,
香烟缭绕,须添加没药和香木,
香炉由庄严的三脚座高高托起,
细长的座脚成弧形跨站在柔细
羊毛织成的地毯上:五十只炉里
五十道烟的花圈轻轻地飘起, 180
直上屋顶,当沿着镜中的围墙
升腾时,被两朵香云静静地模仿。
十二张圆桌,四周是绸面的坐椅,
桌高到男人的胸口,桌身挺立,
靠豹形爪子支撑,桌面上放置
沉重的金杯,谷神的号角三次
讲到的果实,巨觥盛着的佳酿,
来自暗窖的酒桶,愉快地闪光。
桌子这样子把华宴承载在身上,
每张桌子的中央供奉着一尊神像。 190

在一间前厅里每位客人都感到
有吸足凉水的海绵压上手脚,
由仆人伺候,给人以舒适的快感,
有香油倾注到客人的发上,鬓边,
这也是礼节,客人们身穿白袍
走向筵席,各自按顺序坐到
筵席四周的绸榻上,他们奇怪
这一切炫耀巨富的花费是从哪里冒出来。

轻柔的音乐随轻柔的气氛流荡,
熟练自如的希腊人向众客引吭,　　　　　　　200
唱加重元音的叠歌,人们先低声
交谈,因为美酒还未曾畅饮;
等到客人们一个个酒酣耳热,
他们就高谈阔论,说话声盖过
强力乐器的奏鸣:——灿烂的织锦,
广厦,令人敬畏的豪华屋顶,
绚丽的色彩,仙露给人的欢乐,
美丽的奴仆,拉米亚本身,都变得
不足为奇,因为醇醪已完成
美妙的业绩,一切灵魂都已经　　　　　　　210
摆脱人世的束缚;甘美的酒液
使极乐世界不太美,不太圣洁。
酒神的威力很快就达到顶峰,
客人们眼睛更亮,脸色更红:
一只只不同的翠绿芬芳的花冠,
采自山谷,折自林木的枝干,
装在金柳条编成的篮子里带进,
堆到篮子的把手那么高,以适应
客人的心意;舒适地枕着丝绸
枕头的客人可随意拿它戴上额头。　　　　　220

　　拉米亚戴什么花冠?里修斯戴什么?
什么花冠给阿波罗尼这位长者?

瓶尔小草的嫩叶和细长的柳条
将挂上她那正在发痛的额角；
为了那年轻人，让我们赶快摘取
密锥花，让他睁着的眼睛沉入
遗忘之乡；对那位聪明的学者，
让针茅和毒草蓟花在他的太阳穴
开战。是不是所有的魔法一旦
触及冷峻的哲理就烟消云散？　　　　　　230
一次，可畏的彩虹在天上升起：
我们知道彩虹的密度和质地；
她列在平凡事物可厌的编目里。
哲学将会剪去天使的羽翼，
会精密准确地征服一切奥秘，
扫荡那精怪出没的天空和地底——
会拆开彩虹，正像它不久前曾经
使身体柔弱的拉米亚化为一道虚影。

　　欢乐的里修斯坐在她身边首位上，
全不见屋子里还有另外的面庞，　　　　　240
他终于制止爱的走神，举起
满杯，越过大桌子，向对面投去
目光，恳求他满脸皱纹的老师
能够赐给他稍稍一瞥，同时
向老师祝酒。这位秃顶的长者
早已一眨也不眨地把眼睛盯着
那突然惊恐不安的新婚美人，

对着她吹胡子瞪眼,打乱她轻松的骄矜。
这时里修斯热诚地握住她的手,
那只手苍白,在红色长榻上停留: 250
手上的冷气流贯到他的血脉里;
又突然变热,一种不自然的热气
以种种疼痛直刺入他的心脏。
"拉米亚,你这是怎么啦?为什么惊慌?
你认识那人吗?"可怜的拉米亚无语。
他凝视她的眼,她的眼一点儿也不
领会那温存缠绵爱怜的深情:
他凝视又凝视:他顿时感到眩晕:
贪婪的符咒吸食了那一身娇娆,
那两颗眼珠什么也不再见到。   260
"拉米亚!"他叫喊——没有软语回应。
许多人听见了,高声喧哗的宴饮
沉寂下来;庄严的音乐停奏;
爱神木在无数花冠上变枯变朽。
说话声,琴声,欢笑声渐渐消亡;
死般的静寂一步一步地增强,
直至仿佛出现了可怕的鬼物,
没有人不感到恐怖得毛发直竖。
"拉米亚!"他尖声叫道,但除了这尖声
和悲惨的回声,只余下一片寂静。   270
"去吧,噩梦!"他喊道,再次细看
新娘的面孔,美丽的太阳穴上边
已没有青筋流动;面颊上不再有

275

嫩蕊的红晕;激情也不再照透
深深隐藏的目光:——全部凋枯!
拉米亚不再美,坐着的是一堆白骨。
"闭下你魔术的眼睛,残忍的老人!
把眼睛移开,歹徒! 诸神的形影
说明他们在这里幽冥中逗留,
你若不闭眼,诸神正义的诅咒　　　　　　　280
会突然用痛苦的失明之刺戳破
你两只眼睛,把你交付给寂寞,
让你颤抖着沉陷于良心的无比
恐惧中,因为诸神的威力遭忤逆,
因为你进行了不敬的傲慢诡辩,
非法的巫术,说了诱骗的谎言。
科林斯人! 你们瞧那个白胡子歹徒!
注意他着了魔,没睫毛的眼皮围住
他恶鬼般的眼珠! 科林斯人,瞧!
我可爱的新娘在他的逼视下枯凋。"　　　　290
"傻瓜!"诡辩家说道,语调低沉,
轻蔑而沙哑;里修斯以濒死的呻吟
回答,他心如刀绞,魄散魂丧,
仰面倒在那痛苦的幽灵身旁。
"傻瓜! 傻瓜!"诡辩家重复说,两眼
依然严厉,不移动,"我把你保全
到今天,使免遭人生的一切厄运,
我可愿见到你成为蛇的战利品?"
于是拉米亚咽气;诡辩家的眼睛

有如枪尖,刺穿了她的全身,   300
锐利,无情,彻底,猛烈:她按
无力的纤手所能表示的那般,
示意他保持沉默;但徒劳无补,
他目光直直地一看再看——不!
"一条蛇!"他应声喊道;话音未止,
她发出惊恐的惨叫,便永远消失:
从此里修斯双臂中失去了欢忻,
同一夜,他的肢体失去了生命。
他躺在高榻上!——他的朋友们走近——
扶持他——发现他脉搏、呼吸已停,   310
用他的婚服裹住他沉重的尸身。

    *   *   *

附:济慈原注(引伯顿①文):

"菲洛斯特拉托斯②在他的《阿波罗尼传》第四卷中有一个值得注意的同类的例子,我不能不提到,它讲到一个年轻人,名叫门尼普斯·里修斯,二十五岁,在森屈里和科林斯的途中,遇到一个装扮成美丽淑女的鬼魂,她握住他的手,带他到科林斯郊外她的屋子里,告诉他说,在血统上她是腓尼基人,如果他愿意跟她呆在一起的话,他将听到她唱歌弹琴,喝到他从未喝过的酒,谁也不会来打搅他;而美丽可爱的她将与俊美可人的他同生共死。这年轻

---

① 伯顿(Robert Burton,1577—1640):英国圣公会牧师,学者,作家,以所著内容涉及广泛的《忧郁的剖析》一书而闻名于世。
② 菲洛斯特拉托斯(Philostratus,170?—245?):希腊哲学家,伦理学家,修辞学家,著作有《阿波罗尼传》和叙述公元前五世纪的古典诡辩家和后期的哲学家和修辞学家的《诡辩家传》等。

人是个哲学家,本来稳重而谨慎,能节制感情,但这次热烈的爱情除外,他和她呆了一会儿就感到别无他求,终于同她结婚,在婚礼上,他的客人中出现了阿波罗尼,后者凭着颇有把握的推测,发现她是一条蛇,一个"拉米亚"①,还发现她的所有的家具都不是实物,正如荷马描写的坦塔洛斯②的金子那样,仅是幻象而已。她发现自己被人识破,哭了,渴求阿波罗尼不要声张,但他不为所动,于是,她,杯盘,房屋以及屋中的一切,顿时化为乌有:许许多多人关注这件事,因为它发生在希腊国内。"——伯顿:《忧郁的剖析》第三部第二节。

(1819年7—9月)

---

① "拉米亚"(Lamia):希腊神话中女头女胸蛇身的妖魔。本叙事诗即以此为题。
② 坦塔洛斯(Tantalus):希腊神话中的宙斯之子,因泄露天机,被罚入冥界,拘于湖中,口渴时想喝水,水立即退去;饥饿时想摘头上的果子,果子立即随风而去;这些都可望而不可即。

传奇·史诗

恩弟米安

诗的传奇

为 纪 念
托玛斯·查特顿
谨 此
题 献

(一八一八年)

前　言

　　我心里知道这部诗作是以何种方式产生的,我把它公开发表并非毫无遗憾。

　　我所指的何种方式,读者将十分清楚,读者必定会很快觉察到,与其说这是完成了一项事业,毋宁说写这作品极其缺乏经验,不成熟,冒出了标志着狂热企图的一个个错误。前两卷,其实还有后两卷,我心中有数,并没有达到可以付印的完美程度;即便我想用一年时间加以修订使之有所改进,仍不会达到付印的水平;——不会的:基础太不牢固了。这个新生儿会夭亡,是有缘由的:幸而我这样希望,虽然文笔越来越差,我可以继续构思,叫自己写出可以存活下去的诗篇来;否则我的思绪就悲哀了。

　　这话可能说得过于放肆,应该受到惩罚:但是富于同情心的人不会来处罚我:这样的人不打搅我,他深信,没有比追求伟大目标遭受失败更悲惨的了。我这样写,当然丝毫不带有先发制人、防止批评的目的,只是出于这种愿望,我必须同那些有资格珍视而且带着积极的眼光珍视英国文学的荣誉的人们,友好相处,博得他们的支持。

　　一个少年的想象是健康的,一个大人的成熟的想象是健康的;但是两者之间有一段生命的间隔,这时期,心灵在骚动,性格没有定型,生活的道路没有明确,追求的目标模糊不清:从中就产生出幼稚可笑的东西,产生出我提到的那些人在翻阅下列篇章时必然会尝到的无数苦涩的东西。

但愿我接触美丽的希腊神话还不算太晚,不曾减弱它的光辉:我想,在跟它告别之前,再作一次试笔①。

一八一八年四月十日,廷茅斯

---

① 指济慈准备写关于海拔里安的诗。

恩弟米安[*]

第 一 卷

美的事物是一种永恒的愉悦：
它的美与日俱增；它永不湮灭，
它永不消亡；为了我们，它永远
保留着一处幽境，让我们安眠，
充满了美梦，健康，宁静的呼吸。
这样子，在每天清晨，我们编织
绚丽的彩带，把自己跟尘世系牢，
不管失望，也不管狠心人缺少
高贵的天性，不管阴暗的日月，
也不管我们探索时遇到不洁　　　　　10
又黑暗的道路：是的，不管一切，

---

[*] 恩弟米安（Endymion）：希腊神话中的美少年。卡吕刻和埃特利俄斯之子，一说宙斯之子。宙斯喜爱他美貌，把他取到天上。但恩弟米安爱上了天后赫拉，宙斯大怒，使他长睡不醒。一说月神阿耳忒弥斯（又名狄安娜，辛西娅）爱上了他，使他在凯利亚（Caria）的拉特摩斯（Latmos）山谷里长睡不醒，以便能长久亲吻这美少年。本诗中有时出现"凯利亚青年""拉特摩斯人"等，即指恩弟米安。

有一个美的形体把棺罩褪卸,
褪卸自我们的灵魂。红日,明月,
给天真的羊群遮荫的老树,嫩叶,
就是这样的事物;还有那水仙
和水仙周围的绿色世界;溪涧,
在盛暑给自己备好凉荫的流泉,
清亮澄澈;灌木丛隐在森林间,
洒满了麝香玫瑰花,点点星星:
在我们想象之中的古代伟人 20
壮丽的命运,也是这样的事物;
还有听到或读到的美妙掌故:
那股永不休止地喷涌的仙浆,
从天的边缘倾注到我们心上。

  我们对这些实体的感觉并不
只持续一会儿;不,像绕着庙宇
低语的树木很快变得同庙堂
本身一样地可亲,月亮也这样,
还有热情的歌诗,极大的荣誉
缠绕着我们,一直到变成鼓舞 30
我们灵魂的亮光,同我们紧系
在一起,不论天晴或天阴,总是
和我们同在,否则我们就死去。

  正因为如此,我才满怀欣喜,
要把恩弟米安的故事来讲述。

这个名字的美妙音乐已注入
我的生命,每一幕生动的景象
在我的眼前都鲜明起来,好像
谿壑的绿草一般:我们开始描画,
趁我现在听不到城市的喧哗; 40
趁刚刚冒出了几朵早春的新蕾,
一片片幼嫩的颜色曲折迂回
绕森林奔驰;趁现在杨柳款摆
纤弱的嫩黄枝条;一桶桶牛奶
满满的拎回家去。等茎秆溢汁,
岁月越来越丰盈,我就要驾驶
这一叶扁舟,连续多少个时辰,
宁静地顺流深入葱翠的幽境。
我希望写出好多好多的诗句
在这红白镶边的一朵朵雏菊 50
藏入深草丛之前;还没有听到
蜜蜂绕着翘摇和豆花嗡嗡叫,
我准定已经接近故事的一半。
但愿不要在荒凉灰白的冬天
看到它半途而废:我希望秋高
气爽的节候,金色的宇宙围绕
我的四周,看着我把故事结束。
现在呢,我立即行动,斗胆派出
我先行的思想去到一片荒原:
让它的号角吹响,用绿色打扮 60
我莫测的道路,使我可以从容

不迫地疾驰在鲜花野草之中。

　　拉特摩斯山腰上伸展着一座
巨大的森林；因为这土地肥沃，
充分喂养着藏在草下的树根，
让枝丫悬空，结出了果实晶莹。
林子里有树荫浓重，幽境隐蔽，
没人迹来到；假如有羔羊远离
牧童的守护，走进幽深的山谷间，
它将再也见不到快乐的羊栏， 70
它的弟兄们总是满足地叫唤，
翻过山迎着夜幕直走向栏边。
这些牧童们始终这样地相信，
任何一头细毛的羔羊离了群，
迷了路，遇到探头探脑的凶狼
或者恶豹，就陷入极度的恐慌，
只有走上稳定的平原，再回到
牧神的羊群中间才安心：失掉
一只羊却收获不浅。许多小道
弯绕过密密羊齿，泽畔灯心草， 80
缠藤的河岸；全都惬意地通向
开阔的草地，从这里只见前方
全是花枝，簇拥在隆起的草坡
和斜挂的树杈之间；谁来说说
那片用黑色树梢镶边的蓝天
有多么鲜洁？鸽子时常在天边

拍击着翅膀飞翔,还可以看到
时常有一片小云在天上逍遥。

  在这生气勃勃的景象的中间
立着一座大理石祭坛,有一串   90
刚刚绽开的鲜花在坛上;夜露
昨晚仙子般发出奇想,把雏菊
一朵又一朵洒满圣洁的草地,
这样用盛装来迎接破晓的晨曦。
正是早晨:阿波罗的火焰上升,
把东方的云霓化成无数金银,
射出洁净的光辉,在这光辉里,
一个忧郁的灵魂将彻底忘记
一切,并且把他那纯粹的精髓
化作清风:雨中芬芳的野蔷薇   100
把温馨送给真心求爱的太阳;
云雀飞逝在阳光中;冷泉奔忙,
流入草丛,暖一暖冰凉的水珠;
人的声音回荡在群山上;无数
自然的生命和奇迹加速搏动,
来感受日出和日出的恒久光荣。

  天边的曙色默默地忙于变化,
这时,一群戴着花环的小娃娃
突然出现,发出欢乐的喊叫声,
飞快地奔向那片如茵的草坪;   110

他们聚集在祭坛的四周,好像
在四处窥探,似乎热切地希望
见到过节的人们:并没有久等,
他们的耳朵就已经听够一阵
隐隐约约的音乐,这一阵音乐
在提高调门,之后又逐渐消歇。
稍稍过了一会儿,这音乐重新
变得轻盈而响亮,温柔的乐音
向树叶飘送,变作滚圆的回声
直透过山林幽谷,——回声未消泯, 120
音浪追上了荒海波涛的低唤。

　　正如在树林深处我们能看见
山猫的锐眼,如今美丽的面孔
闪现,白色的衣裙急速地移动,
显示得越来越清晰,最后他们
全都进入了一条宽阔的花径,
直接奔向那树林中间的祭坛。
仁蔼的缪斯!别让我舌音抖颤,
让我好好讲述这美好的一群,
讲述他们的诚心,他们的欢欣: 130
但愿赐给我天国仙露的一份,
把它倒在我头上,使我的灵魂
立即自由;去漫游,使得我敢于

在乔叟①吟唱的地方讷讷低语。

年轻姑娘们跳着舞,在前面开路,
一面唱着牧羊人歌曲的叠句;
每人拎一只白色柳条筐,筐子里
装满四月的娇花:后面是一批
衣着整洁的牧羊人,面孔晒黑,
正如阿卡狄亚②的书中所描绘;　　　　　140
他们坐下来聆听阿波罗吹笛,
大神阿波罗,为了成熟的大地,
让自己洋溢的神性逐渐消解
在笛音之中,飘过塞萨利③谷野:
有的牧童把牧杖闲拖在地上,
有的用乌木横笛吹奏出嘹亮
而又圆熟的音调:紧跟在后面,
是一位可敬的祭司,衣着素淡,
他从森林里大树底下走过来,
浑身是一副主持仪式的神态:　　　　　150
他两眼紧盯绿草如茵的土地,
他的神圣的祭服在身后飘起。
他右手拎着一只乳白的陶瓶,
瓶里盛着合成酒,比柔光更晶莹;
他左手挽着一只篮子,篮子里

---

① 乔叟:英国诗人。参见本书第75页题注。
② 阿卡狄亚,即阿卡狄。参见本书第16页注②。
③ 塞萨利(Thessaly):希腊的一个地区。

装满锐眼能采到的香草如蜜:
百里香,山谷百合花,白得胜过
勒达①的情郎,溪中水堇浅紫色。
他苍老的头颅,戴着柏枝花冠,
看上去好像是一丛常春藤蔓   160
面对着严冬。然后又走来一帮
牧羊人,他们及时地高声歌唱
他们该唱的谣曲。他们的后头
出现了一辆精美的彩车,车后
是群众,他们的歌声响彻云霄;
彩车的车轮向前滚动得轻巧,
不妨碍三匹花斑马自由奔驰:
站在车上的那位,在众人中似是
赫赫有名的。他正逢青春盛年,
像伽倪墨得斯②那样,已进入成年;   170
在那个淳朴的时期,他的衣衫
是酋长的服饰:在他半袒的胸前,
挂着银号角;捕猎野猪的枪尖
夹在他布满青筋的两膝中间。
他脸上现出微笑;在普通旁观者
眼中看起来,他像是一个梦幻者,
梦想着极乐世界的一片悠闲:
但是有些人怀着同情能看见

---

① 勒达(Leda):希腊神话中的斯巴达王后。宙斯变作天鹅与她亲近,生出女儿——绝世美人海伦。勒达的情郎指天鹅。
② 伽倪墨得斯(Ganymedes):希腊神话中为诸神侍酒的美少年。

从他的下唇透出隐藏的烦忧,
还见到从他漫不经心的两手 180
时时滑脱了缰绳:他们就哀叹,
想到萎黄的树叶,夜枭的叫唤,
阴沉地堆着的木材。——啊,真可悲!
为什么年轻的恩弟米安会憔悴!

很快这群人默默地站成一圈,
围绕着圣坛:每人的面容突然
变得充满了虔敬:和蔼的母亲
示意孩子们安静;处女的面孔
因稍稍害怕而显得有些黯然。
恩弟米安,在森林里没有伙伴, 190
也显得苍白,畏惧,且面有愁容,
站在共同狩猎的兄弟们当中。
在众人中央,可敬的祭司欣然
把他们大大小小都扫视一遍,
举起衰老的双手,他开口说话:
"拉特摩斯的人们!成群的牧羊娃!
你们的责任是守卫绵羊千百只:
你们从耸在山顶之上的岩石
缝里走下山;你们从永远满载
横笛清音的一道道山谷走来; 200
或来自隆起的丘陵,丘陵上清风
吹动蓝色风铃草,多刺的荆豆丛
怒放金花;你们照管的宝贝羊

把青草饱餐一顿,在大海之旁,
你们让芦管接受特赖登螺号①
回声的共鸣,发出凄凉的音调:
母亲们!妻子们!你们一天又一天
给布袋装满必需品,准备上山;
温柔的少女们,你们把没有母奶
哺育的羊羔养大,把蜜糖盛在　　　　　　　　210
小小杯子里送给年轻的意中人:
好啊,大家注意啦!说实话,我们
没有对伟大的牧神潘②许下心愿。
难道哞哞的小母牛不比一夜间
长大的蘑菇更光洁?难道野地里
没布满无数只绵羊?难道雨滴
没洒绿四月的山坳?狼嚎不曾
吓坏我们的母羊;我们从主人
恩弟米安那里得到了大恩赏。
大地上喜气洋洋:百灵鸟欢畅,　　　　　　　　220
向微风拂煦的天空高唱晨曲,
我们仪式的上空是明净的天宇。"

　　说完后,他在圣坛上堆起一座
香草的尖塔,让香草燃起圣火;
他随即把酒洒上松厚的土地,

---

① 特赖登螺号:希腊神话中的人身鱼尾海神特赖登常根据其父波塞冬的指令吹起螺号,使海上卷起狂风恶浪。参见本书第248页注①。
② 希腊神话中人身羊足、头上有角的畜牧神。参见本书第114页注④。

向这位牧童的神祇①表示敬意。
这时候大地正在痛饮着酒浆;
月桂叶正在香堆上噼啪作响;
在欧芹紧紧覆盖下,黏性的乳香
爆出闪亮的火花;朦胧的白光　　　　　　　　230
向东展开,于是响起了合唱声:

"你②啊,你那宏伟的宫殿的屋顶
越过参差的树杆下悬,用阴影
把花朵幽魂的永恒低语、郁闷、
出世、生与死锁进深沉的安谧;
你爱看林木女神们梳理自己
散乱的头发,在榛树转暗的地方;
你坐着,度过庄严漫长的时光,
聆听河床上芦苇单调的歌曲——
这地方荒凉,阴湿的潮气培育　　　　　　　　240
管状的毒芹,使它茂盛得出奇;
你想着,失去了美丽的西琳克丝③,
你多么抑郁寡欢——现在,请凭你
情人乳白色额角的名义,
凭她跑过的那些曲径和迷廊,
伟大的潘呵,听我们歌唱!

---

① 指潘。
②③ 西琳克丝(Syrinx):希腊神话中的山林女神,为牧神潘所爱,但她不爱潘,为了躲避潘,她投入河中,请求神把她变成了芦苇。潘即用这芦苇做成了箫(亦作笛)。

"你啊,为了使你的灵魂得安宁,
斑鸠在桃金娘丛中热情歌鸣,
这时候正当黄昏,你信步徜徉
在阳光照射的草地上,这片草场   250
处在你苔绿领地的边缘:你听到,
阔叶的无花果树在向你预报
果实的成熟;腰束黄带的蜂群
预示金色的蜂巢;农村的草坪
预告美丽的豆花、罂粟状玉米;
红雀预言五只小红雀将出世
为你而唱歌;草莓在地上爬行,
预测夏天的凉爽;蝴蝶在网中
预想斑斓的翅膀;新春花正开,
预告着万事齐备——你啊,赶快来,   260
凭那摇撼山头劲松的每阵风,
快来啊,森林的神明!

"你啊,一切森林和牧野的神祇
都奔到你身边听你驱遣;无论你
向蹲着打瞌睡的野兔突然袭击;
还是攀登上嶙峋的悬崖峭壁,
从老鹰嘴里救出可怜的羊羔;
或是用神秘的方法劝诱引导
晕头转向的牧羊人回到原路;
或挨着大海的惊涛屏息举步,   270

采集各种梦幻般奇异的贝壳,
由你把它们倒进那雅得①的巢窝,
你暗中笑看女神们探出头来;
或做出古怪的一跃使你愉快,
看她们相互向对方头上抛丢
一个个银色五倍子、棕色冷杉球——
凭着围在你四周的声声回响,
听我们歌唱吧,林神之王!

"你啊,你听着那剪刀嚓嚓有声, 280
看一头公羊不时鸣叫着走近
被剪过毛的同伴:你吹起号角,
不让野猪把柔嫩的玉米秆拱倒,
激怒打猎人:你在田庄上吹气,
驱逐季候的病害,发霉的晦气:
你无端伺候着不可名状的声响
神魂颠倒地飘扬过大地茫茫,
然后凄凉地消逝在荒原上空:
你令人敬畏地打开神秘的门洞,
从这里通向无限广博的知识——
你,德律俄佩②的伟大儿子, 290
你瞧,这群人用树叶绕着额角
前来还愿呵,你瞧瞧!

---

① 那雅得:即水泉女神,参见本书第123页注①。
② 德律俄佩(Dryope):希腊神话中的山泉女神。潘是赫耳墨斯和德律俄佩之子。

"愿你仍做供冥想休憩的不可
思议的旅舍;正如你这样逃脱
概念,把概念推托给仙界天国,
留下赤裸的脑筋:愿你仍然做
酵母,散布在愚笨呆钝的凡尘,
给尘世微妙的接触,叫它新生:
愿你仍然做无垠空间的象征;
倒映在大海里面的广袤苍穹;　　　　　　300
充塞在天地之间的一个要素;
不可知——不再有:我们虚怀若谷,
抬起手遮住前额,深深地弯腰,
再发出一声震裂天宇的长啸,
我们恳求你站在利西亚①山巅
接受我们谦卑的歌赞!"

　　此刻,当他们把叠句唱完之际,
一阵呼啸从全体人群中升起,
盘旋在空中,就像突发的雷鸣
渐消,任爱奥尼亚海②中的一群　　　　310
海豚们把鼻子冲出海面,跃进。
同时在苔绿的地上,披着树荫,
年轻的伴侣们开始翩翩起舞,

---

① 利西亚(Lycia):小亚细亚半岛西南部临地中海的一个古国。
② 爱奥尼亚海(Ionian Sea):地中海的一部分,在希腊和西西里岛之间。

按急管繁弦的拍子轻捷地举步。
好啊,生动的形体天仙般游去,
合着记忆中已经忘却的乐曲:
美丽的生灵!你们孩子的孩子
为塞莫皮莱①生下了英雄——还没死,
刻上了古老的大理石,永远美丽。
高尚的先人们无意中已经摘取   320
时间初生的甜果——他们已舞倦,
于是静静地围成了一个圆圈,
躺在草丘上,恰好听见了一只
传奇故事的尾声,这故事能使
年轻的心灵从它的肉体飞出。
或者他们会注视那些个左顾
右盼的铁饼投掷者,他们怜悯
海阿肯托斯②的惨死,那是风神
泽斐罗斯杀了他,——悔过的风神
每天趁福玻斯③还没登上天庭   330
就洒着泪雨,抚摸那朵风信子。
弓手,在一片广阔的平原上骋驰,

---

① 塞莫皮莱(Thermopylae):古希腊东部一险要山口。公元前四八〇年,斯巴达王列奥尼达率精兵三百在此抵抗入侵的波斯大军,连战三日,三百人全部壮烈牺牲。塞莫皮莱一译温泉关。
② 海阿肯托斯(Hyacinthus):希腊神话中的美少年,为阿波罗所喜爱。海阿肯托斯和阿波罗一起掷铁饼为戏,西风神泽斐罗斯(Zephyrus)出于嫉妒,吹风使阿波罗的铁饼击中海阿肯托斯的头部,使他流血而死。他的血染到的地方长出了风信子花。
③ 福玻斯(Phoebus):即太阳神阿波罗。

还有一支支羽箭发出飕飕声,
射箭的弓弦嘣嘣响,声音沉闷,
树枝从高大桦树的尖顶坠落——
这些唤起了思绪万千,让思索
笼罩观者。也许笼罩到尼俄伯①,
她紧张得张口结舌,膝盖哆嗦,
凄凉的尼俄伯!她的可爱的子女
都已经死去,她的爱抚的言语　　　　　　　　340
留在苍白的嘴唇边,黯然消失,
极度灰暗的、灰暗的死色吞噬
她的慈颜。一个人从远处高喊,
对着天空举起他强劲的弓箭,
他把许多人从忧伤情绪中唤醒,
让他们凝视更加光明的图景:
看到阿耳戈英雄们②茫然惊愕,
在涅普图恩③的怒涛上飘荡颠簸,
终于从地平线之上,天穹侧面,
远远地射来一大片金色光焰,　　　　　　　350
用闪闪金砂装饰大海的汹涌
澎湃的浪涛:这是阿波罗举弓
兴高采烈地射出可畏的光芒;

---

① 尼俄伯(Niobe):希腊神话中的底比斯王后,她有六子六女,以此夸耀,终遭祸殃,这些子女全被杀死,化为石头;尼俄伯悲伤已极,终于化为山岩,这山岩一直在流泪。
② 阿耳戈英雄们(Argonaults):希腊神话中在伊阿宋率领下乘快船阿耳戈号去海外觅取金羊毛的英雄们,共五十人。
③ 涅普图恩:罗马神话中的海神,参见本书第 114 页注③。

凄楚的他们有了天国的火光。
谁能成熟地进行深沉的思索,
谁就能转身走向一群清醒者,
那里,恩弟米安和老祭司坐在
已故的牧人中间,牧人的神态
加速了人间星辰的银色沉落。
他们在那里讨论:易断的铁索　　　　360
把我们同天上缥渺的家乡分开;
我们的职责就是:每晚要召来
黄昏星,那是夏空中美的峰巅;
要召集一切轻柔的云团云片
来铺垫太阳的紫榻;要竭尽全力
去侍奉命运的强有力的统治,
用一种带着火尾的气浪的速度;
要把她苍白的面颊染红,她熟读
月光下优美的诗篇:除了这些,
还有无数项猜想不到的作业。　　　　370
他们凭借着神圣的精神交流,
到极乐世界去漫游,争相开口,
历数每个人预想得到的福气。
有个人心中意识到,他不会惦记
很快失去的情人,在花枝中间,
一阵阵西风送来一声声喟叹,
叫她的嘴唇唱出欢迎的歌曲。
另一人希望在这个永恒的春季
会见他红润的孩子,轻帆扬起,

目光热切,疾驶过杏仁状谷豁： 380
突然那孩子会从和风中俯身
把芬芳的树叶簪上他的两鬓；
此后这孩子将永远在这些地区
做他的信使,他的小小墨丘利①。
有些人灵魂里渴望着重新看见
广阔原野上他们在很久以前
打猎的伙伴；同他们坐在一起
聊聊他们在世上的一切机遇；
愉快地作一个比较：现在拥有
无穷幸福,而过去在旷野行走, 390
天黑了,他们为御寒挤在一起,
共享小袋里少量可吃的东西。
大家说出了心中的畅想,——他例外,
他垂下眼帘把深色眼珠遮盖,
恩弟米安,他时刻都作出努力,
想隐藏致病的蛊毒,这蛊毒早已
破坏了他的微弱的记忆力。如今,
他晕得失去了感觉：他不再留心
周围突然静下来,又窃窃私语,
为他的痛苦而盈泪的老人眼珠, 400
焦灼的呼喊,颤抖着合起的手掌,
少女的叹息,悲伤中散出芬芳：
他仍然处于恍惚状态,没有变,

---

① 墨丘利：即信使之神赫耳墨斯。

仿佛他从来没有来到过人间。
真的,像那个冰冷的大理石人像,
如古代阿拉伯故事讲的那样。

  谁这样喘着气对他耳语不歇?
他的可爱的姊姊佩俄娜:在一切
朋友中,她最亲。她示意不要出声,
她怀着姊姊的忧伤,说服人们   410
同意由她来照顾,由她来操心。
她的流利的口才消解了咒语:
她像个午夜出现的精灵保姆,
来自浓烈的梦中快乐的变幻,
带领他走上小路,在两溪中间,——
用她浑圆的胳臂护他的额头,
挡过低矮的树枝,让他慢慢走,
不让被树桩和小小土丘绊倒;
终于来到这地方,那小溪两条
汩汩地合流,奔泻,轻轻地一冲,   420
汇入了大河,清澈又充盈,河中
映着水晶般闪亮的树木和天空。
飘荡到这里附近的一只小艇
把船头指向草木成行的河岸;
一对年轻人上艇,船头就轻点
水面,升起,又下降,拍击着水面,
佩俄娜驾驶着小艇,顺流向前,
驶往正对面树木茂盛的小岛;

很快就到达,她轻轻把小艇驶到
那凉荫覆盖、波光粼粼的水湾, 430
水湾边有一座草亭,由多少夏天
默默无声的巧手来努力筑成;
她经常把游戏伙伴引到草亭
荫凉的怀里,随带着刺绣针黹
和吟游诗人说唱的古代故事。

　　她感到温馨愉快,因为见到他
躺在她所喜爱的凉亭的清荫下
她的新近用花瓣铺成的卧榻上,
花瓣被细心晾干在阴凉的地方,
稻束的旁边,而秋阳正散开金发, 440
晒黑的收获者两臂抱满了庄稼。
他很快安静下来,沉入了酣眠:
但是在睡意到来之前,他已然
把姊姊的手指压上了他的嘴唇,
他在睡梦之中还轻轻地摁紧
她的手指尖。像一株柳树屏息
守望着一条弯弯曲曲的小溪
流过柳树旁,这位娴静的少女
也默默无语:以至于一片絮絮
低语的草叶,哀鸣的蚊子,匆匆 450
钻入蓝铃的蜜蜂,在枯枝败叶中
塞窣活动的鹡鸰,都能被听到。

睡眠的魔术！给人以慰藉的小鸟！
你伏在烦躁不安的心灵之海上，
叫它静下来，直到止息了风浪！
不羁的克制呵！囚禁的自由！你是
奇妙的钥匙，能打开王宫，史诗，
怪泉，新颖的树木，晶亮的山洞，
有回声的岩穴，岩穴中波翻浪涌，
月光如水；还有那梦幻的天地，　　　　　460
充满了银色的魅力！——只要在你
慵倦的翅膀下蹲伏三个小时，
谁能不恢复活力？——于是，凉亭里，
恩弟米安在抚慰下恢复了生机。
他头脑更加健旺，睁开了眼皮，
他说，"我感到你的深厚的情意
温暖着我整个胸膛，你像只鸽子
抖动着紧闭的眼睛，整洁的羽翼，
在我身旁；露珠从五月的田野里
送来的清晨香气，完全比不上　　　　　470
这双和蔼的眼睛溢出的泪光
带来的芳馨——姊姊的深情藏在
这双眼睛里。在这些泪水之外，
我还能要求更接近天国的东西？
擦干眼泪吧，你丝毫不用恐惧，
我不会再带着孤独凄凉的心情
度我的岁月。不，在高山的峰顶，
我将再一次放声高唱；我还会

再次让号角在雪山之上劲吹:
我的成群的猎犬又将围绕 480
喘息的野猪伸出舌头;我又要
截下优质的紫杉木,做一张良弓:
等到太阳愉快地在西天下沉,
我又将顺着起伏的草地漫行,
聆听鸫鸟的鸣叫,看我们的羊群
懒懒地吃草。亲爱的,你应该高兴,
假如你手头有诗琴,你就该柔声
求我的灵魂继续走既定的道路。"

　　这时佩俄娜把她悲伤的泪珠
抑止在银色源泉里,她发出欢呼, 490
拿起诗琴,弹奏出活泼的序曲,
动人心魄,同她那婉转的歌喉
配合默契。这样的歌曲,它具有
如此微妙的节拍,林野的气息,
远胜德律俄佩的寂寞的摇篮曲;
此后空中再没有飘扬过如此
忧伤奇异的音乐。少女的手指
无疑在拨动绝妙的精神感应;
因为她仍用得尔菲①神庙的重音
弹奏那难辨的急弦,尽管她看见 500
恩弟米安的精神已溶化消散,

---

① 得尔菲:阿波罗神庙所在地。参见本书第43页注①。

在那极度深沉的酣醉之前。
但是她很快变得——在突然之间,
镇定自若,把诗琴悬挂在一边,
她说得诚恳:"弟弟呀,你想隐瞒
你心中有数的神秘、不朽、星星般
灿烂的事情是徒劳的;这样遮掩,
会使你心情沉重。你犯过任何
冒犯天上神祇的罪吗?你逮过
送信的帕福斯①鸽子没有?我问你, 510
可曾用强弓射杀那用来祭祀
狄安娜的鹿群?或许你已经见过,
在绿色桠树林中,她浑身赤裸;
哎呀,这可是死罪呵!不,我能在
你的面孔上查出更大的困惑来。"

　　恩弟米安看着她,紧握她的手,
说道,"你在草地上是那么温柔,
愉快,现在却这样苍白?为什么?
把你的心病告诉我,全都告诉我!
啊,你对于我身上发生的突变 520
感到忧虑。什么事比这更怪诞?
什么事比这更使人难以猜透?
雄心可不是懒汉:辛劳的年头
送到我手里的、我所渴望的东西

---

① 帕福斯:阿弗罗狄忒神庙所在地。参见本书第148页注①。

不值得珍爱:没人曾这样喘着气
去拚死追求一种人间的爱情。
所有这一切都使我沉重的悲悯
超过偶发的事态。他们做得对:
我看见太阳在地平线上吐辉,
把他的宽肩膀举过地球的边棱, 530
压倒启明星,于是我向上猛扔
我的枪,作为开始狩猎的信号——
即便为了心灵的游戏,我也要
同我的阿拉伯骏马赛跑;还要把
兀鹫从他栖息的高枝上拽下;
用皱眉使雄狮愠怒,却不会退缩——
我立刻失去辛勤培育的烈火,
坠落得这样深!但在这座暖巢中
我要缓解我胸中隐秘的悲痛。

　"这条河若要看见赤裸的天空, 540
只有到这个时刻:当它由林丛
西端绕过去,银练般向前奔腾,
从某个视点看,那段弯曲的河身
就像是一弯新月上升在远空:
我在那六月引为骄傲的幽境,
惯常消磨那令人疲惫的傍晚;
尤其是太阳带着一肚子不情愿
离开他亲爱的权力顶峰的画面,
我可以目睹他这般尊贵威严,

此刻他紧紧勒住黄金的缰绳,　　　　　　　550
让他的四匹神马慢慢地步行,
走下琥珀色平原。太阳的马车
把光芒射向黄道上的狮子座,
突然,一张魔床如鲜花般呈现,
铺满了殷红的罂粟,圣洁的白藓:
对这我大为惊奇,我非常清楚,
仅一夜功夫就造成这花的魔术;
紧挨着床边我坐下,开始沉思
它意味什么。我想,也许摩耳甫斯①
经过这里,抖动了他的枭状翅;　　　　　　560
也许是,夜之女神还没有拿起
乌木罐,墨丘利已暗中把仙杖
在里面蘸了一下:花如此辉煌,
普通的树木长不出。我这样思索,
一直到我头脑昏眩,心中困惑。
再说,罂粟花摆动,一阵风轻轻
吹来,爱抚我,使我的灵魂安宁;
并且用色彩、翅膀、迸射的金光
在我的周围编织成种种幻象;
幻象越变越离奇,越来越朦胧,　　　　　　570
然后被卷入喧嚷骚乱的晕眩中:
我随即沉入睡眠。我啊,该不该
把以后发生的着魔的事说出来?

---

① 摩耳甫斯:睡梦之神。参见本书第239页注①。

可那是一场梦:而这样一场梦,
无论怎样的巧舌,尽管它喷涌
圆熟的词语,像清泉来自石窟,
也无法描绘得使人能够想象出
我所看到和感到的一切。仿佛
我躺着观看天顶,天上的银河
在繁星之中迸射着贞洁的光芒; 580
我不断移动着目光,直到天堂
仿佛打开了重门,要让我飞往,
我变得不愿而且害怕向下望,
不敢从这样高空的飞翔中降落:
我就在缥渺的恍惚中稳定,沉着,
大大展开那想象的宽广羽翼。
就在这时候,星星们开始滑移,
从我渴望的眼前一颗颗隐去:
我无法追赶星星,因而我叹息,
我把目光直投向视域的极限; 590
快看呵!云散天开,露出了一盘
可爱的明月,月亮的银光曾把
海神的贝壳酒杯照亮:月亮她
飞射出热情的光辉,我的灵魂
同银色月魄交融,天晴或天阴,
总一起滚动,即使到最后她飞向
黑暗缥渺的天幕时也是这样——
这时,我觉得似乎那长长一串
没有眼帘的行星回到了蓝天。

为了跟星球交融,我再次抬起　　　　　　　600
我的视线:有一个发光的东西
飞速地下降,使得我眼花缭乱,
我赶紧遮住我的面颊和两眼:
我再看,你们啊,在奥林波斯山顶
注视着我们的命运的诸位神明!
哪里有完美之中的尽善尽美?
哪里有温柔之极或甜美之最?
说吧,执拗的地球,告诉我哪里
有一种象征她的金发的东西?
不是在夕阳光下垂头的燕麦捆,　　　　　　610
也不是你的纤手,姊姊!我不应
在你的面前说蠢话,——但她有金发,
发出亮光来,真叫我爱得发傻;
那金发编成了辫子,盘绕在头上,
让她珠圆的耳朵,雪白的颈项,
弯弯的眉毛,显露出赤裸的美态;
不知怎样地,这一切全都融汇在
天仙般的眼睛和嘴唇的光影里,
揉合了羞红的面颊,微笑,和叹息,
一想到这些,我的心灵就紧抱　　　　　　620
自己的幻想,并同它游戏,直到
纷纭尘世的螫刺毒化了一切。
我该向哪个敬畏的神灵或者
高大的神庙呼叫?——看她的双足,
啊,那青筋,那柔肌,白皙的嫩肤,

311

胜过维纳斯从海上贝壳摇篮里
走来的双脚。一阵阵清风吹起,
她的披巾被吹成飘动的篷帐;
披巾是蓝的,上面缀满了千万双
发光的小眼睛,仿佛你曾把雏菊　　　　　　630
向着那茂盛的深色蓝铃花圃
一捧捧撒去。"——"恩弟米安,多奇怪!
梦里还有梦!"——"在空中她稍稍徘徊,
然后,她向我走来,活像个少女,
羞答答,无力,充满了希望和恐惧,
紧握着我的手:啊!太出乎意料;
仿佛这醉人的一握要使我晕倒,
可是我还能记住,就像一个人
潜入水中三㖞深,四周水滚滚,
流过海底的珊瑚礁:此后不久,　　　　　　640
我觉得自己上升到高处,星球
在那里坠落,射出猛烈的炮火,
鸷鹰在那里同猛刮的北风拼搏,
北风稳住了一颗沉重的流星;——
我觉得自己不害怕,也不孤零,
但被拍打着诱向险峻的天路。
转瞬间,我们似乎终止了行旅,
径直向可怕的漩涡迅猛降落;
仿佛惯常在巨大的洞窟里集合——
古老的时间把洞窟挖在山腰上:　　　　　　650
空洞的声响使我惊醒,我渴望

再一次昏厥,去看看我的福分——
我心烦意乱;我就疯狂地亲吻
抱着我求爱的双臂,让我的眼睛
一下子就能见到死:但是那是生,
要痛饮生命的酒浆,汲自温淑
又热情的美貌之泉;要算算、数数
一分一秒,依靠那贪婪的帮助,
仿佛是自助,来赎回并且攫取
每个分秒所负载的极乐狂欢。 660
啊,冒死的凡人呵!我甚至斗胆
把她的嫩腮压上我加冕的嘴唇,
就在这一刻,我感到自己全身
浸在温暖的气氛里;又过了一刻,
我们的脚都埋进了花丛。在那座
高峰上有许多新的欢乐。有时,
紫罗兰或者菩提花的阵阵香气
在我们周围缭绕;还有那蜂蜜
甜香四溢,那是用白铃花酿制;
有一回,在我们香巢边上探出个 670
顽皮的面孔——我猜是俄瑞阿得①。

"为什么我梦见自己被睡眠压倒
在这种种极乐中?为什么不瞧瞧

---

① 俄瑞阿得(Oread):希腊神话中的山岳女神,山岳诸女神之一。山岳诸女神和海洋、河流、山谷、草原、森林诸女神合称自然诸女神。

远方他黑色羽翼的阴影,并盯住
那阴影使它离开我?但不行,正如
火星必然会熄灭,哪怕那微光
还映在钻石上,我的甜美的梦乡
也已经消失——变作麻木的昏睡。
就是这样子,直到有蠕动轻微,
小心翼翼,传到我清醒的耳际, 680
我猛然惊起:啊!我流泪,我叹息,
我紧握两手;看哪!罂粟花沾满
露珠,垂挂在茎上,乌鸫在鸣啭,
唱着悲哀的曲子,阴沉的白昼
一脸的不悦,用声声斥责驱走
先遣的使者启明星:孤独的风
猛吹,又入睡,嘲弄狂野的自身,
任性而又忧郁;我心里在思忖,
听着,佩俄娜!有时候风会轻轻
传来伴随着歔欷叹息的告别! 690
我信步走去——天上地下的一切
生动的色彩已褪去;幽深的树荫
成为阴森的地牢;莽原和野林
弥漫着毒雾;我们清澈的小溪
也变得污浊,水面上布满肚皮
朝天的死鱼;鲜红的玫瑰变成
可怕的血红,玫瑰的刺向外伸,
像抽穗的芦荟。要是天真的小鸟
在我轻率的脚步前奔跑又奔跑

一段小小的路程,我就会从中　　　　　　　　700
看出伪装的恶魔,他接受使命
把我的灵魂溶入地下的黑暗,
引诱我失足跌下怪异的峭岩:
于是我急忙跟上,我心里咒诅
失望情绪。时间,那年老的保姆,
摇动我,叫我忍耐。苍天哪,谢谢!
这些事,以及其中的种种慰藉,
进入了我消沉的日月,它们跟你,
亲爱的姊姊,一起帮助我遏制
疲倦生命的退潮。"

　　　　他说毕,姊弟　　　　　　　　　　710
默默地坐着:因为姑娘不愿意
答话;她心里挺明白,她的话语
将是耳边风,他不会听从,好比
刀砍镶嵌着坚甲的鳄鱼,或似
蚱蜢向太阳猛扑过去。她哭泣,
惊异;努力思索着怎样责备他;
她装出样子,仿佛说,"羞啊!
可怜的软弱!"但是,她的这一切
努力都没用,倒不如她能立刻
捏死只病鸽。为了要打破沉默,　　　　720
她颤声试问:"就是这个缘故么?
没别的?然而挺奇怪,也真可叹!
有这么个人,他路过这里人世间,

挺像个寄居他乡的半神,他把
名字留在竖琴的弦上,然而他
竟是个不如单纯少女的歌者,
他独自怯怯地唱着——唱的是血色
从他的脸上褪去;他总是离群,
迷失方向;若有人说这是爱情,
他总是说'不',但这是爱情没错; 730
除了爱情又能是什么呢?林鸽
让紫杉树枝落在他的路径上;
他死去:还唱道,那爱情确曾灼伤
温柔的心灵,像北风对玫瑰施暴;
于是他结束伤心自述的歌谣
以一声叹息和哀呼!——恩弟米安!
你不如借那支号角发出呼喊,——
让号声随风飘远——人人能听见!
虽然,在澄明的天空变暗以前,
我观看并且钟爱着那些银湖 740
映在西天的片片云霞里化出
金色岩石和闪光的金色沙滩,
岛屿,港湾,有琥珀回纹的海岸,
海岸上有群马奔驰,还有紫晶
砌成的殿堂楼塔,——因为我不能
飞升到这些地方,我就会嘲弄
我的愉快的日子么?异象,幻梦,
和阵阵怪想构筑精微的本元,
本元衍化为摩耳甫斯的灵泉,

倾注入空灵的河道,呼出纤弱、 750
微妙的气息;蜘蛛来去走如梭,
在燕巢门口这样大小的空间
绕了千万次,也难留下一丁点
那种本元的痕迹:那梦境本身
该是多么轻盈啊;要知道它们
比它们的母体'无物'更加脆弱!
那么为什么要用烦乱的思索
来玷污高尚生活的无瑕宝藏?
为什么仅仅为了一场梦就刺伤
那崇高威严的荣誉?"这时,那青年 760
抬起头来:在他打皱的眉宇间
交织着羞愧和悔恨:但他的眼皮
张大了一点,而泽斐罗斯①唤起
微风悄悄地穿过快活的蝴蝶
扇动的翅膀:在痛苦之中他仿佛
尝到了一滴天赐的玉液琼浆,
鲜美异常;红润的颜色又染上
他的面颊,他生气勃勃地这样说:

"佩俄娜!我始终不懈,想要满足我
赞美人世的渴望:卑下的事物, 770
或催人沉睡的幻景,都不能卸除

---

① 泽斐罗斯(Zephyrus):西风神。在诗歌中亦常被用作"暖风"或"西风"的代名词,因为英伦三岛处于大西洋之东,从大西洋吹来的西风往往是暖风。

为我的航程准备的坚固布帆——
尽管它现已破烂;使我的小船
愤然漂流:但是我崇高的希望
范围太大,像长虹那样太宽广,
不能因世间有无数海难而焦急。
幸福在哪里? 幸福在这种情绪里,
这情绪让心灵进入神圣的友谊——
同宇宙精华结成的友伴关系;
使我们被提炼,超越空间而灿烂。　　　　　780
你看那明净庄严的天空! 拿一片
玫瑰花瓣把你的手指尖绕紧,
再抚慰你的嘴唇:音乐用轻轻
一吻使自由自在的清风受孕,
音乐以多情的一触也能使清风
从子宫里释出埃俄洛斯①迷魂曲:
于是古曲从雾罩的墓中醒寤;
古老的歌谣在祖先坟上悲啸;
常作美妙预卜的鬼魂,正围绕
阿波罗到过的地方,乱说呓语;　　　　　　790
青铜小号把清音轻轻地吹起,
这地方古代发生过一场大战;
催眠歌曲唱起来,从草场那边,
飘过婴儿奥菲斯②睡过的大地。

---

① 埃俄洛斯(Aeolus):希腊神话中的风神。
② 奥菲斯:歌手,音乐家。参见本书第 258 页注①。

这些我们感到吗?——此刻我们已
步入和谐的境地,我们的处境
像四处飘荡的精灵。但是这里
还有更多的纠缠,还有更甚于
自我毁灭的沉醉迷惑,并逐渐
走向极端的激情:这一切的王冠　　　　800
正是用爱情和友谊精制而成,
它已高高地戴上了人类的头顶。
人类的全部庞大、沉重的财富
是友谊,从这友谊中永远射出
坚定的光辉;但在那绝顶上头,
无形的细丝悬着颗光芒的圆球,
这圆球就是爱情:它的感应力,
到我们眼中,产生新奇的感知,
我们为此而吃惊,而烦恼,最终,
在溶入爱的光华时,我们交融,　　　　810
糅合,变成爱情的一部分,可是——
我们的灵魂不能同别的东西
飞快地交织:我们就这样凝聚,
生命由自己固有的精髓哺育,
我们像一窝伽蓝鸟受到抚养。
是啊,吃不厌的食物是这样的香,
人们在这熙来攘往的尘世间
本可以出人头地,可以从时间
一步步走来的脚印中扇去、扬弃
习俗的一切废料,再全部擦去　　　　820

懒汉和人中蛇蝎留下的粘液,
可他们满足于在爱的极乐世界
安然睡去,从而把时机丧失掉。
说真的,我还是沉默寡言为好,
我不愿抨击极端的无精打采:
因为我始终认为这样的倦怠
会不知不觉把幸福赐给人世;
像夜莺那样,在树上高高栖息,
在阴凉、成簇的枝叶丛中隐伏——
她只顾向爱人歌唱,始终不清楚　　　　830
蹑足的黑夜怎样收起灰头巾。
恰恰如此,爱情虽然被理解成
仅仅是热烈生命的交融合一,
却产生超过我们扫视的东西:
我不知是什么;但人们当中谁能
说花会开放,或者青果会长成
流汁的浆果,鱼会有闪闪的银鳞,
大地会拥有江河,溪谷和树林,
草地有小溪,溪涧有小小圆卵石,
种子有收成,诗琴有美妙的音质,　　　　840
乐音会使人陶醉,陶醉到销魂——
假如人类的灵魂从来不接吻?

　　"假如人间的爱情有力量,它能
使凡人的生命成为不朽,使野心
摆脱人们的思念,使人们充分

心满意足,那么,在这样一个人
看来,竭力去追逐名声,不过是
异想天开而已,这个人则坚持
追求不朽的爱情而得到永生。
别那么困惑;这全是真实的事情, 850
决不是来自我们梦中的微尘,
微尘嗡嗡响,像脑子里的苍蝇,
使我们沉溺于幻想。不,我相信,
我这躁动不安的心灵决不能
长久地逗留在一种享乐之中,
除非我心灵透过梦里的阴影
小心翼翼地窥视到一种希望。
我说的话语会显得比较明朗,
只要我告诉你,醒时见到的东西
使我怀疑,到底那一夜是不是 860
在梦中度过。亲爱的佩俄娜,听好!
由于树枝的遮挡,我们见不到
拉托那①女神的神庙,在神庙那边,
有个深邃的洞窟,嶙峋的洞岩前,
树木和藤枝向四周伸展,斜倚,
紧密地相连,鸷鹰高举起双翼,
张开尾巴,也不能自由地翱翔,
飞过山洞去,要不就四面碰撞。

---

① 拉托那(Latona):罗马神话中的女神,也就是希腊神话中的勒托,宙斯之妻,阿波罗之母。

崩裂的台阶通向清冷的洞天,
直达铺着青石板的井台边沿, 870
平静的井水用它晶亮的眼睛
透过杂树丛直窥上面的天空。
我时常给你送鲜花,这花像樱草
贞静地长在茎上,黑色丝绒绦
镶在四边,花心里有金色底盘:
从一块青苔石头的裂缝中间
我采到这些鲜花;正午的热浪
令万物慵懒,我就坐在那石上。
在这里我不用留心激烈的思考,
用一枝芦管在水里我吹出气泡; 880
这样回到了童年:用脱落的鸟羽,
朽木,榿木屑,沾上树叶,为自己
造成了船队;君临这小小的海洋,
就成为海神。时常,失恋的时光,
我心情沉重,变得连小孩都不如,
我坐着,默默观察天上的云雾
幻成奇特的形体溶入明镜中。
一天,我这样观看着,一个挽弓
搭箭的云身丘比特①飞过天边,
真是活灵活现,微风也吹不散 890
这样的巧合:这样巧,我心里真想
去追逐这个形象,在这旷原上,

---

① 丘比特:小爱神。参见本书第 7 页题注。

于是,我就要起身,可是,你快看!
奇迹呀,像我说过的那样美艳,
我梦中见过的同样光辉的面影
笑着映在清澈的井水里。我的心
跃入了深水。——面影仿佛要离开——
我吃了一惊,想不到,一阵爽快,
露珠,含露的花蕾,树叶,和花朵
像阵阵骤雨齐向我脸上撒泼, 900
挡住我的眼,使我什么也看不见,
只让我的心沐浴于新的欢忭。
是啊,这令人屏息的甜蜜幸福
使我避免了堕入死亡的深谷,
因为那美丽的姿影又已逝去。
欢乐往往是来访者;可是痛苦
无情地缠住我们,像树懒①咬住
小鹿柔嫩的腰腿:不甘心,却终于
还是被逐渐回归的欢乐所吓走。
那无所事事、百无聊赖的白昼 910
是多么令人厌烦!预知有一个
不眠之夜,这白天就更加难过!
相同的忧愁袭来,较之我离开
罂粟山,一路漫游时,我更悲哀:
一整个徘徊的时期缓慢地流逝,
在更多称心如意的事情一下子

---

① 树懒:产于南美洲林地的一种动物,动作缓慢。

把致命的郁结扫除干净之前。
是的,我三次见过这迷人的美艳;
我再次因更新生命而受到磨难。
终于,冬天的狂风放弃同春天　　　　　　920
得胜的太阳搏斗,让天空变得
晴朗而充满暖意,但依然带着
泪眼怜惜地垂顾幼蕾的残片,——
这时候你用琥珀作饰纽,打扮
我的猎帽,因为我不断地欢笑,
我跟你谈话,好多天,各种苦恼
离开了我的胸臆;——就在这时刻,
还四处彷徨,而且被关进洞穴,
不满却无人援手,——我投掷长矛,
从这里投到那里,把机缘寻找,　　　　　　930
终于,这长矛恰恰穿过幼树林,
只听得河床卵石中泼剌一声,
长矛射入河中央——小河的银浪
分作二十道小瀑,滚泻过丛莽,
逶迤而去,带我到一个山洞里,
闪亮的河水从洞口奔出,拍击
长满绿苔的卵石和山岩的底部,——
向石头欢快地道别,以此来挖苦
它自己告别时候的哀伤。草莱
织成的厚帘在头顶高悬,张开,　　　　　　940
仿佛要遮住山林女神的住地。
'不恭的凡人,我来到了哪里?'

我低声说道,'这是哪里啊!是冥后
普罗塞嫔①离开那黑暗而又
炽热的地狱后住的岩洞;在这里
她用手玩着阴凉潮湿的沙泥:
也许这是厄科②的小屋,在屋内
她坐着,无声地唠叨,任她的智慧
消溶为温柔的迷恋,她随即昏昏
入睡,伴随着一声声逝去的哀音。　　　　　　950
但愿呵,愿厄科能带走我的誓愿,
把它在树枝间说出来,仿佛喟叹,
恳求那女孩来听,我每天从花坛
采撷鲜花,为了她美丽的容颜,
我竭力编织这些花——把蜜意柔情
低诉给每片花瓣,让花瓣轻轻
把我的爱慕转达给她的好心肠!
仁慈的厄科啊!听着,还要请你唱
这支歌曲给她听!——告诉她——就这样
我收住我的蠢话,我听着,有些慌,　　　　　960
由于自己的愚妄而站着发呆,
为了忧郁的任性而羞愧难耐。
听见自己的名字被亲切叫唤,
我热泪盈眶,又听到这样的语言:
'恩弟米安!这山洞比小岛德洛斯③

---

① 普罗塞嫔:冥后。参见本书第 20 页注③。
② 厄科:回声女神。参见本书第 172 页注①。
③ 德洛斯岛:希腊神话中阿波罗和阿耳特弥斯的诞生地。

更幽秘。厄科从这里传出的不是
叹息,而是被叹息呵热的接吻,
或是你颤抖的手指发出的轻音,
当你满足地梳理着我的乱发。'
我感到压抑,我急忙走进来。——啊! 970
那些甜蜜的时刻呢?哪里去找?
我不再微笑,佩俄娜,也不再拥抱
那通向死亡的忧伤,我要耐心
抵御忧伤:永别了,悲叹的声音;
作为替代,你来吧,庄重的沉思,
占领我整个身心,并为我确立
行程以走向人间阴暗的边沿。
我不再数我的悲痛的链条,一环
接着一环:我不再从耳边呼啸
不已的山上狂风中去竭力寻找 980
模糊的遗忘:至亲的姊姊,你将
看到我的生命会变成什么样;
我的生命会成为安宁的循环。
无论向哪里观看,我面前永远
是希望的亮光:但我说那是虚幻——
我叫它立即熄灭。我是否已然
取得了红润的脸色,更加健康?
此刻太阳在西落;我们在车上,
也许会遇到我们的几位近邻。"

　　说完,他起身,隐隐笑着像颗星 990

照透秋雾,他挽起佩俄娜的手:
他们俩跨上了小船,离岸驶走。

第 二 卷

爱的至高的伟力啊!悲痛!香膏!
除你的记载外,一切记载都冷峭,
缥缈,沉在往昔岁月的迷雾里:
这些记载,好或坏,都不能激起
恨和泪;但只要触及你的记载,
叹息有回应,啜泣引发出悲哀,
接吻更带来逝去岁月的蜜露。
特洛伊①惨祸,城楼被战火围住,
紧握的盾牌,远掷的投枪,利刃,
搏斗,流血,和惨叫——这一切已经　　　10
朦胧地隐入头脑深处的一角;
可是我们在心灵中突然感到
特洛伊罗斯和克瑞西达②在拥抱。
去吧!辉煌的历史!镀金的伪造!
永恒运动的宇宙中的天狼星!

---

① 特洛伊(Troy):小亚细亚西北部古城。特洛伊王子帕里斯(Paris)访问希腊,诱走王后海伦(Helen),希腊人因此远征特洛伊,战争延续十年,最后希腊人以木马计攻下特洛伊,特洛伊惨遭灭亡。荷马史诗《伊利亚特》即以此为题材。
② 特洛伊罗斯(Troilus)是特洛伊国王普里阿摩斯的小儿子。克瑞西达(Cressida)是特洛伊罗斯的情人。二人在特洛伊战争时结合,但最后克瑞西达背叛了特洛伊罗斯。

冲击着记忆砌成的卵石滩,频频
发出低沉轰响的伟大的海洋!
在你那水汽蒸腾的宽广胸膛上,
有多少老朽的木船被抬高,说成
辉煌的巨轮;许多豪华的帆篷, 20
黄金的龙骨,却搁着,没有开船。
说这干什么? 鸥枭围绕着雅典
旗舰的桅杆飞翔,有谁来关心?
亚历山大①带领着马其顿大军
横跨印度河,这又有什么干系?
尤利西斯惩治了库克洛佩斯,②
使他从梦中惊醒,又怎样? ——朱丽叶③
倚在窗边花丛里,叹息着,亲切
温柔地让幻想超脱处女的纯洁,
比上述那些更有用:希罗④的泪液 30
晶莹闪亮地流淌,伊摩琴⑤昏厥,

---

① 亚历山大大帝(Alexander the Great 公元前 356—前 323):马其顿国王,公元前三三六年即位后,先后征服希腊,埃及和波斯,并侵入印度,建立亚历山大帝国。
② 尤利西斯(Ulysses):罗马神话中的著名英雄,即希腊神话中的奥德修斯(Odysseus),荷马史诗《奥德赛》中的主人公。库克洛佩斯(Cyclopes):希腊神话中的独眼巨人族。尤利西斯曾用计谋逃脱了独眼巨人族之一波吕斐摩斯(Polyphemus)的山洞。
③ 朱丽叶(Juliet):莎士比亚悲剧《罗密欧与朱丽叶》中的女主人公,意大利维洛那城贵族凯普莱特的女儿。
④ 希罗(Hero):希腊神话中的一位女祭司。参见本书第 36 页注①。
⑤ 伊摩琴(Imogen):莎士比亚的传奇剧《辛白林》中的人物,不列颠国王辛白林的女儿,勇敢、坚定、贞节、真诚的体现者。

美丽的芭斯托瑞拉①陷入匪穴,
这些事比起帝国的覆灭会令人
更加热情地怀念。这样的信心
必然会可怕地来到他的头脑中,
只要他在爱和诗的道路上奋勇
前进,不自满,缪斯却不予青睐,
也不给他以和善的训示。但在
激动和焦躁不安中休息,比努力
把爱的大旗在歌的城堞上竖起   40
而遭受粉碎性失败更加悲惨。
那么,昼和夜啊,请再像士兵般
帮助我前进吧。

     狂乱的牧羊王子!
从献祭那天起,你忠诚守护的是
什么心愿?是不是新愁又紧跟
常现的黎明来到你每个早晨?
可叹哪!这是他的旧怨。多少天,
他在犹疑的道路上徘徊不前:
穿过荒原和长满苔藓的橡林;
凭借伐木人单调的伐木声丁丁   50
数他悲哀的分秒;不断地聆听
绿叶覆盖下小溪潺潺的水声。
此时他坐在树荫下清泉旁边,

---

① 芭斯托瑞拉(Pastorella):斯宾塞的《仙女王》第六卷中的女主人公。

发热的手指连前臂伸进泉眼
去顶住清凉的喷冒：一株野蔷薇
用花瓣为他遮荫，他看见花蕾
像罗网逮住了他的幻想：你瞧！
他摘下花蕾，让花梗在水中浸泡：
眼看着那花蕾长大，萌发，绽开；
一只金色的蝴蝶轻轻地停在　　　　　　　　60
花瓣的中央；在这蝴蝶的翅膀上
肯定写着奇异的事情一桩桩，
因为他惊讶地睁着眼，时时微笑。

　　轻盈地，这小小向导飞得高高，
快活的恩弟米安合着掌追赶：
蝴蝶向前飞。他的肢体从慵倦
忧悒中解脱出来，他急忙前去，
向炫目的晴空追寻蝴蝶的踪迹。
他仿佛在飞，路走得那么轻捷，
他像个新生的精灵，匆匆穿越　　　　　　　70
斜阳下静静安卧的绿色黄昏，
跨过多少荒野和阴暗的森林，
走过湮没的小径，任昏睡的暮霭
在梦里送走夏季。一条路撕开
森林的裂缝，在那遥远的彼方，
大海的一片蓝光慢慢地消亡；
于是他重又沉到寂寞的峡谷里，
这地方从不曾有过人的声息，

也许有例外:那转瞬即逝的终曲,
轻盈如飞雪,来自朝圣船,为鼓舞　　　　80
自己驶向得尔菲,它随风送出
美妙的颂歌。不停地,他的两足
依然在欢翔的向导带领下疾走,
直到它飞抵水花喷溅的泉口,
在岩洞一侧,泉水不息地涌向
温和的空气:蝴蝶向高处飞翔,
又突然朝下跌落,落到水面上,
仿佛饱经辛劳而干渴,一心想
喝口清澈的涌泉:它喝了,只轻轻
巧巧的一触,好像害怕让金粉　　　　90
玷污那一片晶莹澄澈的水泉。
但一触之后便快如仙子一般
消失不见了,真奇怪!恩弟米安
感到疑惑,便四处寻找,他摇撼
一丛丛隐秘的花草也徒然,终于,
他倒在草上。是什么甜言蜜语,
是谁的悄悄话干扰了他的睡眠?
是一位水神,从清泉的卵石岸边
她探出半身,在百合花丛中站着,
像是她们一群中最小的一个。　　　　100
她轻吻自己滴水的柔手,朝着他;
她急急忙忙把她长长的鬈发
绕在自己的手指上,说道,"青年!
你受爱情的忧伤和怨抑熬煎,

痛苦得太久了：看你这样温柔，
真是苦透了。天哪！假如我能够
消除你心头的忧虑，我愿意拿出
水晶库里的一切灿烂的财富，
献给安菲特里忒①；我的亮眼鱼，
金的，紫的，或者有彩虹色身躯，　　　　　　110
朱红色尾巴，银纱般背鳍的水族，
还有那泉底的卵石，布满纹路，
把洁光引入深水；洞里的细沙，
茶褐或金黄，由泉水辛勤的喷发
从远处慢慢推来；百合花，珠贝，
我的魔杖，和河川符咒的神威；
是啊，这里的一切，还包括河湾
赠我的含珠之杯，——因我在荒原
为那些昏厥的生灵汩汩流淌。
但是，苦啊！我只是像孩童那样　　　　　　120
来使你愉悦；我敢说的仅仅是
我很同情你；在今天这个日子，
我做了你的向导；你必将流浪
到别的地方，越过一两个阻挡
凡人脚步的障碍，才能摆脱开
一切伤神的叹息和痛苦悲哀，
投入你那位情人的温柔怀抱。

~~~~~~~~~~

① 安菲特里忒（Amphitrite）：希腊神话中的海洋女神，波塞冬之妻，涅柔斯之女，特赖登之母。

为什么这样,天上有一人知道:
但是我,可怜的水神,没法猜到。
再见! 我要为我的洞穴唱歌谣。" 130

　　她随即从恩弟米安眼前消失,
他十分惊讶,面对着泉水沉思:
迸泉不断地喷溅;汇成的水潭
半睡地躺在清冷的杂草中间,
飞动的水蝇和蚊蚋正在嬉戏,
游鱼激荡起涟漪,仿佛在此时
喜与恶都没有发生。那个游荡者
耐心地坐下来,一手扶着前额,
避开窒息的幻想发出的颤音;
当黄昏皱起了眉头,使人发困, 140
萤火虫点起星星一般的银灯,
他便自言自语道:"有人想安营
扎寨去占领虚幻的欢乐城池,
他实在是个可怜虫! 等到他经过
艰苦跋涉而占领那城池,却失落
希望的核心,这又是多么糟糕!
可他在艰苦中也能把乐趣找到;
他动身向着另一座城池进军,
心中不存在丝毫怀疑,他确信
他会夺取到一座滴蜜的蜂窝: 150
可惜那蜂窝干了;他口吐白沫,
急急忙忙又赶往另一座城池。

但是这就是人生呵:战争,业绩,
心中的失望,沮丧,焦虑和牵挂,
远远近近的,想象的拼搏,挣扎,
全是人间的;它们原有这好处,
即它们仍然是空气、精美的食物,
使我们感到生存,并表明死亡
是多么宁静。人们只要有土壤
就栽种,无论长草或长花;但是   160
我没有可以隐入的深渊,我不知
尘世有什么东西值得我获取,
所以我在这雾罩的海岬上站立,
独个吗?不是;凭痴迷的欧律狄刻①
聆听的奥菲斯的美妙诗琴,我说,
我宁愿站在这片雾罩的海岬上,
对任何事物我都不追求,不渴望,
除了我见过三次的情人的丽影,
而不愿——我不管什么。你来自天庭,
柔和的鸽子呵!辛西娅②,艳丽,辉煌!   170
你坐在充塞天宇的蓝色宝座上,
只要你投出一丝柔和的光线,
射进我胸膛,爱的可怕的威权
和爱的苛酷就会被吓退几步,
但是别,仙后啊!免去我一回痛苦,

---

① 欧律狄刻:希腊神话中的诗人与歌手奥菲斯之妻。参见本书第 258 页注①。
② 辛西娅(Cynthia):即月神狄安娜或阿耳特弥斯。

会使我爱慕之心的苦恼加剧,
比原来的痛苦更惨:我宁可求你
给我的双肩插上巨翼,指给我
远方我情人的住处。虽然丘比特
嬉戏的华宴回避你,可你太神圣, 180
你对美太敏感,你银舟轻盈,
不会不驶进爱的轻柔的溪水。
愿你慈悲些,不要严峻地认为
我的痴迷是不敬的;凭所有听你
差遣的星辰起誓,我确信无疑:
围困我心灵的铁栅已破——而我
正同你一起在炫目的高空驶过!
你如此美丽!世界真深不可测!
星球围绕各自的轴心运转得
令人晕眩!而这些闪光的绳套 190
又多么柔软!等你的车驾来到
太空的目的地,也许有浓荫遮住
这朦胧的两眼?两眼!——我神思恍惚——
女神,帮帮我!否则张口的天空将
吞没我——请帮我!"说完,他站着,目光
痴呆,两手高举着,嘴唇在颤抖;
像丢卡利翁①在洪水期避在山头,

---

① 丢卡利翁:希腊神话中普罗米修斯之子,忒萨利之王。参见本书第262页注①。

或像失明的俄里翁①渴望黎明。
要不是深洞里传出一个声音,
他早已僵成没有知觉的白石; 200
再也听不到他的哀诉或叹息,
痛苦的呻吟。那声音流出来说道:
"下来吧,年轻的山民!下到小道
蜿蜒的地方,通向人间的石窟!
你常见雷电猛烈地炸起,似乎
从你的门口爆出;你一天一天
变得暗淡,略暗于冰雪的峰巅
射出的冷光,你把你两臂探入
窒人的大气,大气以魔法围住
大理石冰峰:下来吧,冰峰多崔巍, 210
你就下降多深沉!一个人决不会
成为不朽,如果他不敢去追赶
高空的声音:那就下来吧,贯穿
地球的空洞而岑寂的神秘之境!"

他仅仅听到最后的话语,内心
也未能斗争片刻:因他已逃往
可怕的深渊,他还把头颅隐藏,
躲避开明月、树木、将临的疯狂。

---

① 俄里翁(Orion):希腊神话中玻俄提亚的巨人,美丽的猎手。他爱上了墨罗佩,但态度粗暴,墨罗佩的父亲俄诺皮翁便把他的眼睛弄瞎。太阳神赫利俄斯的光线使他复明。最后他被阿耳特弥斯的箭射死。死后化为天上的猎户星座。

这事太古怪,太奇妙,不容哀伤;
他的欲望越来越强烈,一心想　　　　　　　220
跳入最深的深渊。那地方没光,
幽暗;既不亮,也不是一片漆黑,
明和暗掺杂;一种闪烁的伤悲;
一座忧郁的帝国和帝国的冠冕,
一片宝石的永远暗淡的傍晚。
千万颗宝石在黄金矿脉上闪光,
那王子沿着这矿脉走得匆忙,
而条条路线都是陡峭而突兀:
像一颗流星,穿过巨大的洞窟,
飞射而出;这之后,那金属纬纱　　　　230
像伍尔坎①彩虹,连同怪异的顶架,
弯成大弧形:如今,遥远的深渊里,
仿佛那愤怒的闪电,一声霹雳,
叫幻想变成信念:随即穿行过
蜿蜒的通道,永恒不变的景色
培育出令人烦恼的突然变异;
变出石洞闪银光,或变出蓝宝石
砌成一系列圆柱,幻想的桥梁
横跨清澈的河水。在一道背脊上
他走着,背脊从广袤的空间升出,　　　240
像升出大海的峭岩,这里他目睹

---

① 伍尔坎:罗马神话中的火与锻冶之神,参见本书第 256 页注②。

一百条飞瀑,仿佛洪涛在低诉,
传来了瀑布的声音。他的胸脯
变得冰冷,麻木,这时他初次看见
远处有一颗圆钻石,要把黑暗
从宝座之上吓走:那钻石像红日
从一片混纯中升起:他看得惊奇,
便目瞪口呆,更全神贯注,以致
见不到更加峥嵘的奇观——这是
天才们无法描述的,除了一位, 250
当这座行星运转告终时,他成为
行星的崇高提示者。提示者是谁?
是为希腊和英国创造了不坠
白昼的人们。随着深深的长吁,
心中的惊愕逐渐平息,他举步
走进大理石走廊,穿越过一座
模拟的庙宇,供崇奉和敬神香火,
这庙宇完整真实,他几乎不敢向
庙宇的内部探索;长长的柱廊
延伸,远方出现了美丽的神龛, 260
神龛旁,月神狄安娜轻踮脚尖,
身背箭袋。那青年一步步走近,
心怀敬畏;不时让模糊的眼睛
向两边的侧廊、古老的壁龛观望。
他向前走去,让他的额角碰上
冰冷的大理石,然后他迈步穿过
所有的庭院和通道,死的静默

被他的脚步唤醒而发出低语:
他来来去去地走了很久,使自己
熟悉神秘的事物,敬畏的心情;　　　　　　270
他累了,终于坐下来,面对一孔
张口的窟窿,幽暗广袤的无底洞,
它通向无常的洪荒,狰狞的幽灵。
等新的奇观不再飘浮在眼前,
脑子里想起自己,这时候,回返
自我本色的旅途多崎岖,多艰辛!
是疯狂追逐雾里诞生的妖精,
妖精闪烁的灯光,透过杂草丛,
诱我们进入沼泽,进入火焰中,
进入那个可恨东西的怀抱里。　　　　　　280

　　恩弟米安已达到意识的目的,
是什么哀声在他寂寞的耳际
鸣唱,淹没了一切?啊,是一种思绪,
是那致命的孤独感:因为,你瞧!
他没法见到天空,也没法见到
江河的流动,看不见山花烂漫,
红与紫交错,遍野流动,看不见
层叠的彩云在西天徐徐飘移
如一群大象;他也不感到、不触及
冷的草,不品尝催眠的新鲜空气;　　　　　　290
但远远离开这样的友伴关系,
消磨那满载忧愁的陌生时辰,

是他的命运。他必须保持耐心,
用他的枪矛勾画幻想的图形?
"不行!"他叫,"为什么我在此留停?"
不行! 高亢的回声响起无数次。
他听了立即惊起,然后他开始
迈步走回去,进入庙宇的主殿;
坚信狄安娜会帮他,他感到温暖,
心里热乎乎:所以他重新看见　　　　　　　　300
她那轻灵的体态时,他一面逐渐
挨近她,一面诉说:"贞洁的猎神!
河岸、树林和荒野草莱的仙灵!
你带着银弓和利箭,如今遨游
在哪座林子里? 哦,森林的仙后!
是哪阵和风向你的柔额求爱?
在哪里你听到你的仙女们放开
嗓门大声喊? 你那弯新月的幽光
射透了哪棵树? 无论在什么地方,
新月总是在天上:你尝到一种　　　　　　　310
没有人尝到的自由,你也不能
把你的美丽耗给不祥的要素;
但在翠绿的人间得到了满足,
你便生活在福中。假如你觉得
人间是乐土,那么对于我这个
放逐的凡人来说,这名称多美妙!
我胸中有一团窒人的烈火在烧——
哦,让我把胸膛在风吹的树枝间

凉一凉!怀乡病使我舌敝口干——
哦,让我把胸膛在激流中浸一浸! 320
无聊的喧嚷在我的耳边震鸣——
哦,再让我听一回红雀的歌声!
我眼前飘着浓重的雾团和阴影——
哦,让我把天光当圣油搽眼睛!
你是否把你雪白的双脚洗净?
哦,想一想那清水对于我多可亲!
你是否为了止渴把果汁痛饮?
哦,想一想干渴的口腔多高兴!
假如你安睡时听到我的声音,
哦,想一想我多么喜欢鲜花坛!—— 330
年轻的女神!我要看故乡的亭园!
把我从这贪婪的深渊中救出!"

　　他把话高声说完,为了要跳出
运命的圈子,他站着,十分机警,
顽固的静寂重又倔强地来临,
四下里摸索暂存的古老眠床
和虚幻摇篮,他便把失望的脸庞
俯向大理石地板上凛冽的寒辉。
但为时不久;因为,小溪流回归
旧日的水道,或者高涨的海潮 340
涌向岸柳,都不如这些更美好:
他见到鲜花,花环,桃金娘花冠
从石板后面叠起:舒心的快感

淹没了自身,还竭力隐藏喜悦——
不只在一个地方;繁茂的花叶
在绵绵低语中诞生,受魔力驱使
在他的脚印前茁长;有如再次
涌起的海洋叫长浪卷向岸边,
在绿色岸沿,倏忽的白沫飞溅,
带着任性的慵懒一阵阵迸散。　　　　　　　　350

　　心愿和愉快的感觉在不断增添,
他急急忙忙地快步赶向仙国;
切盼达到目的地,他极少耽搁
一分钟,不让手探入芬芳的花丛:
他向前走去——停步——他的心跳动,
耳朵听得见,清晰得就像听产生
心跳的微小魔力。这低声的号令,
这催眠的音乐,促使他蹑脚前行:
因为这声音轻柔得胜过东风
吹向大西洋诸岛的阿里翁①歌声;　　　　　　　360
胜过由于阿波罗微笑而产生
妒意的西风向爱奥尼亚海浪
和蒂尔海②涛吹回的琴韵。

---

① 阿里翁(Arion):希腊诗人,音乐家,约生活在公元前七至公元前六世纪。他是酒神颂歌(希腊悲剧的前身)的创始人。一次,他乘船从意大利回希腊去,水手们图财害命,他跳入海中,一群海豚听他的演唱入迷,就围住了他,把他托起,送他到目的地。
② 蒂尔海(Tyrian Sea):指沿着黎巴嫩南部蒂尔城(今苏尔,古推罗城)一带的地中海极东部分。

哦,世界上可有过那个伶仃人?
他爱过——音乐没杀他;看爱的灾难:
最美的欢悦给人以最大的不安;
那些精巧的、柔嫩的珍贵东西
被一场毁灭一切的大火吞噬,
化为一片焦枯的荒芜:这灾难
把幸福沉浸并窒杀在诅咒里面。　　　　　370
同天赐的至福相比,半份儿幸福
是很悲惨的。这支滴露的歌曲
在凯利亚人①耳朵听来,就是这样;
先天堂,次地狱,然后彻底遗忘,
消失在质朴粗犷的激情中间。

他早已沉入某个黝黑的深渊,
假如没有上天的向导带他来
这里——桃金娘枝条拂他的脑袋
使他醒来的地方。然后那声音
又变得悄然,像午间骤雨一阵,　　　　　380
洒过凉亭,在亭边他稍稍站立;
正当夕阳的斜光窥探进林地,
他看见悸动的光线,他穿过小径,
曲折地向那光走去;看哪,奇景!

---

① 凯利亚人(Carian):古代小亚细亚西南部——凯利亚地方的人。这里指恩弟米安。参见本书第285页题注。

柔软的绿茵上,躺在这边,那边,
一个个小爱神靠着翅膀睡眠。

　　走过了无数盘陀路,迷离惝恍,
最后,他突然走到了一间卧房,
它以桃金娘作墙,高隐在绿荫里,
充满着阳光,香气,柔婉的歌曲, 390
还有更多的珍奇,满目的琳琅:
一张玫瑰般鲜艳的丝绸卧榻上,
在全室中央,安睡着一位青年,
美得叫人痴迷,老实说,比喟叹
或惬意达到的境界更使人痴迷:
绣着金丝的衾被,桃花般艳丽,
或像十月初凋的金盏花放异彩,
以无数褶皱在他四周滑下来——
没有遮住颈项到肩头的那弯
阿波罗式的曲线,没遮住双膝间 400
天幕一般的穹弧和微突的脚踝;
倒是殷勤地把这些都呈现出来
让眼睛看够。他的脸向一侧垂下,
靠着白臂膀,一张淡红色嘴巴
在梦中稍稍一动,轻轻地张开,
微微地撅起;如南风一早到来
吹开含露的玫瑰。四支百合茎
呈现出高洁的莹白,为他的头顶
编织成花冠;在他的四周长出

能绽开各色花朵的翠绿藤须，　　　　　　　410
生意盎然的枝条交缠在一起：
葡萄藤抽出嫩芽；常春藤荫蔽
自己黑色的浆果；忍冬花擎着
光柔的叶片、娇美的喇叭形花朵；
旋花在斑纹陶瓶里容光焕发，
匍匐草成熟，呈一片秋色如画；
藤状铁线莲活泼轻盈地蔓延；
带领着姊妹属一起攀援。旁边，
一群安详的小爱神静静地观看。
一个小爱神跪在琴前，拨弦丝，　　　　　　420
用双翼盖住悲音，使哀调消失；
他还不时地站起来观看那个
沉睡的青年；另一个小爱神拿着
一根杨柳枝，滴着露，一片芳醇，
朝他的头发摇晃；又一个小爱神
飞进那枝叶织成的屋顶，同时把
紫罗兰向他的睡眼雨一般洒下。

　　对着这些和其他更多的奇迹，
屏息的拉特摩斯人惊奇又惊奇；
终于，在困惑不安中失去耐性，　　　　　　430
他向前走去，脚步轻轻地走近
那个插翅的小琴手，小琴手立即
笑容可掬，低声说："从前些日子起
你就是一个流浪者，你的来临

345

有些唐突,不过你还是该高兴!
天上有一位赐人恩宠的施主
献出仙国洞府给凡人去领悟,
这样做美妙地触动了人类荣誉感;
而对你就这样做了,恩弟米安。
因此我丝毫不惊讶。那么你就　　　　　　440
倚在这些鲜艳的花上吧。这是酒,
闪闪发亮——从阿里阿德涅①制作
佳酿以来,我敢说还不曾有过
这样的美酒:尝尝多汁的梨吧,
这是悲伤的威耳廷努斯②害怕
波摩娜③时送给我的:这是奶油,
从雪白晶莹变作精致的醇厚;
甜美得胜过阿玛尔忒亚④留给
婴儿朱庇特的乳汁:这是一堆
没有人碰过的梅子,无比鲜美,　　　　　450
碰到婴儿的牙床,也会化成水;
这是仙蜜,是三位赫斯佩里得斯⑤
披着星光采摘自叙利亚树枝。

---

① 阿里阿德涅:酒神之妻。参见本书第250页注①。
② 威耳廷努斯(Vertumnus):罗马神话中的果园和土地耕作之神。传说他爱上了波摩娜,为取悦于她,曾作各种变化,最后变成一美少年。
③ 波摩娜(Pomona):罗马神话中的果树女神。参阅上注。
④ 阿玛尔忒亚(Amalthea):希腊神话中宙斯(朱庇特)的乳母。传说阿玛尔忒亚是一头山羊。婴儿时的宙斯被藏在山洞里,阿玛尔忒亚用自己的乳汁哺育了宙斯。
⑤ 赫斯佩里得斯(Hesperides):希腊神话中为天后赫拉看守金苹果园的众仙女。

享用吧,同时我还要让你知道
周围的种种事情。"他说到做到,
仍然思索着他的弦琴的节拍;
又说:"我不必絮叨得教人倦怠,
说什么那海上诞生的女神①怎样
想念一个人间的青年②,她千方
百计使青年整个地受她的控制。　　　　　　460
谁不愿这样受禁锢?可是,傻孩子,
他甘愿让她爱情的恳求消散
在他冷漠的双臂中;甘愿看见
没得到的天堂在他的脚下陨灭;
他这个傻子!甘愿冷漠地退却,
甘心让失恋的情人满怀忧悒,
躺在绿茵上;泪水从种种激情里
涌出,她的湿润的嘴唇和两眼
悻然闭合着,满含恼怒的长叹
从她小小的鼻孔里不断发出。　　　　　　470
安静!别叫喊——可是,你该把咒诅
召来降在他头上。——我喜忧参半,
我那可怜的女主人悲痛到极点,
只因野猪伤了他;她立即飞到
约夫御座前,用她的怨诉哀号

---

① 海上诞生的女神:指希腊神话中的美神和爱情之神阿弗罗狄忒,即罗马神话中的维纳斯,宙斯和海洋女神狄俄涅之女。一说她是海水泡沫所生。
② 青年:指阿多尼斯。参见本书第 261 页注①。

使神泪沿着雷公①的胡须流下;
为此,这青年受神谕每逢三夏
便恢复生命。你看哪! 这就是他,
那阿多尼斯,在这个幽静无哗、
隐蔽寂寞的地方,他安然冬眠。 480
可不是,睡眠;因为这仙后失恋,
向他的遗体哭泣,颤动的泪雨
医好了创伤,又以香膏的药力
把他的死亡转为长久的瞌睡:
她给他送去幻梦,给他的梦寐
披上安静的盛装;要我们这班
年轻的神仙守护着他的安眠,
还不能间断。这件事即将过去,
只需一分钟之后,她就会迅速
随夏日轻风飞驰,喘息着受领 490
第一个长吻,温暖的初吻,重新
在库忒瑞亚②之岛的林荫下游戏。
看哪! 这群插翅的听众这会子
心里多焦急:你看! 你瞧!"这喊叫
突破了谨慎的沉默;他们听到
树叶窸窣的声音,斑鸠和白鸽
飞出来:阿多尼斯喃喃自语着,

---

① 雷公:指约夫。荷马在《伊利亚特》中称他为"众神和人类之父"、"明亮的闪电和黑云之神"。
② 库忒瑞亚(Cytherea):阿弗罗狄忒(维纳斯)的别名。

他的一只手原先放在大腿上
不动,这时候逐渐痉挛地移向
他的前额。一会儿突然传过来 500
一片嗡嗡声,回响着:"来啊!快来!
起来!快醒来!明媚的夏天已走到
苜蓿草地上,抚慰地给巢中雀鸟
说了话;小小爱神们,起来吧!不然,
我们叫蓝铃花拧疼你们的臂弯。
美妙的生活现在又重新开始!"
听了这,他们从各方赶到这里,
懒懒的手腕擦着惺忪的睡眼,
握紧了小小的拳头,放在额前,
仰身打呵欠。但很快大家变活跃: 510
就像甘美的醇醪,闪着光,穿越
清丽的流水,倚着香雾和浪卷,
芬芳而生动活泼的气流从藤蔓
交叉的屋顶一泻而下;使大家
都欢笑,嬉戏,歌唱,高声地喊她——
美丽的仙后:看哪!萦绕的葱茏
分散开来,抬头看最高的上空
是一座苍穹,清风托起了银车,
被朝霞沾湿的无声车轮溅泼
露水如细雨,——冰凉的露水落上 520
阿多尼斯的柔肩,使得他照常
蜷缩在一隅,不安地翻来覆去。
不久白鸽出现了,脖子都昂起,

降落时留下的银迹发着亮光；
不久，从爱的流亡中归来的女王
维纳斯张开了双臂俯下身躯：
她的影正落在他的胸上，激起
他的内心的骚动，给他的两眼
注入了新生。若没有她的慰安，
斗争多悲惨！若不遇她的蓝眼珠， 530
光景多不幸！谁啊，谁能描写出
这些最初的分秒？最大胆的歌手
对他们热烈的拥抱也表示歉疚。

哦，这件事惊动了所有的精灵，
但爱神①不一样，他傲然分享众神
共享的欢欣：他令人敬畏地屹立；
他挥动双手，有威镇一切的伟力；
他的弓发出的光芒没人敢逼视；
他的箭不可思议，没有人得知
人们对它怎么想；从他的两眼 540
迸射出色彩多变的奇异光线：
有时他眉间露出愠怒，但只要
正面看他的脸色，会立刻感到
他的蓝眼色流进了他们的魂里。
恩弟米安感到了，他不再克制
心中如燃的祈求；于是他躬身，

---

① 指丘比特。

开始诉说他满腔的痛苦酸辛。
维纳斯却俯身向前,说道:"孩子①,
体恤这温文的青年吧;他的时日
因爱而变狂了——唉!我完全看得出　　　　550
你明白他有着怎样深切的痛苦。
别这样笑呵,我的儿:老实告诉你,
在那沉重的日子里,我总是痛惜
这位新生的阿多尼斯的长睡,
我始终怜悯这个异乡人。有一回,
那是个阴郁的早晨,我远远出奔,
逃进风吹的云朵里,为我的情人
流泪,祈祷:因为烦人的马耳斯②
把我惹哭了:后来,我稍稍安适,
茫然地向下看,透过烟树朦胧,　　　　　560
我见到这位青年人站在绝望中:
他的黑鬈发在风里自由飘舞;
他的浓密的睫毛始终遮盖住
一双忧郁的眼睛:我见他投身
倒在枯黄的树叶上,似乎死神
突然来到他身边;他一动不动,
却满口呓语。我听出,他情有所钟,
爱一个美丽的仙女,他曾经整宿
把她拥抱在怀里。天上可没有

～～～～～～～～～～～～～～～～

① 这里"孩子"和下面"我的儿"均指爱丘比特,他是维纳斯的儿子。
② 马耳斯(Mars):罗马神话中的战争之神,相当于希腊神话中的阿瑞斯(Ares)。

这事的迹象:我注意每个面颊, 570
发现要寻查此事实在没办法;
万事中这件秘密被包得最严。
你总归会得到赐福的,恩弟米安!
还是听从那指路的手吧,它领你
通过奇境安抵幸福的目的地。
这件事必须绝密地加以隐藏;
要是我不这样猜测,那么阳光
该是你带我攀登的地方。再见!
我们不得不离开你。"——鸽子不耐烦,
急忙飞起来,飘浮的银车起程, 580
天上的嗡嗡声上升。在远处,高空,
拉特摩斯人①看着这一切变小,
一直到无影无踪;他仍然见到
那张弓可怕地射来强光如闪电。
天暗后,埃特纳②火山般一阵震颤,
大地合拢——发出寂寞的呻吟声——
又一次把他单独留在暮色中。

　　他不说胡话,也不惊愕地观看,
因为这一切幻景已烟消云散,
他在孤寂中:他对幸福的时刻 590
充满信心:到时候他所忍受的

---

① 指恩弟米安。
② 埃特纳(Aetna):意大利西西里岛上的火山。

比之于他所得到的将轻如鸿毛。
他怀着非凡的喜悦,匆匆奔跑,
穿越过岩窟,斑斓的矿石宫殿,
黄金穹顶,水晶壁,绿宝石地板,
投射阴森暗影的黑亮的柱廊,
最后是一道栏杆,用钻石嵌镶,
历经宏伟的奇观,向远方逶迤,
回旋着通过嶙峋的石孔,从这里
伸出来横穿石隙,然后再跨越　　　　　　600
巨大的峡谷,任巨浪咆哮崩裂,
地下的激流逗弄花岗岩河床;
上升到千股泉水的银沫之上,
飞跃而过,这样子,他可以拿起
长枪来泼弄流水;他毫不在意,
让水珠飞溅,突然,喷冒的水柱
升到白杨那么高,从四面围住
他的金刚钻小路,形成细纹框,
迸散开,冰凉耀眼,发出了声响,
像海豚嬉闹,看着美丽的贝类　　　　　　610
欢迎西蒂斯①木筏。他久久沉醉
在这欢乐中;因为,在每分每秒里,
百川像变幻魔术般相互交织:
有时候就像精巧玲珑的格子窗,
挂着水晶藤;有时候又像垂杨,

━━━━━━
① 西蒂斯:希腊神话中海神的女儿,参见本书第256页注①。

仿佛在温煦的风里来回摇晃,
一瞬间,变作精致的水绸流荡,
汹涌而形成各式垂帘的华盖,
缀满了液态锦绣,闪射出光彩,
绣出了鲜花,孔雀,天鹅和河仙。　　　620
这许多奇观消逝得快如闪电;
流水又汇成不驯的溪河流淌,
模仿那精心制作的橡木横梁,
圆柱,雕檐,高耸而怪诞的屋顶,
这种阴暗的地方在远处有名称
叫教堂。他依依不舍,告别这些
多变的喷泉,跨过深谷和罅裂,
湍急的洪流,千万个形体峭陡——
半现在晦冥深处,可怕的豁口,
裂开的四边化作黑色,头上是　　　630
苍天一般的穹庐,撒遍了宝石
像星光闪烁:这一切奇异而广大,
这位孤独者感到急剧的变化
在他的内心发生而形成悲凉,——
烦恼得像只老鹰,疲倦而迷惘,
在午夜多雾的荒野里视觉迟钝。
但是他立即苏醒:谁能够看清
突现的新事物而不抛弃沮丧?
从峥嵘突兀的拱门,下界的暮光,

出来了母亲西布莉①!独个——独个—— 640
乘着淡色的车驾;黑衣襞围着
她的尊贵的身躯,她面色惨白,
头戴小塔冠。四头鬣狮正在拽
缓慢的车轮;露牙的狮口威严,
眉遮傲慢的眼睛,爪子沉甸甸,
慢慢吞吞地举起,尾巴黄褐色,
紧张不安地弯垂着。影影绰绰,
这仙后默默地斜驰而去,隐入
另一座阴暗的拱门。

    为什么耽误
在这凄凉的地方,年轻的旅人? 650
你是否旅途劳累,或不能前进,
走那条钻石道路?在空中半道上
路突然断了?把你的前额俯向
人间吧,热烈祈求那腾云的天神
朱庇特!他确实由于行旅而劳顿;
他的道路在半空中突然迷失;
他向腾云的约夫鞠躬,有一只
巨鹰向他飞过来,他不说一句
渎神的话语,纵身向鹰翅投去,
把自己置于黑暗和朦胧之中: 660
坠啊坠,不知向什么好运俯冲,

~~~~~~~~~~
① 西布莉(Cybele):小亚细亚人崇拜的自然女神,天上万神和地上万物之母。她使大地回春,五谷丰收。相当于希腊神话中的瑞亚。

像个测深的铅锤,他迅速坠下,
穿过未知的事物,直到常春花
和玫瑰把芳馨同香风相互交融,
从小小石洞里一涌而出,石洞中
密织着厚厚的树叶和苔藓,恰似
巨大的绿色蜂巢,那里的空气
甘美而清新。巨鹰把他降落在
绿荫幽深处,向他告别后离开。

  这是素馨花凉亭,亭子里长满　　　　670
金色的苔藓。他的所有的感官
快活得飘飘然;喜悦大半被抓住,
在他的头顶上飞舞;他的脚步
是西方居民式;对他敏锐的听觉,
无声是来自神圣天宇的音乐;
他的眼睛里含着露珠的华彩;
小小花朵感到他叹息得愉快,
就微微抖动。葱绿的岩洞和石窟
他逐个经过,时时惊奇于情绪
怎么会突然高涨:但是,他说道:　　　　680
"唉!难道这感情的涌流全都要
归于孤寂吗?而且不得不消亡,
仿佛美妙的乐曲落在沙土上,
连回声都没有?这样一来,我就会
变得孤单而忧郁,寂寞而伤悲!
可是我仍然感到不朽,我的爱,

我的生命啊,你在哪里?你是在
高高的天上晨光之门前跳舞?
还是在老神阿特拉斯①的闺女——
七颗星中间守望?你可是水中仙—— 690
吹螺者特赖顿之女,金发飘散?
或者,不可能!你是狄安娜的女侍,
为了消遣,用柔枝嫩叶来编织
一顶花冠?无论你在哪儿,我想,
现在我可以随心所欲地投向
你的怀抱;吓走奥罗拉②的随从,
把你从晨光中夺来;像野鸟,飞行
在汪洋大海之上,从你的浪花
织成的摇篮里把你抱走;或脱下
你的牧童装,向你求爱,在绿丛里。 700
不啊不,我的灵魂太急于蒙蔽
无力的自己:我知道这事不成。
哦,就让我凭美丽的幻梦躲进
她的魅力中:来这里小睡一会!
来这里安恬地入睡!通过抚慰
把即将来临的寂寞推迟片刻。"

他这样说着,此时他感到已获得

---

① 阿特拉斯(Atlas):提坦族巨神之一,因反对宙斯被罚去肩负地球。他与普勒伊俄涅生下七个女儿,后化为七星,即昴星团,名叫普勒阿得斯。
② 奥罗拉(Aurora):罗马神话中的黎明女神,即希腊神话中的厄俄斯(Eos)。

做一场美梦的力量;于是他绕道
穿过阴暗的通路,搜寻着,找到
平滑幽深的苔藓花坛,他倒在　　　　　　　710
那花坛上面,随即向空中张开
慵懒的双臂,福气呵!他抱住一个
赤裸的腰身:"爱神哪!这是哪来的?"
一声熟悉的叹息:"亲爱的,是我!"
他们欢叫着,在这销魂的时刻,
彼此面对面颤抖。这是赫立崆①!
流出灵泉的山啊!荷马的赫立崆!
你只要让一股小泉喷向几张
可怜的诗笺,那么诗句就会向
这一双爱侣歌唱,翱翔,像百灵鸟　　　　720
向巢中雏儿鸣叫,但黑暗笼罩
你古老顶峰的周围,你的泉水
向天空散出濛濛的水蒸气。对!
伟大诗人的人数已点清;案卷
已由缪斯们收起;光辉的名单
阿波罗掌握着:我们炫目地看到
西方天空上显出新鲜的色调:
人间已尽了责任。可是呵,可是,
尽管诗歌的太阳已成了落日,
这双情侣却拥抱过,我们不得不　　　　730

---

① 赫立崆(Helicon):希腊神话中九位文艺女神缪斯们居住的一座山。据传说,诗的灵感源自这座山旁边的两股泉水。参见本书第12页注①。

哀叹再没有成熟的才智握住
不朽的妙笔濡染他们的喜泪。
他们好久不说话,心里是敬畏,
怀疑发生的一切;躺卧了好久,
爱抚又亲吻,把种种怀疑赶走;
好久,温存体贴的呜咽才开始
变为对话,从他们甜蜜的嘴里
涌出了两道娓娓而谈的泉流。
"已知的谜啊!我从你身上吸收
心爱的精华,为什么我不能永远　　　　　740
被拥抱?不能在这美好的地点
放我的下巴颏?不能永远握住
嬉戏的手,吻手上柔润的肌肤?
为什么不能永远、永远地感到
吹向我眼睛的气息?你会悄悄
溜走,再度离开我,真的呀,真的——
你会走得远远的,不再留意我
孤独到发疯。说话呀,迷人的佳丽!
是不是这样呢?不是!谁敢把你
从我的身边抢走?而且我感到　　　　　750
你也不愿意离开我。我可仍然要
把你抱得更紧些,更紧些——这回
我们怎么能分开?极乐界!你是谁?
不可能永远留在这里、也不会
带我一同去星球的你啊,你是谁?
迷人的仙女!告诉我,凭温馨拥抱,

凭你那无比温柔完美的容貌,
凭朱唇、明眸,(哦,抓不住的幸福!)
凭这双柔软、含乳、至美的事物——
这双柔软的——,凭这杯玉液,仙丹, 760
凭激情"——"哦,可爱的伊达山①:神山!
恩弟米安! 最最亲爱的! 我苦啊!
他的灵魂将被我遗忘——幸福啊!
他多么爱我! 他的可怜的太阳穴
正跳着爱的节拍,——跳得多欢悦。
醒来吧,青年! 要不然我会死去;
醒来吧,否则温馨的时刻会陷入
麻木而匆匆流逝;说话呀,让魔力
吓跑昏沉的睡眠! 我不能消弥
沉重的昏睡,我至少要把我的嘴 770
压上你的嘴,让唇吻宴饮酣醉,
一直到我们再领略爱的活力。
什么? 你在动? 在吻? 痛苦啊! 福气!
我爱你,青年,出乎我自己的意料;
长久离开你使我的灵魂得不到
一点儿安宁:可是我必须离去:
还有,我不能使你高高地升起,
直上星空;我出于害羞也不敢
让你占有:亲爱的,请不要抱怨,
否则你会逼得我守不住秘密, 780

---

① 伊达山:特洛伊附近的一座山。参见本书第 117 页注④。

在天上我就羞煞了。但愿我自己
已经害羞过;但愿那可怕的笑意
(笑我失去的光彩和热情的巧计)
已从庄严的奥林波斯山、从众神
严肃的脸上消去,愿我们的欢情
被人忘掉,只记在我们的心中!
为什么羞愧?这是怯懦的脸红,
用来为无穷的欢乐补过而已:
可是我只好怯懦!——我面前明显地
出现了可怕的景象——约夫沉着脸—— 790
弥涅瓦①惊讶——没有谁的心为惊叹
纯情而搏动——小爱神不再恭敬地
垂下翅膀——我的水晶般的领地
已失去一半,旧歌全化为乌有!
但这对于爱又怎样?哦,我能够
带你飞到天上神祇的视野里,
使得你可以连续几小时甜蜜地
把我紧抱住。现在我立刻赌咒说
我是聪明的,帕拉斯②是个笨家伙——
也许她的爱像我的一样不可知—— 800
哦,我一直以为只有我才是
贞洁的:是啊,每天黄昏帕拉斯
见我用冷如树叶般颤动的手指

---

① 弥涅瓦(Minerva):罗马神话中的智慧、艺术、发明和武艺的女神,相当于希腊神话中的雅典娜(Athena)。
② 帕拉斯(Pallas):雅典娜(弥涅瓦)的别名。

绾起头发来,便要叹息。亲爱的,
我茫然若失,像只孤独的野鸽,
不知道巢已筑成。请轻轻吻我——
是的,凭这吻,我发誓,你已经获得
无穷的幸福和永不衰歇的情热:
不久后我将使你上升到天国——
那片芬芳的光明中;每逢夏季, 810
我们在河边树林里荫蔽自己;
我将给你讲许多天上的故事,
再给你低声歌唱天上的曲子。
我的爱情将飞越所有的限制!
让我溶入你心中;让我们亲密
交谈的声音一诞生就相互融汇;
让我们交缠着翱翔吧——哦,人类
语言真贫乏!人们说话真简陋!
哪一天我要教你甜蜜的舌头
学会天堂的幼儿语——我要竭力 820
使你懂得诗琴的低语,我把你
紧抱住,痴情地流泪——我痛苦难过,
恩弟米安:可悲呵!是不是灾祸
就在欢乐的深处,我唯一的生命?"——
这时,啜泣了多次,她温和的斗争
变成了周身无力。他则报答以
痴迷的盟誓和眼泪。

    你们心里

充满了热情,要留在这里表同情,
只为了真理;因为这谣曲,这歌声,
不是唱今天,而是讲过去,一阵　　　　　　830
空穴风把谣曲故事讲给森林听;
之后森林在梦里把谣曲讲给
沉睡的湖听,湖水的凉意和清辉
被一位诗人见到,他正在旅途,
要去日神庙;他把疲劳的身躯
投入湖水中,沐浴了一个时辰,
后来,就在这灵感支配的幽境,
他朝着天空唱出了这只故事,
使它翱翔在宇宙之间。这样子,
那故事便永远被唱着,唱给那些　　　　　　840
耳尖发热的人们听;这个传说
鼓舞守望的星星;听的人必定
主宰自己的命运,否则将悔恨:
因为他心头燃起了不熄的烈火,
而且,他害怕风的旋涡会吞没
任何部分,这火就烧得更猛烈。
这里写下的一切总有个了结,
结束后这一切会变得清楚明朗;
那个奇异的声音很快就消亡,
只从逝去的音波中发出回声来,　　　　　　850
那位美丽的来访者终于松开
温柔的四肢,离开沉睡的青年。——
风源深处的传说呵就是这般。

现在我们回头讲早先的记事。——
恩弟米安醒来了,而她的忧思
甜蜜地刺痛他耳朵:他怏怏揣度
他又将如何孤单,伤心地抱着
一双空空的手臂,把头低下来,
无限凄凉地、一声不响地坐在
那张空床上。他尝过爱的痴迷: 860
他胸中不时发出呜咽声,胜似
受到折磨的狮子的呻吟;现在
心头的愤怒已经过去:他不再
向那些主凶的星宿厉声作战。
他感受太多,受不了刺耳的震颤:
他的灵魂的弦琴,伊奥利安式,
忘却了一切暴力,只是跟哀思
亲密地交谈:他曾经心醉神迷,
痛饮过欢乐的乳汁;——从此他的爱
就变得天真无邪。——他不愿离开 870
留有印痕的床榻,一旦他要走,
却迈着没精打采的步子,两手
蒙住脸。情绪缓过来,他去闲游,
见到可能使阿勒克托①的毒蛇都
吃惊的幻象,见到比赫耳墨斯

---

① 阿勒克托(Alecto):希腊神话中的复仇三女神厄里尼厄斯(Erinyes)中的一个。她们的形象是丑老太婆,手执鞭子,头缠毒蛇。

吹的笛子更醉人的景物,此时
他急于投出晦暗的目光:最后他
见到鸣响的石窟,有拱顶,巨大,
里面镶嵌着珍珠成千成万颗,
和带有坚固螺纹的红嘴贝壳, 880
大小和形状各异,大的可以让
鲸鱼来藏身,默默地生气,对抗
无穷无尽的风暴。此外还看见
鱼形的动物,身上是青绿,蔚蓝,
正要喷水。在这清冷的奇境里,
恩弟米安坐下来,陷入了沉思,
想他的生平,从少年直到那天——
周围是欢呼,筵席,鲜艳的花环,
他迈步登上牧童的宝座:那片
野林深处莹白色宫殿的奇观, 890
他在宫殿里主持的一切宴饮:
他一度认为美的温柔少女们,
每一个林中伙伴,每一个朋友,
在他的面前梦一般逝去。然后,
古诗人激励伟大的事业:他设计
在牧人家族里培植黄金时期:
奇妙的夜晚:牧神的盛大节日:
他的姊姊的哀愁,他不定的行止,
直到他冲进大地的无底深窟:
地下埋藏的各种奇珍全发出 900
过多的爱的红光。"现在,"他思忖,

"我还将留在危险中多少时辰,
经受那不再令人吃惊的虚惊?
我深深尝味过她的甜美的灵魂,
其他的深尝都是浅尝:一度
神圣的香泽全成了沉淀的泥土,
只想施肥于我的尘世的根株,
要我的枝柯把一只金苹果高举,
举向灿烂的天空:其他的光芒,
虽然敏锐而锋利到足以损伤　　　　　　910
奥林波斯山鹰眼,却是片黑暗,
暗得像混沌的起源。听啊!这边
我的沉思从贝壳里发出回声,
也许这沉思是远方声音的幽灵,
那逐渐消逝的振波?——听啊!"——此刻,
他竖起耳朵倾听。嗡嗡声变得
愈来愈喧闹,看哪,他躺在那边,
左右两侧涌出了滔滔的流泉,
飞沫如烟;两股泉围绕着岩石,
冲击得迅捷、疯狂又幻异,奔驰　　　　　920
在高窟之中,海螺和贝壳之间,
留下露似的细流。最后,两股泉
从高窟顶部冲下,泻出声声吼,
就像赛跑者把希望寄托在最后
几步时发出喘息,然后用余力
贴着地面蜿蜒曲折地淌过去。
恩弟米安追逐着——似乎一股泉

永远在追赶,另一股在竭力躲闪——
追逐着逶迤的迷泉,直到他几乎
不再去思索那桩神秘的事物,——   930
如今他只倾心于轻柔的飞翔,
飞临那消失的幸福。啊!谁在唱,
唱走了他的梦?这是些什么歌曲?
歌声像来自树木的窃窃私语,
不是空洞的石窟所原有。听呵!

　　"阿瑞托莎①,绝世的美人呵!为什么
怕我的温情?超凡的狄安娜,何以
你聆听她的祷告?但愿我此时
正绕着她那娇嫩美丽的躯体,
环抱着她的腰而流动,并且竭力   940
诱发她潜水!再偷偷流进她两片
甜美的嘴唇和薄薄的眼皮之间。
但愿她的柔发在阳光下闪烁,
我把她发梢滴下的水珠汇做
爱情的涓流淌下她退缩的身体!
逗留在她的百合花肩头,取暖自
她的相触的双乳间,和种种魅力——
一触即销魂!——看我流得多痛苦:
美丽的少女,垂怜我悲惨的遭遇!

---

① 阿瑞托莎(Arethusa):希腊神话中的山林仙女,化为泉水女神。后来她
又同月神狄安娜(阿耳特弥斯)合在一起。

停下，停下你疲惫的旅程，让我， 950
幸福的求爱者，率先去草原花国，
那里的一切美曾把我网住。"——"凶神，
断念吧！否则我那被激怒的情人
一点头就叫你泉水停流：——不要
用妖言来惹我——啊，我真的已得到
使你疯狂的力量了？这可是真的？——
去吧，去吧，要不然我会为我的
想法而深深懊悔：去吧，慈悲些！
和善的阿尔甫斯①，假如我凭借
自己的意气行事，那将是灭亡。 960
山林仙后呵！但愿你像我一样
经受痛苦，我就会什么都不怕，
去做罪犯。唉呀，我烧得火辣辣，
我发抖——温和的河呵，请你离去。
阿尔甫斯！你这迷人精！我全部
感官曾在这林木中变得完美。
清风，林荫的草地，无瑕的流水，
瓜果，单人的床榻，都使我满意；
但自从我在你的狡诈的流水里
轻率地沐浴以来，悸动的烈火 970
就烧在我心头：为何这样伺候我，
又把这叫作爱？唉呀！这是残忍。

---

① 阿尔甫斯（Alpheus）：希腊神话中的河神。他追求仙女阿瑞托莎，后者化为泉水，他便化为河流，与泉水汇合。参见本书上页注①。

我再也不曾听着鸫鸟的歌声
而闭下我幸福的眼睛。去吧！走开！
这真是残酷的事情！"——"你嘲骂起来
竟这样温和,阿瑞托莎,我寻思：
假如你在我多荫的河边游戏,
你会再次去沐浴。天真的少女！
别再压抑你的心；也不用畏惧
愤怒的神祇：有的神祇会伸展　　　　　　980
翅膀来荫庇我们。一阵阵喟叹
听起来教人肠断：让我把甘露
倾注在叹息上面！再不用恐惧,
可爱的阿瑞托莎！狄安娜有时候
也不免痛苦。亲爱的少女,带着羞
潜入我的灵魂吧,让我们丢掉
凄凉的洞窟,奔向广袤的苍昊。
我曲折前进,会使你始终喜欢,
离开碧海,直达我隐蔽的水源,
靠近阿卡狄森林；我要给你看　　　　　　990
我的河床让清水在苔石中间
流泻而过；我穿过茂密的青草,
披着愉快的暗影漫游,比遭到
放逐的萨土恩①更隐蔽；绕着花岛,
我汪洋恣肆,就在这里我得到
甜蜜的花粉,来自蜜蜂千万只

---

① 萨土恩(Saturn)：罗马神话中的农神。

带蜜的翅膀:你可以随你的心意
选一处佳境,我们可以在其间
头枕着薰香,度过长夏的夜晚。
摆脱一切忧虑吧,洁白的美人! 1000
让我们舒适一会儿;除非你竟
忍心高兴地看着我无望的流水
匆忙地背离太阳温和的光辉,
涌过饥饿的沙土,向死亡进发。"——
"我能做什么,阿尔甫斯?狄安娜
严肃地站在我面前:恼人的命运!
不幸的阿瑞托莎!最近你还曾
是个女猎手,自由地——"这时候,两股
悲伤的流水跌入了可怕的山谷。
拉特摩斯人听着,但无声可闻, 1010
除了一遍又一遍微弱的回声
重复着阿瑞托莎的名字。在黑色
深渊的边上他潸然泪下,这样说:
"引导我行程的温和女神!我求你,
凭我们永恒的希冀,你如有伟力,
请减轻、缓和这对恋人的痛苦;
使他们在幸福平原上过得幸福。"

  他转身——压倒一切的声音震响——
他举步,寒冷的光芒升起;他踏上
沙土路向着那光芒走去;你看! 1020
比一刻以前发生的更加突然,

大地的种种幻景都消失不见——
他看到大海就在他头顶上面。

第 三 卷

有些人佩着炫耀的金银饰物
对同类颐指气使:他们竟放出
显示虚荣的咩咩羊,让它们吃掉
人类牧场上全部美味的青草
和多汁的饲料;或者——痛苦的事实!
他们用痴人的傻眼,看着狐狸
被放出,衔着火炬,把我们心头
金穗一般的希望烧焦。没沾有
半点庙堂的光彩,也没有能够
同夜枭对视的目光,他们仍然由　　　　10
眼睛昏花的各族用花冠、紫衣
和头巾来加以装饰。胸中没东西,
却飘来自吹自擂,他们傲然
登上精神的高枝,生命的顶点,
子虚乌有,黑天堂,他们的宝座,
周围是强烈醉人的声音的混合:
喇叭滴哒吹,人呼喊,鼙鼓冬冬敲,
突然几声炮。啊!这一切嗡嗡叫,
在醒者听来,像早已消逝的喧嚣——

也像对巴比伦①喋喋不休、还要　　　　　　20
迦勒底②老人们从事劳作的雷雨。——
那么,王权全都是镀金的面具?
不是。有一些宝座不可能登上,
除非靠持久的魔力,忍耐的翅膀,
或者靠某种自由自在的灵气,
它能把永恒的天风化作云梯,
在飞云滚雷的帐幕中镇定自如,
观看无底深渊里诞生出元素。
君临着舌敝唇焦的枯萎的命运,
万千神祇保持着庄严的神情,　　　　　　30
渗透在流水、火焰和空气之中;
他们像神圣的骨灰瓮,寂静无声,
正举行当令节期的星际会议。
但这些远方威灵中极少有神祇
向下界地球公开他们的活动——
极少有神祇给我们这片天空
披上豪华的彩饰——他们的善心
同我们自己的刻瑞斯③握手;我们
所有的感官充盈着精神的甘饴,
像巢中饱餐的蜜蜂。凭着创始　　　　　　40
与无有之间的争斗,我这样起誓:

---

① 巴比伦(Babylon):古代东方奴隶制国家巴比伦王国(Babylonia)的首都。
② 迦勒底(Chaldea):巴比伦王国南部一地区。
③ 刻瑞斯(Ceres):罗马神话中的谷物和耕作女神。

不朽的阿波罗!你的妹妹①确是
各路威灵中最美最强的神祇。
当你的金焰在西天化作淡烟时,
她趁人不注意偷偷登上宝座,
她坐着,非常仁蔼又非常寂寞;
仿佛她不曾有过堂皇的扈从;
高贵的诗人!仿佛你不是在心中
念着诗神的时候用眼睛看她;
仿佛群星并不在一旁侍奉她, 50
等候那踏着银步前来的神谕。
月啊!古树中间的古老隐蔽处
只要你进去探视就感到心悸:
月啊!古树枝感到你欢快的友谊,
便发出一片更加神圣的喧闹声。
你到处降福,你用银色的嘴唇
把死的东西吻活。在你的光辉里
牛群安睡着,梦见神圣的土地:
千千万万座山峦上升,又上升,
切盼得到你眼睛圣洁的加恩; 60
但是你的祝福并没有忽略过
一个偏僻的藏身处,渺小的场所,
那地方能接受欢乐:巢中的鸫鹆
把你的美颜纳入宁静的视角,
从一张常春藤遮荫的绿叶下面

① 月神辛西娅(即阿耳特弥斯或狄安娜)与日神阿波罗是孪生兄妹。

不时地窥探你一眼;你是慰安,
抚慰着可怜、坚忍的牡蛎,它睡在
含珠的壳居内。——月啊!可怕的大海,
浩瀚的沧溟,万顷的汪洋,属于你!
载帆疾驶的海洋在向你屈膝, 70
忒卢斯①感到额上有累赘的重负。

辛西娅!你在哪里?是哪座翠绿
或银亮的幽居祀奉着这样一个
绝世的佳丽?唉!为了那同病者,
你痛苦忧伤;那个人脸色憔悴,
你为他而脸色憔悴:他为你流泪,
你为此而流泪。你在哪里喟叹?
啊!那光芒必定是来自金星眼,
不然,爱情算什么!那是她,但请看!
她变了,那么痛苦呵,那么凄惨! 80
她触到淡云就消失;她的美质
在蓝色海洋上凋谢:爱的金饰
却压在远方林木蓊郁的海岬外,
踏浪而舞,像要用有力的情爱
使一绺一绺的浪花感到欣喜。
可并不懒散:从那里她向下窥视,
探测旋涡,疯狂地奔跑着,困绕
那淹没一切的水渠河道,吓跑

---

① 忒卢斯(Tellus):罗马神话中的大地女神,相当于希腊神话中的盖亚。

藏在洞中的多刺鲨鱼,用异乎
寻常的电光惊呆鲨鱼的凶眼珠。 90
那光辉要照到什么地方才满足?
爱情啊!你教人踏上奇异的旅途,
你多么有力量!无论美住在哪里,
在巨罅,高巢,山顶或深深的谷底,
在亮处,暗处,戴烈日或者披星斗,
你一旦指路,美立刻就能到手。
你给那挣扎的勒安得①一口气;
引导奥菲斯走出死亡的阴翳;
你使普卢同②忍受稀薄的元素;
如今,插翅的仙后啊!你派遣一束 100
月光去到深深的、深深的水国
找恩弟米安。

    金色沙地上珠缀着
百合贝以及白卵石,在这金沙上
可怜的辛西娅迎接他,让她的光
抚偎他苍白的面颊而感到慰安,
他屏息感受那魅力,心中突然
奔涌起热血:他感到非常甜蜜;
他停下漫游的脚步,似醉非醉地
枕着一大簇蔓生的野草歇息,

---

① 勒安得:参见本书第 36 页注①。
② 普卢同(Pluton):希腊神话中的冥王,即哈得斯(Hades)。

体味温柔的月光,新鲜的水滴—— 110
来自水晶洞顶上鱼尾的甩打。
他这样体味着,直到玫瑰色薄纱
笼住东方;这纱由奥罗拉伸手
从水波涌起的胸膛表面揭走,
让它随晨风飘动;清醒的早晨
和蔼地踏浪而来:——他默默起身,
像荧荧烛焰被东游西荡的轻风
突然一口气吹灭,他再度登程,
走他命定的道路。

   他走得很远,
眼前没别的,只见到巨谷凹陷, 120
上下四周激溅起水花,还有比
摩耳甫斯①的幻象更沉寂的东西:
锈蚀的铁锚,头盔,硕大的胸铠——
海战勇士的遗物,铜舰首,盾牌;
船舵,已经有一百年时间不曾
被人类的手操纵;金质的酒尊,
上面有浮雕,刻着被忘却的传说,
只有痛饮萨土恩美酒的狂欢者②
把下巴浸在里面;朽蚀的卷轴,

---

① 摩耳甫斯:睡梦之神。参见本书第239页注①。
② 罗马神话中说,农神萨土恩的统治地位被他的儿子朱庇特推翻后,他便逃到意大利的拉丁姆地区,教人民从事农业和种植葡萄等果树,深受人民爱戴。葡萄用来酿酒。

上面写的是天书,天书的写手 130
是地上的初民;还有粗朴的雕刻,
用巨岩凿成,古代诺克斯①的风格
得到了发展;——然后是骸骨、骷髅:
人和牲口、河马和海里的巨兽、
象和鹰留下的骨骼,巨大的腭骨
属无名怪兽。这些神秘的事物
使他漠然地产生敬畏;要不是
狄安娜驱走了那种沉重的心事,
他可能死去;现在,他满心欢愉,
继续向前走;他恳求这些思绪 140
潜入他爱情灵魂的迷宫近旁。

"月啊!你心里有什么,竟能这样
有力地打动我的心?在儿时,每每
见到你微笑我就会擦干泪水。
你像是我的姊姊:我们手挽手,
从夜晚到清早,在天宇之上行走。
我不愿把苹果从树上采下,除非
你使苹果的面颊凉出了甜味:
翻滚的流水讲不出故事,除非
你我的目光在水上同舞共飞; 150
树不够葱绿,绣房也不够圣洁,

---

① 诺克斯(Nox):罗马神话中的司夜女神,相当于希腊神话中的倪克斯(Nyx)。

除非你抬起你那柔美的眼睫：
在播种季节，我不会拿铲挖坑
或撒下种子，除非你完全清醒；
在夏季，千万种花卉竞相开放，
除了你没人听我欢快地歌唱，
并整宿编我含露的花朵成网。
歌声不会像精灵般飞过身旁，
假如它不是去庆祝你的威权。
在我少年时，一切苦乐和悲欢　　　　　　160
都被你塑得合乎同样的志向；
到我长大时，你依然同我的满腔
热情融合在一起：你呵，是深谷；
你是高山的顶峰——智者的笔触——
诗人的竖琴——朋友的话语——太阳；
你是江河——你是被赢得的荣光；
你是我号角的鸣声——我的千里驹——
我的斟满的酒杯——我最高的业绩：——
你是女性的妩媚，可爱的月神！
从一切美的事物里，我的灵魂　　　　　　170
奏出了多么狂放而和谐的乐曲！
我能够倚靠光辉的实体，让自己
沉入永生的境界：我的头紧贴
大自然温柔的枕头，醒着安歇。
但是更亲近的幸福来了，月魄！
我奇异的爱人来了——无底的欢乐！
她来了，你就隐去，慢慢地消退——

但没有全隐;不,你星空的权威
直到此刻始终是潜在的热情。
现在我感到你浑圆的力量重新　　　　　　180
来到了我身上:哦！请你慈悲点,
把你的影响收回,请不要遮暗
我的尊严的目光。——亲爱的,原谅我,
我竟想到了别处,离开你而生活！——
宽恕我,天上的行星！我竟珍爱
这一缕思念,在你的银辉之外！
多么遥远啊！"此刻,袭来的惊恐
冻结了他心中刚刚绽出的葱茏;
因为正当他抬起眼睛发誓说
他自己的女神胜过了一切美色,——　　　190
他远远见到海上绿色的凹穴里
有一位老人坐着,平静而安谧。
老人坐的是长满野草的岩石,
白头发令人敬畏,冷冷的草席
铺在他一双冰凉瘦削的脚下;
跟那最大的裹尸布同样宽大,
一件蓝斗篷裹住他的老骨头,
野心勃勃的巫术发出的低吼
在斗篷上织满符号:海洋的千姿
都黑白分明地被织了进去;晴时,　　　　200
暴雨时,喁喁低语,可怕地轰鸣,
流沙,急转的旋涡,荒凉的海滨,
在那织物上都有了表象;织成

海岬间飞掠、潜游、睡眠的体形。
狂吞的海鲸像符咒上一颗黑点,
但只要注视它,它会变大,扩展
到它原来的巨型;微型的小鱼
也会使观者出乎自己的预计,
用小眼看小鱼也能够明察秋毫。
斗篷上还画着涅普图恩①的王朝　　　　　210
统治的领地;众海仙拥在他四周,
穿着华丽的朝服,仰望着伺候。
那老人身边放着一支珍珠杖,
他全神贯注地阅读,在他的膝上
摊着一卷书;于是那刚来的新客
长时间观看这一切,充满了惊愕,
注意到那些幻影,敬畏地站着。

　　那老人抬起皑皑的白头,看着
这位困惑的陌生人——仿佛不在看,
他脸上没有一点儿生气。突然　　　　　220
他像从迷惘中醒来;他的白眉毛
蹙成拱形,像两片魔幻的犁刀
在他的前额犁出深深的皱纹,
前额像突出的岩石那样固定,
微笑终于在他的枯唇边消失。
然后他站起,像个孤独的隐士

---

① 涅普图恩:海神。参见本书第114页注③。

在漫长岁月里从事单调的劳动,
他从中年一直到老年都不曾
向树木哪怕呼一声,以此来减轻
灵魂的重负。他站起:抓住长巾, 230
痉挛地紧紧捏着它,向前挥动着,
他发出庄严的欢乐之声,使厄科①
畏怯得隐入遗忘之乡,他说道:——

"正好你就是那个人!现在我要
把头安静地搁在水枕上:现在
睡眠将悄悄向我的倦颜走来,
约夫啊!我将重新变年轻!变年轻!
贝壳里出生的海神啊!新的生命
已贯穿我全身!我该怎么办?一朝
我脱去悲哀的蛇皮,我往哪儿跑?—— 240
我要游到赛人②们那儿去,去听听
她们唱,看看她们的长发亮晶晶;
我立即投向那个巨人③的手臂,
那手臂缠绕着西西里岛的根基:
在瞬息之间我驶向北方的海洋,
并且爬到巨鲸喷水的鼻孔上,
扑向黑云;再骑着分叉的闪电

~~~~~~~~~~~~
① 厄科:回声女神。参见本书第 172 页注①。
② 赛人:希腊神话中半人半鸟的女海妖。参见本书第 88 页注①。
③ 指西西里岛上的独眼巨人库克洛佩斯之一波吕斐摩斯。参见本书第 328 页注②。

疯狂地冲下来,扎进最深的深渊,
在那里,我通过吞吸一切的水潭
带着狂喜被抛到世界的另一面! 250
我心里充满欢喜啊! 三位姊妹,
我全心全意听从你们的指挥!
是的,感谢诸神和仁慈的权威,
因为我不会再憔悴,凋枯,衰颓。
正好你就是那个人!"恩弟米安
惊退了几步,像个可怜人受磨难,
被打得浑身冒热气,痛苦地喊叫,
喃喃道:"在这寒冷的地方,我将要
凄凉地死去吗? 他可会让我冻僵,
把我脆弱的肢体漂过北极洋? 260
他可会用他灼人的手指碰我,
在沙上留下黑色的纪念碑一座?
他可会用骨锯把我锯成齑粉,
再把我当作美味佳肴去吸引
魔鱼游过来——穿过可恨的火焰?
地狱的惨象啊! 我是否不可避免,
也将驯服地被焚烧? 不,我会喊,
呼喊出诸神透过蓝天向下看! ——
塔耳塔罗斯①呵! 仅在几天以前,
她的柔臂就缠绕着我,我迷恋 270
她的嗓音像果实离不开绿叶:

---

① 塔耳塔罗斯(Tartarus):希腊神话中囚禁提坦的地方,在冥界的下面。

她的嘴唇都为我所有啊——欢悦!
金黄的收获!你们在残株上凋零,
永远不会被贮藏。我必须俯身
去吻死神的赤足。爱啊!再见吧!
你也不给我希望吗?可怕的魔法
将被你芬芳的气息溶化。——凭月神
用纤指喂食的马鹿赌咒,我已经
见到你飘动的头发!凭牧神赌咒,
我不再关心这个神秘的老头!"　　　　　　　280

　　他说着,向那位老人走去,表示
高度的蔑视。看哪!他的心开始
产生怜悯,因为那白发翁在哀哭。
他曾否使一颗忧伤的心灵受屈?
他曾否用傲慢(虽未加思考)触动
善眼淌泪水,刺痛仁慈的心胸,
使历尽风霜的嘴唇抽搐紧张?
他确实做了;他已经热泪盈眶。
他向那饱经忧患的哲人屈膝,
流泪忏悔,老人用发抖的手指　　　　　　　290
摸他浓黑的头发,颤声地开言:

　　"看在太阳神份上,起身吧,好青年!
我知道你胸中隐藏的底蕴,深感
我胸中也对你暗暗产生一片
兄弟的情谊:为了什么呢?是你

打开了狱门,狱门曾迫使我长期
疲劳地守望。虽然你并不明白,
可你是奉命到这命定的地方来
施行伟大的释放的。不要再流泪!
我是爱情的、古代爱情的朋辈: 300
你若是没爱过一个未知的神祇,
在这欢乐的时刻我将会悲戚。
我如此苍老,如此悲惨,可如今
见到你,我的血脉就不再寒冷,
而强劲地搏动:这个摇晃的躯壳
生出了新的心,这新心欢乐地搏跳,
正同你的心一样。不要怕,我们
趁现在赶紧奔赴愉快的使命,
你即将听到全部秘密的实情。"

　　说着,那扮作老人的年轻灵魂 310
同这位凯利亚青年①并肩前行:
海潮在他们背后涌起了高峰,
珠滩默默地留下他们的足迹,
那老人很快又说道:

　　　　　"我灵魂脱离
死亡之境,已走完一半的路程,
所以我可以准备好不叹息一声

---

① 指恩弟米安。

简要地把我的一切苦乐告诉你。
我曾是渔夫,就在这海上捕鱼,
我的船颠簸在每个小港和海湾;
我的家是日夜不停的狂涛巨澜,—— 320
海鸥不如我坚忍,我没有房屋
用来躲避肆虐的狂风和暴雨,
我只有岩穴,那些岩穴是宫殿,
藏着宁静的欢愉,安恬的睡眠:
连年不断的苦难告诉我这样。
是的,这就是一千年以前的情况。
整整一千年!——能否通过一千年
把事情看清楚?回头骄矜地一看
就能把整整一千年一笔勾销?
把千年岁月当浮渣一口气吹掉—— 330
还池塘一片清澈,一眼看到底,
可以在池底看见自己的影子?
是的,我如今不再是可怜的奴隶,
我的长期的囚禁和全部哀戚
不过是粘泥,一片薄薄的浮藻,
我把它吹掉,我的青春的欢笑
就像往事般向我蜂拥而到。

"我不弹诗琴,不唱歌,也不舞蹈:
我是荒凉海岸边孤独的青年。
我单独游戏,周围是海涛的呼喊, 340
嶙峋的岛屿,海鸥悲哀的鸣叫——

抱怨着天空和大海相隔迢遥。
海豚是我的游伴;隐没的形体
让我摸到那金黄碧绿的鳞鳍,
我并不感到孤寂;而且,常常是
一支可怕的海龙卷高高地举起
饥饿的巨大水柱,似乎随时要
雷鸣般轰响着爆裂,还要吸掉
我的生命,像命运的大块海绵,——
友好的怪兽,同情我处境悲惨, 350
潜入海龙卷底下,并把它吞噬,
使我在颠簸中安然无恙。但是,
我一生最高的境界是绝对宁静:
我更爱躺在荒凉的岩洞之中,
一天天坚持着等待海神的声音,
要是终于等到了,就聆听,就欢欣!
夏日的晚霞一出现,我就驾驶
小船沿绿色斜岸荡去,听牧笛
一声声清脆地来自云中峻岭,
同时还传来羊群不断的哀鸣: 360
只要夏季的白天闪耀出光明,
我总会看到这白天在海上诞生:
我整夜守望,观看天国的大门
徐徐开启,看埃同①把金色早晨

---

① 埃同(Aethon):太阳神阿波罗的四匹有翼神马(驾黄金太阳车)之一。另外三匹名叫匹罗斯(Pyrous)、弗勒弓(Phlegon)、伊奥斯(Eous)。参阅本书第 309 页本诗第一卷第 550 至 552 行。

喷到浩瀚汹涌的大海上;经常
在白天将尽时,我在青青草地上
把我的鱼网撒开,然后便休息。
对沿海一带的穷苦人民,我每日
赠以非常精美的鱼类作礼物:
他们不知道这礼物来自何处, 370
欣然向贫瘠的海滩播撒鲜花。

"为什么我不满足呢?为什么到达
这地步:要是没有你,拉特摩斯人!
我会凄凉地死去呢?傻瓜!我内心
烦躁,产生病态的渴求:只希望
海洋的父亲在他赐福的时光
给我以最高的特权:就是完全
摆脱他的王国。长时期的苦难
使我憔悴,这之前,曾极度冲动,
拼死拼活地跳进水中。把理性 380
同生动活泼的稠密物质相交缠
可能是痛苦的事情;所以我很难
充分赞美那物质是怎样光溜,
绕着我身体浮游。最初我只有
整天整天地感到十足的惊奇;
已经完全忘记了自己的目的;
随着大海的涨潮和退潮而起落。
像羽毛刚丰的小鸟初次向着
寒冷的晨空显示张开的翅膀,

我小心试用意志的羽翼飞翔。 390
这是自由啊！于是我立即起程，
游历了海底无穷无尽的奇境。
不必告诉你这些，因为我察觉——
毫无疑问，你亲眼见过这一切。
就凭你那张嘴巴忧郁的两角，
你不会对这些感到干旱，我知道。
所以我要在故事中立即讲到
更加贴近的事情。可悲啊，糟糕！
爱情竟成了祸根！斯库拉①，美女！
为什么可怜的格劳科斯②竟敢于 400
向你求爱呢？和善的陌生青年！
我爱她爱得真诚，爱到了极点，
然而她没有反应。羞怯的东西！
她很快躲开我，像海鸟振翼飞去，
围绕着海岛、海岬和海角奔逸，——
（赫丘利③从这里开始他的故事，
结束于遥远的尼罗河。）我的热情
越高涨，我越是看到她的丽容

---

① 斯库拉（Scylla）：希腊神话中的海中女怪，居住在意大利和西西里岛之间的海湾里。据传说，她曾具有人形，是美丽的少女，被格劳科斯所爱。女巫客耳刻嫉妒她，把她变成了海怪。
② 格劳科斯（Glaucus）：希腊神话中渔夫和航海者的保护神。据传说，他是上身为人、下身为鱼、留长须、披长发的老人。原为普通渔夫，因吃了神草而投海成神。他曾爱过女神斯库拉。
③ 赫丘利（Hercules）：罗马神话中的大力神，即希腊神话中的赫拉克勒斯（Heracles）。一生曾完成猎获猛狮、杀死怪物、生擒赤鹿、活捉野猪等十二项奇迹。

透过蔚蓝的晴空娇艳地闪动:
那娇容终于变成难忍的苦痛;   410
在这痛苦中,那丽姿如闪光照临
我的愁思:客耳刻①该感到宽心——
那残酷无情的女巫! 我把头露出
水面,寻找日神福玻斯的女儿②。
埃埃亚岛③惊诧地面对着明月:——
明月似在我周围打转,我晕厥,
像死了似的漂向那致命的伟力。

  "我醒来,那是在一处朦胧花荫里;
蜜蜂嗡嗡叫,恰好早晨的阳光
投射进树木织成的青翠的帷帐。   420
美妙,无比美妙啊! 我听到琴声,
还有叹息声随着那琴声消泯。
琴声止——我听到轻的脚步声;马上,
晨光曾照耀过的最美的面庞
从玫瑰花丛中呈现。约夫天神!
她④用泪水、微笑和蜜语编织成
罗网,罗网里容纳的幸福超出
那遍地鲜花的极乐土。她的话语
圆润如露珠,她说道:'啊! 醒了吗?

---

① 客耳刻(Circe):希腊神话中的女巫,能把人变成牲畜、怪物。
② 客耳刻是太阳神福玻斯与海洋女神佩耳塞生下的女儿。
③ 埃埃亚岛(Aeaea):女巫客耳刻居住的地方。
④ 指客耳刻。

看在小爱神份上,你说说话吧! 430
欢乐把我征服了! 我曾经流出
满瓮的泪水,仿佛你早已死去;
现在见到你活着,我要从这双
钟情的眼睛里倾泻银色的泪浆,
直到洒尽眼睛里最后的一滴,
好让你高兴,促使你留在这里,
这样,我也能活下去:在这些悲惨、
冰冷的贡品之外,假如你喜欢
温馨的抚慰,或者高超的嬉戏;
假如你准备尝味梦境的甜蜜; 440
假如笑靥和爱得喑哑的语言
像诱人的果子悬挂在你的眼前,
那么,就让我为你摘取吧。'她吐出
一串迷人的字音,直到那音符
隐隐渗入我过分喜悦的心窍;
然后她在我头上飞翔,又悄悄
靠近我身边,要是她靠得稍远点,
你绝对见不到这副起皱的容颜。

　　"拉特摩斯年轻人! 我这样唠叨,
巨细无遗,要让你清楚地看到 450
这诱惑是何等强烈:你也别惊叫:
后来呢? 斯库拉是否已被你忘掉?

　　"谁能——天地间谁能挡住这诱惑?

390

她这样口吐天国的芳馨;把我
美好的躯体浸在黄金的气候中。
她把我抱起,像抱吃奶的幼童,
放我在玫瑰摇篮里。注定要如此,
我的已往的生命之流被遏止,
我对这感官的女王,专横的仙后
低头,像着迷的奴仆:我也不能够　　　　　460
走开,尽管安菲翁①奏竖琴期望
我越过惊涛回到斯库拉身旁。
正像阿波罗每到傍晚就设计
一件崭新的云裳给西方的天际;
每晚,甚至每一个挥霍的小时
都在那花荫里撒下香膏的意识。
我可以自由地出入树荫深处;
我可以漫游在松鼠、生角的公鹿、
害羞的狐狸居住的森林迷宫里,
小鸟从幽森阴郁的林中腹地　　　　　　　470
为了遣兴歌唱出甜美的哀思——
我听来是新的欢悦!

　　　"让我暂时
借用一种像普卢同②节杖那般
严峻的气度,使我的语言不敢

---

① 安菲翁(Amphion):希腊神话中宙斯和安提俄佩之子。赫耳墨斯赠给他一把竖琴,使他成为神奇的音乐家。
② 普卢同:冥王。

烧灼说话的嘴唇,我安心讲出:
浮艳的天堂怎样变成真地狱。

"一天早上她趁我熟睡时离去:
我半醒,求索她柔腻的嘴和手臂,
想痛饮琼浆以满足贪婪的渴望;
但她已去了。这时我感到沮丧,　　　　　480
仿佛被带钩的箭矢深深刺痛,
我奔跑出去寻找她,在树林之中。
我踏着松柏的阴影走来走去,
我心里突然感到茫然的恐惧;
因为在远方,四处响起了好像
来自坟墓的哀吟,痛苦的叫嚷。
然后是惊天动地的大地雷鸣,
轰隆隆淹没了惨叫:我蹒跚而行,
好像被推着走下陡峭的小路。
我走进暗的山谷。呻吟如毒雾　　　　　490
弥漫到我的耳边,我越是走近
那一团从我面前的荆棘丛中
窜出的青火,呻吟就变得越响。
这火,像蟒蛇眼睛闪出的寒光,
引诱我向前走去;我很快接近
可怕的令人不寒而栗的情景:
我躲进树丛,诅咒这凶悍的景象——
我怀抱的饮宴,我的花园女王
端坐在林中一块劈裂的树根上;

她周围是男巫,野兽,奇形怪状, 500
在笑,在嚎啕,匍匐着,爬行如蛇,
露出了尖牙,獠牙,毒囊和毒蛰!
啊啊,这样的丑怪!卡戎①这老汉,
假如他暂时放弃一两枚酒钱,
到冥河边上草丛里去做一场梦,
那梦也不会这样怪诞。那女人
向他们挥舞一根拗弯的拐杖,
她显得凶狠,苍白,暴君的模样。
时常,她突如其来地纵声大笑,
然后把篮子里装的串串葡萄 510
倒出来,家伙们见了就一抢而光,
狂叫着还要;他们饿鬼般慌忙
舔着蓬松的毛嘴;她为了报复,
慢慢地拿起槲寄生小枝②一株,
把小瓶里的黑浆倒在小枝上:
他们个个都呻吟起来,就好像
他们可怜的骨头在经受酷刑。
她祭起魔法:他们可怜的胸中
发出呻吟来,直向她乞求怜悯,
她充耳不闻;像婴儿棺材般无情, 520
她把烟油洒进了他们的眼睛。
这时,响起了极端痛苦的叫声,

---

① 卡戎(Charon):希腊神话中渡亡魂过冥河去冥界的神(船夫)。
② 槲寄生小枝(mistletoe):按欧洲习俗,凡站在槲寄生小枝下面的女子,任何男子均可与她接吻。

它逐渐变成暴风雨一般的怒喊,
尖叫,长嚎,和艰难跋涉的呻唤;
直到他们痛苦的躯体变臃肿,
从尾巴末端肿到堵塞的喉咙:
然后是可怕的沉默;然后是一片
比种种惨象更加惑人的场面;
整个野兽群,仿佛被旋风卷送,
驰过阴暗的天空,像巨蟒皮同①   530
向玻瑞阿斯②搏击,——就消失不见。
但没有一丝微风:——她把头一点,
就把群鬼赶走了。瞧啊! 从暗中
走来了爱闹的牧神③,仙女,森林神④,
跳着舞,喧闹狂欢,飞速地走来,
比前去劫掠的马人⑤走得更快。——
一头大象出现了,叹着气,它向
凶恶的女巫低头,它嗓音很响,
说人话:'不可抗拒的痛苦之主!
万能的女神! 让我的生命结束,   540
不然就让我逃离这森严的监狱:
让我见天日,不然就让我死去!

---

① 皮同(Python):希腊神话中大地女神盖亚所生的蟒蛇。
② 玻瑞阿斯(Boreas):希腊神话中的北风之神。
③ 牧神:这里指罗马神话中的浮努斯(Faunus),半人半羊,森林和牧野之神,牧群和牧人的保护者。相当于希腊神话中的潘。喜欢恶作剧,吓唬森林中的行人,有时到住户打搅入睡的人。
④ 森林神:指希腊神话中的萨梯里(Satyri),半人半羊,性嗜嬉戏,好色。
⑤ 马人(centaur):希腊神话中半人半马的怪物。

我不求重新得到幸福的王冠；
我不求我的兽群布满在平原；
我不求得到我那寂寞的寡妻；
我不求得到我生命殷红的涓滴，
我的漂亮的孩子们，可爱的子女！
我忘掉他们；我抛弃这些欢愉；
不求这种天上的、太高的恩赐：
只祈求最美的福分，就是去死，　　　　　550
或让我摆脱这副笨重的皮囊，
离开这粗劣、可憎、污秽的罗网，
我只求投入凄风苦雨的怀抱。
慈悲些，女神！客耳刻，听我的祈祷！'

　　"那个该死的女巫的名字冰一样
落上我疯狂的猜测：赤裸的真相
像一把利剑闪现在我的心上。
我看见复仇精灵在磨砺镖枪；
我的被杀死的灵魂，充满恐惧，
在黑夜阴暗的兽窟里昏厥过去。　　　　　560
我的解救者！请想想，我醒的时候
该会是多么凄凉！那憎恶，怨尤，
各种各样的恐怖，把我分割成
它们各自的战利品。我准备逃进
蛮荒森林中地狱一般的腹地去：
我逃了三天——瞧啊！愤怒的女巫

瞪着眼站在我面前。狄斯①啊!现在,
冷黏的汗珠正在我额上渗出来,
只因我想起了她的冷笑和诅咒。
'哈哈哈!高雅先生呀!一定要有 570
玫瑰花瓣和蓟子毛做成的乳娘
摇篮般抱着你,宝贝!哄你进睡乡:
我硬如石头,不宜你柔指抚摸:
我轻轻一捏也是巨人的一握。
所以,仙灵的东西,要一种没人
听过的催眠歌曲;它只有偎近
比百合更娇的胸脯才能哭够。
不该呵——它不该消瘦,消瘦,消瘦……
挨过比千年一瞬更长的时间,
那样挺可怜,但命运这把大剪 580
剪断了它的永续性。海上调情人!
水中年轻的鸽子!我不会毁损
你一根头发:你看,我在哭,在哀叹,
我们柔肠寸断的离别在眼前。
我们一定要分手吗?是的,不可免。
但在你把我交托给悲痛之前,
让我对着你泣不成声说再会,
道祝福:听着!你属于天上的族类,
所以你具有永世不朽的力量:
但我有这样一种爱,我从你身上 590

━━━━━━━━━
① 狄斯(Dis):希腊神话中的冥王哈得斯的别名,又名普卢同。

永远赶走了一切青春的光彩,
并且命定你终究要走向坟台。
你该火速从这里赶到大海去;
在那里,不用经过漫长的时日,
你就会堕入衰残的老年;那时候
你也不会在老人的路上行走;
却活着枯萎,瘫痪,仍然要呼吸
一千个年头:这之后,我才把你——
松脆的骨头无声无息地埋掉。
再见,亲爱的,再见!'——如星陨,光消, 600
她去了,我来不及哀求。我的灵府
已经被蜇了,中了毒:绝望唱出
一支战歌,向地狱投去了蔑视。
一只手搁在我的肩膀上,迫使
我郁郁前行,另只手翘起指头
在我的眼前移动。一直到最后,
被迫着装成这模样,我发现自己
在海边,靠近自己新鲜的家里。
我涉水而进,作为我生命的血脉,
那沁人心脾的凉意扑面而来; 610
心怀着盲目纵欲的狂热愿望,
我搏击汹涌澎湃的惊涛骇浪,
把飞沫赶在前面,只要我还有
健壮的精力,骨髓还没有干透。

　　"年轻的情人!我真要哭了——谁能讲

倒霉事而不流眼泪?我的力量
这样显示在水上,我感到沮丧,
把手放在一个死者的面孔上;
我一看——正是斯库拉!客耳刻该死!
鹰般的女巫!你从来不知道仁慈? 620
难道你的复仇心没得到满足,
一定要掐死这个无辜的弱女——
只因为我爱她?——她那柔美的四肢
已变得冰冷,冰冷,而她的发丝
被海潮当水草托起。她已死去,
我仍然抱着她的腰,不停止脚步,
箭一样穿过深不可测的海水,
忽见水晶建筑物闪射着光辉,
上面镶嵌着珊瑚、珍珠和玛瑙,
我向前猛冲;打着旋轻轻一绕, 630
来到辉煌的大门口,走进去,瞧!
这地方广大,荒凉,冷得像冰窖;
四面都是些——我何必对你唠叨?
几分钟之后你自己就能见到。
我把斯库拉留在壁龛里,就离去。
我的焦渴的热病,灼人的恐惧
半路上遇到瘫痪:这四肢变为
抽搐又痉挛,残废,干瘦又枯萎。

　　"让我越过这一段残酷的时光,
没一点希望,也没有丝毫迹象 640

显示出缓和,没有彩色的幻想
化成救人的泡影;我害怕这样
会使你失去理智:下面我讲述
使人复元的机遇降临,来制服
我身上半个巫师的气息。

　　　　　　　"一天,
我坐在浪花簇拥的岩石上面,
看见从远远的海平线上出现
一只宏伟的航船:可不久这船
似乎沉没不见了,看来她不问
有什么阻力而继续她的航程——　　　　　650
于是消失了:不久,升起了黑云,
同时传来了阴风凄厉的声音。
老埃俄洛斯①想抑止他的狂怒,
但无效;于是碧绿的波涛全都
掀起了直冲云霄的银色浪沫。
风暴来了:我看见那船的桅索
危险地乱颤;这时,发抖的人们
站在甲板上。我见到船在沉沦;
最后被吞没;可怜的挣扎的生灵:
我听见滚滚雷鸣中他们的喊声。　　　　　660
假如老年狂没取消我满腔渴望,
他们会得救:拉特摩斯人,你想想:

---

① 埃俄洛斯:风神。参见本书第318页注①。

这渴望受到了抑止,我坐着,心头
因悲悯而感到痛苦,痉挛地诅咒
地狱的崽子客耳刻。船上那群人
一个个消失了,全都湮没无闻;
我正凝视着这片平卧的波澜;
落下了不少热泪,更频频悲叹,
这时我脚边有老人的手冒出,
它紧握这支细手杖,紧握这卷书。　　　670
我痛苦地跪下——伸出手——立即抓紧
这些宝物——触到指关节——它松劲——
我抓住一个指头:下坠的重力
比我强——手指下沉了——暴风雨开始
平息,从令人寒颤、沮丧的阴霾里
跃出了舒畅的太阳。我急于要去
细读这卷书,就沐着温暖的空气,
揭开这滴水的书页,小心翼翼。
书里讲到奇异的事情,吸引住
我的心灵,一页页读下去,几乎　　　680
忘记了一切;这时,我昏昏沉沉,
读这些字句,反复读,抬起眼睛
望一望天空,又把书重读一过。
字行像阿特拉斯般承载着多么
悲惨、痛苦的重负啊!——希望之光
金子般照在我周围,鼓舞我反抗,
奋力搏击地狱的暴虐。注意点!
因为你已终止了书上的诺言。

400

"在大海之上有个寂寞的伶仃人,
命定通过衰朽的皮囊来延伸　　　　　　　　　690
他那可憎的存在,延伸十世纪,
然后孤独地死去。谁又能设计
一次全面的对抗? 没有人。因此
海洋必须潮涨又潮落百万次,
他受到压迫。可是他不会死去,
假如他能够做到这些事:——彻底
看清魔术的奥秘,详细地阐释
一切运动、形状和声音的意义;
深入地探究一切外形和实体,
一直追溯到它们的象征性本质;　　　　　　　700
他就不会死。再说,主要的是,
他必须怀着无限的虔诚从事
欢乐和痛苦的工作;——对于受暴风
袭击而沦于毁灭的一切情人们,
他都要一个挨一个安放好,只管
让时间慢慢爬行过凄凉的空间:
这件事做了,全部劳作已完成,
一个青年,为天神所爱,所指引,
将站在他的面前;引导他圆满
完成一切事。这位被选中的青年　　　　　　710
必须这样做,否则两人都灭亡。"

年轻的恩弟米安欢叫道:"这样,

401

凭神授天意,我们是孪生兄弟!
说吧,我求你,在这纷扰的人世,
为我准备了什么崇高的业绩。
说吧!假如我迷惘的脚步离了你,
咱俩都得死?"——"瞧啊!"哲人①回答道,
你没有看到海潮中透出的一道
彩色斑斓的光芒?那就是我对你
说过的广厦,斯库拉正躺在那里; 720
我受奴役时,就是在那里祀奉
死去的情人们,他们被暴雨狂风
残酷地毁灭了。"他们一面谈,一面
向前走,看到那门廊光辉灿烂;
他们赶到大门前,立即进了门。
从涅普图恩②登位到今天,还未曾
出现过这样的奇观,在星空之下。
你看那平原,高傲的马耳斯③摆下
千军万马的地方;再看看战士
一个一个都站定脚跟,都对齐 730
胸脯:你看那钢铸的方形阵势,
铁板一样的队列——谁敢越雷池
一步?你再想一想,战士们一行行,
一排排,成千上万,倒在战场上:——
同样,在水晶宫里,可怜的情人们

---

① 即劳科斯。参见本书第388页注②。
② 涅普图恩:海神。参见本书第114页注③。
③ 马耳斯:战神。参见本书第351页注②。

成排地静卧着,远离欢乐与悲悯。——
山中来的陌生人,屏着气,看到
成千双闭着的眼睛,井井有条;
一排排雪白的腿脚,坚毅的嘴巴,
红润的唇吻,——死神不掐死鲜花。　　　　　740
他注意他们的眉毛额角;看见
他们的头发油光光梳在一边;
每个人文雅的手腕恭恭敬敬
交叉着放在胸前。

　　　　　"现在让我们
开始吧。"向导高兴得低声讷讷。
说罢,他像山杨树枝般颤抖着,
动手把书卷撕成一张张碎片,
一面咕哝着说出些哀悼的语言。
他把书卷撕扯得粉粉碎,就像
凄厉的北风下雪花纷纷飘扬;　　　　　750
扯完后,他拿起深蓝色外套,把它
裹在恩弟米安的身上;他又拿
他的手杖向空中挥舞了九次。——
"还要干什么,年轻人,那是你的事:
但是先耐心等一等;先把那一团
乱丝理一理,再把它绕成线团。
轻点啊!它像蛛丝一样容易断,
要是你——怎么,你干得这样熟练?
有一种神力在庇护你!哦,了不起!

地狱给人的苦恼跌进了坟墓里。　　　　　　760
这是个贝壳；我看它珍珠般白净，
上面没有标记或文字的印痕——
你能读读吗？求你了，你就读读吧！
奥林波斯山！我们平安了！凯利亚
青年啊，拿手杖向架上的琴砸去！"

　　砸过琴以后，突然有美妙的乐曲
抑扬顿挫地吐出精魂，叹息着
唱毕催眠歌。——"年轻人，请把这些
碎片撒在我身上，在走过一列列
死者身边时，把碎片向四处抛撒，　　　　770
你就会看出结果来。"在这使他
沉醉销魂的一声声笛音琴韵里，
恩弟米安在格劳科斯一旁站立，
向他的脸上撒些薄薄的碎片。
那变化如迅雷闪电！一个青年
面上带笑容，头上戴珊瑚的冠冕，
顿时放光芒，像一块宝石仰天，
容貌毕现，他走向美丽的尸首，
跪在她旁边，带着无限的温柔，
握她冰冷的手，哭了——斯库拉长吁！　780
恩弟米安就迅速地施行法术——
少女站起来：他任凭他们欢欣，
他继续前行，去完成崇高的使命，
把具有神力的碎片向死者抛丢，

他走过的时候,每个死者都抬头,
像花朵承受阿波罗阳光的抚摸。
死神探索到他内心:这也太过:
在他的积骨堂里,死神在哭泣。
这拉特摩斯人继续向前走,于是
所有的死者全都复活了。空中　　　　　790
扬起和谐的音响、脉搏和阵痛
发出的欢声——许多曾互相拥抱着
忠诚而虔敬地死去的人们,此刻
发疯般向对方扑去,其余的人们
都充分相信自己会得到幸运。
他们都凝视着恩弟米安。魔法
变得醉醺醺,像要把头儿垂下。
优美的交响曲,有如空中的花朵
萌苗,绽开,再怒放,阵雨般撒播
圣乐的花瓣,轻灵、温柔,又缥缈。　　　800
两位解救者品尝到幸福的醇醪,
那是神仙的榨床里流出的琼浆。
他们俩相互凝视着,一声不响,
在这美丽的一群人周围漫步,
痴迷地陶醉于天上不断倾注
下来的无穷无尽的欢乐。

　　　　　　　　　"走啊!"
新生的神祇高呼:"跟我来,大家
都去向至尊的涅普图恩膜拜!"——

斯库拉,脸儿红红的,从梦中醒来;
注意到她有些惊讶,他们领路　　　　　　810
通过大门,穿越过巨型的圆柱,
进入那无限广大的翡翠穹隆。
领路人一号召,大家欣然随从,
走下大理石台阶;他们像沙漏
淌沙般流泻,——又走得飞快,你瞅!
像燕子回应南方夏季的招呼,
像天鹅振翅飞落徐缓的瀑布。

　　这股美妙的人群走着,不多远,
他们从闪闪发亮的晶石中间
恰好看见另一股拥挤的人群　　　　　　820
踏步走下来。于是,两边的两群人
移动得更快。他们相逢在旷原上,
这伙生灵中每个人都泪水盈眶;
因为找到了旧情人。一片哀声,
像是阵痛的呼喊,急湍和狂风
也没有这种声响:人类的聪颖
无法描述它;想到它就会眩晕。

　　伟大的会合过后,众生灵继续
向前走了好多路;得到又失去
导航的标志;前锋在扩大队伍,　　　　830
走在后面的在不断减少人数,——
终于惊呼黎明到。格劳科斯喊:

"看啊!你们看,海神壮丽的宫殿!
涅普图恩的宫殿!"人声更喧嚷,
他们都挤向越来越亮的东方。
每前进一步,辉煌的穹顶就更加
清晰地显现,——琥珀的金色光华,
钻石的银辉向他们迎面扑来。
欢乐地,像春天树叶般成簇成排,
他们继续走;那光辉越来越强烈。　　　　　　840
富丽的蛋白石穹顶由碧玉柱列
腾空支起,珊瑚的红色从这些
柱身透出来。充裕的神奇浆液
每个观者都痛饮;越走近越多喝:
可怜的凡人拼凑起来的宫舍,
用的是可以扔掉的大理石,怎能
跟这座华宫相比,即便普通人
看来,它也远远地超过巴比伦、
孟斐斯①、尼尼微②三座古城的王宫。

　巨大,光辉,又多彩,就像那横贯　　　　　　850
天穹的彩虹,永远新鲜地显现
在银色阵雨外,这就是那座拱门,
这个帕福斯队伍③从这里走进,
进入涅普图恩的海王宫外庭:

---

① 孟斐斯(Memphis):古埃及城市废墟在今开罗之南。
② 尼尼微(Nineveh):东方古国亚述的首都。
③ 帕福斯为阿弗罗狄忒神庙所在地。帕福斯队伍指情人的队伍。

从这里一眼能见到金色的大门,
领路人向大门奔去;还在半路,
大门就洞开,像神思一样迅速,
使无数眼花的人们蒙住眼睛,
像雏鹰第一次遇见太阳东升。
他们在金色晕眩中成熟的目光　　　　　　860
很快以鹰的本能接受那辉煌,
快看哪!巨神涅普图恩就端坐
在海的翡翠宝座上:不止他一个;
在他的右边站着生翅的爱神,
左边坐着微笑的美神的典型。

　　　像水手能从最高的桅杆顶上
环顾四周,看到的洋面那样,
海神的宫殿真宽广:恰如碧空
笼盖着大海一般,大海把高耸、
鼓圆而宏伟瑰丽的帐幕掀起,　　　　　　870
以示对宝座的敬畏;被狂风暴雨
撕裂的阴云在约夫的天空散开;
海底的云片受抚慰而沉静下来,
突然之间,向四处闪射着光芒,
还向人类的眼睛闪示着死亡,
因为从西方,东方,南方和北方,
跃出了仿佛四个夕阳的红光,
在海神头上燃起金碧的天顶。
深底是透明的晶片,向远处延伸,

像无风的湖水,上有扁舟如箭矢, 880
插羽的印第安船夫往来驾驶,
像穿过怡人的空气:的确是空气,
要是没有天空和云彩的影子:
宫殿的地板是轻风,——要是没审视
令人惊奇的奇观静静的,——以及
辉煌的圆顶似火,倒映在深海底,
形成金球体。

    他们站立在梦里,
直到特赖登吹螺号。宫殿也震响;
涅瑞伊得斯①起舞;赛人们轻唱;
伟大的海王垂下滴水的头颅。 890
爱神起飞,从他的翅膀上流出
神仙的甘露,洒到每个人身上。
海沫里诞生的女神②招手,带上
美丽的斯库拉和她的向导赴会;
他们来到宝座前,看宝座崔巍,
她吻了仙女的脸颊——仙女坐下
同鸽子游戏。于是——维纳斯说话:
"王国至尊的君主呵,至高的威权!
你从前曾跟纳伊斯③立下誓言:

---

① 涅瑞伊得斯:希腊神话中的海洋诸女神。参见本书第256页注①。
② 指维纳斯(阿弗罗狄忒)。一说她是海水泡沫所生,"阿弗罗狄忒"这个名字就是"从海水泡沫里诞生"的意思。
③ 纳伊斯(Nais):希腊神话中的住在河泽泉湖中的女神。

你看哪!"——两颗巨大的泪珠立即　　　　900
从神的大眼里落下;他笑容可掬,
并抬起手来为格劳科斯祝福。——
"恩弟米安啊!还带着爱的束缚
而到处漂泊吗?这事的确残酷。
我在地心遇见你以后,就使出
全力来为你奔忙。什么,还不曾
从惨淡人生的无情网罗中脱身?
请稍稍忍耐,年轻人!不会太久,
否则我就太无能:无聊的舌头,
含泪的眼睛,还有放肆的步履,　　　　910
这些东西太陌生,也就不吉利。
是的,在一个天上人身上我见过
神迹,别人看不见:要是允许我
泄漏天机,说不定我会讲一些
愉快的话语:——但这是爱神的佳节。
你不妨稍稍地等待一下。甚至
请你在你们欢度蜜月的时期
来访问我的库忒拉①:你将会发现
丘比特脾气好,阿多尼斯心善;
请你听从我——啊,我的话已说毕,　　　920
愿幸福统统降临你,我的孩子!"——
美丽的女神这样说:恩弟米安
跪着听取这宁静美好的语言。

~~~~~~~~~~~~~~~

① 库忒拉(Cythera):侍奉阿弗罗狄忒的一个中心地区。

410

这时候在海的君王面前,一场
热烈欢腾的饮宴开始了。琼浆
殷勤地斟入所有递来的酒卮;
劫来的葡萄藤,生生不息,让新枝
缠绕上每只贝壳和悬垂的弦琴;
为了燃烧而解开纠结的葡萄藤
扯下新鲜的藤叶、茂密的藤罗　　　　　　　　930
作精巧的玩具。丘比特,王权在握,
飞着,笑着,不时地在众人之间
愉快地穿梭。于是,舞蹈,戴花冠,
唱歌,越来越放肆;进入了狂欢。
他们靠无害的藤须结成链环,
争着要深埋在鲜绿的树叶下面,
窒息而死去。

   哦!这的确是罪愆:
竟让个弱者凭他拙劣的几句诗
到这个地方来闯荡。高贵的缪斯!
请不要诅咒,让他们赶快结束。　　　　　　　940

  突然一切都静下来。乐器弹出
柔美悦耳的和声,迷人的音响;
接着是颂歌。

   "风暴之海的君王!

约夫的兄弟!几种元素①的共同
继承者!面对你,大海永远鞠躬,
永远敬畏。牢固而顽强的石头
面对你可怕的三叉戟也要退后,
揭开自己的根基,呼啸成水珠。
所有的山涧,尽管迷路,却无不
流动在你那宽广胸膛的家里。 950
你皱眉,你的宿敌老埃俄洛斯
便听到反叛的风暴粗厉的控诉,
忙躲进洞穴。从你的王冠上射出
银光斜照你统治的一片蔚蓝,
黑云便退去。你那辉煌的车辇
深隐在晨光的后面,一路驰奔,
带着你越来越接近阿波罗日神
唱的黄金的歌曲,而他的车辇
在天国门口等候他。你不宜看见
这样的景象:你拥有稳固的帝国; 960
它使那宽额起皱纹:然而此刻,
好像刚刚从天上下降,你坐着
把这愉快的时刻
同受到抑止的尊严交织在一起。

---

① 几种元素:罗马诗人奥维德认为一切物质都是由土、水、风(空气)、火这四种元素构成的,他说:"我认为这无穷的宇宙包含着四种元素,一切事物都由此产生。四者之中,土与水因重浊而下降,另一对即空气与火因轻清而上升,无人能使之下沉。"(《变形记》)此说来源于古希腊哲学家恩培多克勒的四元素说。

哦,贝壳里诞生的至尊的神祇!
我们将永远把心放在你面前——
我们膜拜,我们颂赞!

"笛子啊,轻轻地吹奏;
温馨的琴啊,你们的弦音要温柔;
不要听号角!可是啊,白费!白费!　　　970
迎着四月的雨水绽开的花卉;
鸽子睡时的呼吸,河水的流淌,——
爱神的弓弦被风引发的声响,
都不能配成美妙的音乐以愉悦
女神库忒瑞亚①的听觉!
但是,白皙的美神啊!请用明目
向我们灵魂的献祭垂顾。

"有漂亮翅膀的孩子!
你笑的时候,谁还有另外的忧思?
我们,人世的不幸者,终于看见　　　980
一切笼罩在我们心头的黑暗
和死影都被你轻拍着翅膀拂掉。
至美的精英!无与伦比的天娇!
跳动着热烈的脉搏,蓬松着发鬈,
裸露着起伏的胸脯的神仙!

---

① 库忒瑞亚(Cytherea):即阿弗罗狄忒。这个名字来自库忒拉,参见本书第 409 页注②。

413

黑暗中可爱却难见的光芒!遮没
　　光中之光的精灵!甘美的下毒者!
　　我们要痛饮你那满杯的毒酒,
　　一直到喝够——喝够!
　　凭你母亲的嘴唇起誓——" 990

　　　　　　喧闹声
打断了下面的话语。宫殿的金门
重新打开,一大片崭新的辉煌
从门外射进。俄刻阿诺斯①老海王
坐在浪涌的宝座上奔泻而至,
向他的水族子民作最后的扫视,
然后回到他幽静的洞府内堂
去永远沉思——一个透明的波浪,
来自大海中颤抖的波浪姊妹,
翻腾涌动,托起多里斯②的神威,
托起她的丈夫,爱琴海的占卜者—— 1000
其次,底比斯的安菲翁③来了,骑着
海豚来,倚着琴,戴着月桂树枝,
他的手在弹琴——大家都默默凝视

---

① 俄刻阿诺斯(Oceanus):希腊神话中的海洋神,属于老一代。后来波塞冬(涅普图恩)成为海神,俄刻阿诺斯便被排挤到次要地位。
② 多里斯(Doris):海洋神俄刻阿诺斯的女儿。她的丈夫是涅柔斯,也是老一代海神。
③ 安菲翁:希腊神话中的神奇音乐家,他奏起七弦琴来,其琴声的魔力使石块自动垒起,筑成底比斯城墙。参见本书第391页注①。

安菲特里忒①,海中珍珠的女王,
和珍珠似的西蒂斯②。——

　　　　这座殿堂
在晕眩的恩弟米安周围旋转;
——如今他漂泊到这里,远离了人间。
他实在受不了——闭上眼睛也没用,
而想象可以使晕眩者更加头痛。
"我快要死了!美神维纳斯,支持我! 　　　　1010
我那可爱的情人在哪里?哦嚯!
我死了——我听见她的声音——我好像
要飞——"他倒在涅普图恩的脚旁。
涅瑞伊得斯突然围住他,想尽力
把他的灵魂招回来,使灵魂附体:
他依然沉睡。最后她们把手臂
交缠成一只摇篮般把他抬起,
抬他到老远的水晶卧室里去。

　　听啊!当慢慢抬过同情的众人时,
有高音向他的内心说出言辞; 　　　　1020
那是用星光写在夜空的铭文:
至爱的恩弟米安!我唯一的爱人!
我曾害怕过命运:现在已过去——

---

① 安菲特里忒:海洋女神。参见本书第332页注①。
② 西蒂斯:海神涅柔斯的女儿。参见本书第256页注①。

你也为我争得了永恒的幸福。
起来吧!趁母鸽还没有开始孵蛋,
我现在就要吻着你把你夺占,
引你进永恒的天国。醒醒!你醒醒!

这青年一跃而起:湖水平如镜,
静静地来到他眼前;苍翠的森林,
比他见过的任何奇景更宜人, 1030
用质朴的歌来抚慰他悸动的心。
回到了青草的旧巢是多么欢欣!

第 四 卷

我的祖国的缪斯!最崇高的诗神!
群山之上的初生儿!天上的彩云
所诞生,你的襁褓是圣洁的空气,
你已长久独踞在北方的洞穴里,
那时我们的英格兰还是个狼窟;
我们的森林还没有人声传入,
第一个德鲁伊特①还没有诞生;——
你却已坐镇在我们的旷野之中,
沉迷于孤独的深思,未来的预卜。
东方的声音传来了,调子严肃:—— 10

---

① 德鲁伊特(Druid):古代凯尔特人中一批有学识的人,担任祭司、教师、法官或巫师、占卜者等。

但你忍耐着。于是阿波罗的花环——
九位缪斯①歌唱了:——你仍然预言
本国的光荣,她们叫唤也没用,
"到这里来吧,岛国的妹妹!"美人
奥索尼亚②开口了;她一再发出
更高的召唤:——可是你仍然致力于
你祖国的未来。哦,你已经获胜,
赢得了辉煌的成就!这事已完成,
否则,我们后来的岁月都将是
精神的荒漠。伟大的缪斯!你深知   20
肉体的牢笼怎样禁闭并磨损
我们灵魂的羽翼;沮丧使我们
不得安枕;而翌日新鲜的清早
发出明亮的光来,仿佛在嘲笑
我们这迟钝的、死气沉沉的生命。
我早就说过,那向你忏悔的人
多幸福!但我想到已往的诗人们,
我不能祈祷:——到现在我也不能——
因此我心怀谦恭,走向目的地。

① 缪斯(Muses):希腊神话中宙斯和摩涅莫叙涅之女(一说乌拉诺斯和盖亚之女),司文艺的女神,共有九个:一,克利俄,司历史女神;二,欧忒耳佩,司抒情诗女神;三,塔利亚,司喜剧、牧歌及田园诗女神;四,墨尔波墨涅,司悲剧女神;五,忒耳普西科瑞,司歌唱和舞蹈女神;六,厄拉托,司爱情诗女神;七,波林尼亚,司颂歌女神;八,乌拉尼亚,司天文女神;九,卡利俄佩,司史诗女神。太阳神阿波罗同时是司音乐、诗歌、智慧之神,因此缪斯作为诗歌的保护神又与阿波罗联系在一起。阿波罗有一别名叫缪萨革忒斯,意思是"缪斯的领袖"。
② 奥索尼亚(Ausonia):意大利中部和南部的拉丁语名称。

"我好苦啊！我竟然愚蠢地离弃① 　　　　30
我的亲爱的故乡！愚蠢的少女！
无数人曾同你一起,向恒河以及
可爱的田野告别,那时多欢乐！
一个无助者会感到,澄澈的溪河
寒冷入骨；成熟的葡萄更酸涩：
伟大的神明啊！我只愿呼吸片刻
故乡的空气——我只愿在家乡死去。"

　　恩弟米安正在向上苍的穹庐
呈递上他的誓愿作为大献祭,
这些话传到他耳际。他在翠绿 　　　　　40
多刺的、交缠纠结的灌木丛里,
把头低下来,俯身聆听那话语,
像母鹿寻找隐匿的幼鹿般焦急。

　　"这里没人帮我吗？仁慈的嗓音里
没发出生命的曙光来？没有蜜语
使我这沉郁哀伤的精神变欢愉？
没手同我的手游戏？没有樱唇
能使我沉迷拜倒？也没有眼睛
在我的胸前流盼？没有人先我
而死去,除非这眼睛闪射灵火 　　　　　50

---

① 这里说话的是一位印度女郎。

释放它的奴隶!——我迷惘,我忧郁。"

　　凯利亚山谷的主人①呵,你还不如
被抛入旋涡,化作轻烟而消失,
热情的山民!难道你必须独自
悲苦,忍受一个女人的叹息吗?
不要看她的娇态!福柏②无情吗?
月神福柏美多了——不要再凝望:——
你若要观看美色的全部贮藏,
那就看她在森林草地上喘息!
这些乌亮的鬓发包含的柔意　　　　　　　　60
不胜过懒懒搁在这发间的那双
手臂吗?看到那两眼可爱的目光
像秋波流转,寻找温暖的欣喜——
那欣喜有如鸽子栖息在暗巢里,
倚在双瞳的眼帘外——不感到如此
彻骨的痛苦吗?——听!

　　　　"但愿赫耳墨斯
用仙杖把这朵花点成人的形体!
林中的海阿肯托斯③才能够逃离
绿色的牢狱,到这里向我跪下来,
称我为女王,他的再生的主宰!　　　　　70

---
① 指恩弟米安。
② 福柏:月神。参见本书第 8 页注②。
③ 海阿肯托斯(Hyacinthus):风信子花神。参见本书第 299 页注②。

啊,我多么善于爱!——我的心为这
不幸的青年软化了——爱啊!对于我
满腔的思绪蕴蓄的情深意浓
我感到惆怅的亲切,温婉的顺从,
要是不流泪,我的生命就消亡!——
你听而不闻、无知无觉的时光,
还有你古老的森林,请相信这话,
只有情人的眼里才闪出电花,
才流出纯真的甘露:没哪种声音,
无论怎样地美妙,能够像情人　　　　80
说出的话语那样,使人听了就
天旋地转地死去:没人会吐一口
气儿跟草原的空气交融在一起,
除非喘息着四处走走,从心底
窃取到一份热情!"——

    他斜身倚着
树枝,挺可怜。他当然不会在此刻
渴念另一个情人:即便是做梦,
梦里有这样的念头,那也是不恭!——
他想,"为什么我没有成为死者,
既然通过黑土地,通过大海波,　　　　90
我被带到了这样痛苦的境地?
女神!我爱你的热情毫不降低:

凭朱诺①的笑起誓,我决不背离你——
决不呵——只要海潮在涨落不息。
我有三重魂!啊啊,愚蠢的矫情——
对两人,对两人,我的爱同样无垠,
我感到我的心为她们剖作两半。"

　　仿佛被美色所杀,他这样呻唤。
女郎的芳心急跳,他能够看出
她温柔的胸脯正在剧烈地起伏。　　　　　100
从绿荫深处他跃起:她躺在一旁,
有如新篱上麝香玫瑰般芬芳;
她的四肢在颤动,她眼睛灵活,
轻轻地闭上。他试着把话诉说。
"美丽的姑娘,可怜我!请你宽恕
我这样冒犯你那圣洁的居处!
请你原谅我,我满腔都是来自
你的忧愁啊,娇美的窃贼!天使!
你已盗走了我的羽翼,我本想
用它来飞上天去。亲爱的姑娘,　　　　　110
既然你是我的刽子手,我自己
也感到爱和恨、痛苦和幸福以及
泛滥的热情压倒我——这全部故事
对于我都将在片刻间彻底消失;

---

① 朱诺(Juno):罗马神话中主神朱庇特之妻,相当于希腊神话中的赫拉(Hera)。

那就请对我的迟暮一展笑容:
因为我深受折磨的头脑要发疯,
就请你做我的保姆,教我懂得
临终时怎样吻那手有如百合。——
为我哭泣了? 那我就再无遗憾。
命运之神呵,发怒吧! 直到苍天　　　　　120
比幽冥更黑,布满洞穴的大地
碎裂。凭约夫的云霓腰带起誓,
这滴滴泪水促使我一心渴念
去迎接遗忘。"——几乎要柔肠寸断,
这少女啜泣片刻,然后回答说:
"为什么会落得这样忧伤难过,
如你所说的? 这些草木幽深处
不是藏不住晦气吗? 溪水在汨汨
发出可怕的声响吗? 那边的歌鸫,
训练毛羽未丰的雏儿向林中　　　　　130
试飞时,是否把故事低声述说?——
别讲伤心事,年轻的来客,否则
今夜冷蜗牛会粘上玫瑰。虽然你
也许愿意,可我想如果不陪你,
只叹气,让昼夜流逝,直叹到天色
微明,这将是罪过,真正的罪过!"
恩弟米安说,"事情过去了,好姑娘!
我爱你! 可我的日子决不会久长。
为了使我有耐心,还请你开口:
让我弥留时听到音乐,我不求　　　　　140

更多的欢悦——我要向一切告别。
难道你不再呼唤另外的世界,
在印度溪河的附近低语?"——于是她
端坐在森林中央的树荫底下,
出于怜悯,唱出这首回旋歌——

　　"真叫人忧伤!
　　　为什么要向
朱唇借颜色,那健康的自然红艳?——
　　　要把少女的羞容
　　　送给白玫瑰花丛? 150
也许你手指带露碰到了雏菊瓣?

　　"真叫人忧伤!
　　　为什么要向
鹰隼的眼睛借来那闪亮的热情?——
　　　要把光送给流萤?
　　　暗夜里不见月明,
要在水妖出没处给海浪镀银?

　　"真叫人忧伤!
　　　为什么要向
哀鸣的舌头借来那柔曼的歌声?—— 160
　　　要在惨淡的黄昏
　　　把它递送给夜莺,
你可以披着寒露静静地聆听?

423

"真叫人忧伤!
　　为什么要向
五月的欢乐借来那心灵的轻盈?——
　　一个情郎不会把
　　樱草花轻易踩踏,
哪怕他跳舞从黄昏跳到天明——
　　也不踩你的园内　　　　　　　　170
　　任何圣洁的花蕾,
无论他在哪儿游戏,玩儿得高兴。

"对于那忧烦,
　　我说声再见,
原想把她呀远远地抛在后头;
　　但是可喜呀可喜,
　　她爱我情深意蜜;
她对我是这样忠诚,这样温柔:
　　本来我想骗骗她,
　　然后我就离开她,　　　　　　　180
但是啊! 她这样忠诚,这样温柔。

"在我的棕榈树下,在溪河岸旁,
我坐着哀哭:在这广大的世界上,
没有一个人来问我为什么哀哭,——
　　因此我继续
用我忧惧般寒冷的泪水给睡莲

　　　　花儿杯斟满。

"在我的棕榈树下,在溪河岸旁,
我坐着哀哭:哪个被迷恋的新娘
受骗于云中影子一般的求爱者,
　　　　依然躲藏着,
隐在黑暗的棕榈下,溪河岸旁?

"我坐着,一重重淡青色山峦那边
传来了狂欢者们的喧闹,溪涧
流入宽阔的河流,呈现出紫色——
　　　　是酒神和他的一伙!
急切的号角在说话,银色的尖喊
从铙钹互撞中形成欢乐的喧音——
　　　　是酒神和他的一群!
他们像一股奔流的酒泉向前冲,
头戴绿叶冠,一个个面孔火样红;
全都狂舞着穿过快乐的谷底,
　　　　为了吓跑你,忧郁!
于是啊,于是,你成了简单的名称!
我也就把你忘了,正像六月里
高大的栗树挡住太阳月亮时
挂着浆果的冬青被牧童忘记:——
　　　　我就向痴愚冲去!

"年轻的巴科斯①在他的车驾上站住,
样子像舞蹈,把玩着长春藤箭镞,　　　　　210
　　　侧身向一旁笑乐;
红色的酒浆如小河流淌,渗入
他白胖的胳臂肩膀,足供维纳斯
　　　用珠齿咬一口试试:
赛利纳斯②骑着驴,靠近他身旁,
喝得醉醺醺,向前行进,一路上
　　　人们向他抛花朵。

"你们从哪来,快活的姑娘!从哪来?
人儿这么多,这么多,又这样欢快!
你们为什么把闺房遗弃,丢掉　　　　　　220
　　　诗琴,抛却好运道?——
'我们追随巴科斯!插翅的巴科斯,
　　　他正在出击!
巴科斯,年轻的酒神!无论祸福,
在他的面前我们满世界跳舞:——
来吧,漂亮的姑娘,来这儿跟我们
　　　一起疯狂地歌吟!'

"你们从哪来,快活的林神③!从哪来?

---

① 巴科斯:希腊神话中酒神狄俄倪索斯的别名。这首回旋歌中唱到的"酒神"就是巴科斯。参见本书第151页注①。
② 赛利纳斯:森林诸神的领袖。参见本书第252页注①。
③ 林神:即森林神萨梯里。

成群结队,这么多,又这么欢快!
你们为什么抛弃林中的好地方, 230
　　　把橡栗留在橡树上?——
'为了酒,为了酒我们把树木丢开;
为了酒我们告别莽原,金雀梗,
　　　抛下冰冷的香蕈;
为了酒我们跟巴科斯走遍大地;
一口气干杯又欢叫的伟大神祇!——
来吧,漂亮的姑娘,来这儿跟我们
　　　一起疯狂地歌吟!'

"我们一起跨越过高山和大河,
除了酒神在藤帐中歇息的时刻, 240
虎和豹总是喘着气向前猛奔,
　　　还有亚洲的象群:
无数人向前跑去——又唱歌又跳舞,
还有斑马和光洁的阿拉伯神驹,
蹼足的鳄鱼和其他鳄类跟上来,
鳄鱼们披鳞的背上驮着一排排
胖胖的婴孩,他们欢笑着模仿
水手们喧嚷,强壮的船员们划桨:
他们带着玩具桨和锦帆驶去,
　　　毫不怕浪潮和风雨。 250

"驾着豹子的毛皮,狮子的鬃毛,
整队人马全都在平原上奔跑;

整整三天的行程顷刻间完成：
他们总是在太阳上升的时辰
骑着发怒的独角兽，拿着投枪、
　　　号角，把旷野当猎场。

"我看见奥西里斯①的古代埃及
　　　向葡萄藤王冠屈膝！
我看见干渴的阿比西尼亚配合
　　　银铙钹的脆音唱歌！　　　　　　　　260
我看见酒浆漫溢，热辣辣浸穿
　　　古老凶猛的鞑靼！
印度的一代代帝王让宝杖垂下，
从库里取出珠宝像雹子般抛撒；
伟大的梵天②在神秘的太空呻吟，
　　　祭司们全发出哀声；
任年轻酒神变白的眼睛眨巴。——
跟在他后面，我来到这些地方，
我情绪懊丧，心力交瘁，忽然想
离开大伙儿走进萧索的森林，　　　　　　270
　　　没伴侣，单独一人：
你可以听的，我已经都讲给你听。

　　　"年轻的异乡人！

---

① 奥西里斯（Osiris）：古埃及的冥神和鬼判。
② 梵天（Brahma）：印度教主神之一，为创造之神，众生之本。

　　　　我是个流浪人,
我走遍所有的地方去寻找欢悦:
　　　　唉,欢悦躲着我!
　　　　我一定着了魔,
在忧伤中虚度了我的少女岁月。

　　　　"你来吧,忧伤!
　　　　甜蜜的忧伤!　　　　　　　　　280
像对亲生儿我用乳汁哺育你:
　　　　我想离开你,
　　　　还想欺骗你,
但如今在整个世界上我最爱你。

　　　　"世界上,没有人,
　　　　除了你,没有人
来安慰一个孤苦伶仃的姑娘;
　　　　你是她的亲娘,
　　　　你是她的兄长,
她的游伴,树荫下求爱的情郎。"　　　　290

　　　哦,她唱完这首歌,便叹息一声,
看,对世上的一切她完全死了心!
恩弟米安说不出话来,望着她,
侧耳倾听着,此刻风儿正在刮,
凄厉地刮在拳曲的橡树四周,
可是风又有一种甜蜜的轻柔,

令人想起丝绒般温软的夏歌。
他终于说道:"可怜的姑娘,我怎么
能耐心倾听那声音这么长时间?
美妙的乐曲!仙妖!我无从挑选; 300
只能永远做你的悲哀的仆从:
我别无选择,只能跪下来崇奉。
我不能想呵——凭月亮起誓,不能!
别让我想,温柔的天使,行不行?
最美的仙子,我能否永远不思索?
你可以这样培育我,使我越过
记忆的边缘!使我小心地闭上
布满血丝的眼睛,不去看绝望!
请轻轻杀死我半个灵魂,这样我
就可以充分感觉到那另外半个!—— 310
那美丽柔润的面颊使我晕眩;
让那脸永远羞红!让它来舒缓
我的癫狂!让它由爱情的蕴涵
染成玫瑰的暖色,惊喜得发喘。——
这手不能是你的,可它恰恰是;
而这无疑是你那红酥的另一只——
这是你的柔胸,我挨得这样近!
你要睡了吗?让我把那滴泪吸吮!
悄悄地说句好话吧,让我明白
这就是人世间——带露的鲜花!"——哀哉! 320
那恩弟米安好苦啊!他在何方?
这些话语振荡着凄凉的回响,

响过广大的森林——极可怕的声音,
仿佛一个人临终忏悔的哀鸣;
声音消逝后,有阴影掠过身边,
恰似含雷的云影。一支支利箭
飞过树枝丛,可怜的斑鸠探出
怯弱的脖颈,发抖;这两人相互
依偎着,也在发抖,就这样坐着,
只等待毁灭的到来——瞧呀,此刻　　　　330
脚上生翅的墨丘利庄严地出现
在高树顶端的那边;比冰雹大片
斜劈的势头更急,他迅速飞下来,
降到大地上;但不休息,也不在
家门外停留片刻:他只是用仙杖
轻轻点一下草地,就飞向天上,
飞得比眼光更快——拥挤的大地
匆促间实在来不及亲眼看仔细
他飞的幻术。潜水的天鹅出现在
晶莹的漪澜上,一身清亮纯白;　　　　340
使眼花缭乱的视觉大为惊奇,
它们会当面潜水,一眨眼又浮起——
两匹黑色的骏马腾跃在草地上,
马背上长着巨大的深蓝色翅膀。
凯利亚青年①把可爱的少女扶上
一匹马,再去制服另一匹的凶狂,

---

① 指恩弟米安。

他感到恼火。他们双飞在天际，
像鹰隼高翔。仿佛是两颗露滴
吹到福玻斯①嘴唇上，他们远走，
远远地离开人世——要不是那自由　　　　350
升腾的诗歌之灵不倦地飞飘
在他们头上，追随着他们，他们早
自个儿悄悄沉入寒云冷风里。——
祖国的缪斯！我心中可有了灵气？
这里是眩目的太空，我必须伸展
巨翅才能够保持平衡；我一点
不害怕高度、深度或广度，也不怕
险峻的机缘：那两匹腾空的骏马，
忧伤的骑马人，都在我视线下方。
没有你支援，我能否这样翱翔，　　　　360
观看，无畏地等待思想的伟力？——

　　一种困倦的幽暗，芬芳的阴翳
来自那临近的异景奇观，你看
那两匹飞马，正喷着鼻息，大胆
嗅着异景的末端，似乎很疲惫，
被自身的烈焰渐渐烧成了死灰！

　　一片紫雾包围了他们；这不久，
仿佛在初升的苍白月亮的四周，

---

①　福玻斯：即日神阿波罗。

泽斐罗斯①让云片如垂柳般弯身:
那是倚枕的睡神在缓步旅行。　　　　　　　　370
自从他②几乎在夜腹里流产以来,
这是第一回,他更加寂寞地离开
他的寂寞的洞窟;这是第一回,
他感到远离白昼和黎明的光辉——
因为有个梦曾来到他那无限
幽暗的深心,他梦见一位青年,
在蝙蝠越冬后由瘦变丰满以前,
能够在天帝约夫的丹陛下面
获得永生,并且和约夫的娇女
缔结良缘,被招为入赘的佳婿。　　　　　　　380
此刻他瞌睡着走向天国的大门,
他可以在门前等候一个时辰,
一心聆听着美妙的婚礼音乐,
然后重新沉入那昏暗的洞穴。
他那光润而薄明的烟雾之车,
斑斓地染着玫瑰和紫晶的颜色,
使那些探入内里的眼睛晕眩,
几乎连一分半秒也没法看见
他那一动不动地躺着的懒相。
两位飞马的驭者把视线大张,　　　　　　　　390
四处搜索他,仿佛有人从河湾

①　泽斐罗斯:西风神。
②　指泽斐罗斯。

433

隐蔽的幽处柳荫里斜投视线
去窥探一群银色喉咙的鳗鱼,——
或从古老的斯基多①山巅,不顾
濛濛的灰雾笼盖着嶙峋的山头,
用眼睛探测山谷里一片清幽,
望见渺远处有一座心爱的村落。

  这两匹骏马,由大地脾脏之火
所哺育,却嗒然垂下那两双满布
青筋的耳朵,鼻孔充血,脚停步;   400
在没精打采的雾上它们曾伸展
巨大的翅膀,如今却沉沉酣眠,——
在那平展于半空的飞马巨翅上,
沉睡着恩弟米安和美貌的女郎。
他们缓缓地行驶,慢得像一座
冰岛漂在平静的海面上;此刻
那位悲伤的漂泊者在做梦。请看!
他在天街上漫步;他仿佛兄弟般
向诸神讲话:朱诺珍贵的仙鸟
在她摊开的掌上啄食珍珠稻;   410
他试挽日神福玻斯金弓的弓弦,
并且询问金苹果生长在哪边:
他把帕拉斯②的金盾紧系在臂弯,

---

① 斯基多(Skiddaw):山名,位于英格兰北部,诗人华兹华斯定居的湖区之内。
② 帕拉斯:即雅典娜。

他想搬动并打出约夫的雷电,
却没有成功:狡黠的赫柏①端出
满满一杯酒,唱歌,轻盈地跳舞,
不停地挑逗;他终于把酒喝干,
沉醉在欢乐之中,倒向她脚边,
晕眩的嘴唇吻她星光的手指。
他吹响号角,——一群空灵的仙子　　　　　420
在高空显出形相:那是四季神,——
春神着绿裙,夏神焕发,秋之神
镰刀里藏着金穗,冬神霜满鬓,
跟时神②之魂共舞;而号角猛吹,
角声不减弱,始终吹奏着指挥
她们飘忽的舞蹈。"是谁在吹响
号角啊?"他问;她们笑道:"哦冥王!③
你这个凡人咋来了?你不知道
号角是谁在吹?——是狄安娜:你瞧!
她在弯弯地上升!"他一看,那正是　　　　430
他爱的女神:告别了,海洋,大地,
天空,告别了,受难,痛苦和忧伤;
告别一切呵,除了爱情! 他跃向
月神,于是醒了——奇怪啊,在头上,
他醒着睁眼看到由蒸腾的芳香

---

① 赫柏:希腊神话中的青春女神。参见本书第183页注②。
② 时神(Hours):即荷莉(Horae),司时序和时辰以及正义和秩序的诸女神。
③ 冥王:即狄斯。参见本书第396页注①。"哦冥王!"意为"天哪!"

培育起来的他那片梦境:诸神都
站着笑;快活的赫柏笑着点头;
福柏弯起了蛾眉俯身倾向他。
令人困惑的情状呵!倚着羽毛榻,
清醒了,他感到他的甜美的姑娘　　　　　　440
腰身在颤动。曾有人①,大胆地飞翔,
飞得高,因为离太阳太近而身死,
当蜂蜡熔化的时刻,这人也不比
此时的恩弟米安更张口结舌。
他的心仿佛跃上了合法的宝座,
搏动着跃向美影一般的激情——
啊,何等的困惑! 真正的苦煞人!
他的同床人这样地痴情,娇美,
他实在不能不吻她:于是他会
暂时地全然忘却一切美,却难忘　　　　　　450
金发月神年轻的美姿;他渴望
得到宽恕;却转身再一次凝视
可爱的睡美人,——他整个灵魂震栗——
她在睡梦中紧握他的手;于是他
不能不再次吻她并且崇拜她。
那月影为此而哭泣,溶化,逝去。
拉特摩斯人②惊起:"女神呵,站住!
探索我隐秘的心胸!实实在在讲,

---

① 指伊卡罗斯(Icarus)——希腊神话传说中雅典的能工巧匠和建筑师代
达洛斯之子。参见本书第 150 页注①。
② 指恩弟米安。

我没机巧的心肠:为什么它绞向
绝望的地步?在至高幸福的领地,　　　　　　460
除了痛苦,没给我留任何东西?"

　　　这些话唤醒了黑发的异域娇女:
她显露爱情,使恩弟米安用软语
温存来祝福她。睡神在下面欠伸。
"你恒河的天鹅!我们不要再吸进
这片阴森的鬼影!你似乎满足于
枕在惬意的闲适中,你也不会去
梦见恐怖的事情使你我不安。
你要是因我负心而死去,怎么办!
她不过流泪罢了——她温柔的灵魂　　　　470
没有复仇心;那灵魂是一片完整
无疵的柔情,愿我是完整的爱情!
即使我自觉忠诚得一如天真,
我能否超乎一切地爱你,好姑娘?
我能。那么这灵魂是什么模样?
它来自何方?它不像是我的灵魂,
我没有自我热情,我非我自身。
必定有可怕的结局:哪里,在哪里?
我看见我灵魂(凭涅墨西斯①起誓)
独自穿黑暗翱翔——原谅我,爱人:　　　　480
我们该走了吧?"他唤醒两匹神骏:

---

① 涅墨西斯(Nemesis):希腊神话中的秩序女神、果报女神。

437

它们勇武地展巨翅飞向晴空,
把老迈的睡神留在雾罩的洞中。

　　夕阳道晚安的红光逐渐淡去,
黄昏星升起,向着薄暮的天宇
迸射出银色的光辉,此刻他们
正跃上高空,直向那银河飞奔。
速度不妨碍温和奇异的交谈——
他们相互间把海誓山盟交换,
以这种方式,有这种情致,这样　　　　490
驾驭着清风,头顶着满天星光,
对厄运毫无所知;确实,要看清
他们的内心,人的力量还不能;
他们哭泣或欢笑,忧伤或喜悦,
总是高兴得发狂,或悲痛欲绝。

　　面对他们的疾飞,从层层黑云中,
月亮迸射出小小的钻石巅峰,
不大于一颗无人注意的星辰,
或者仙子的弯刀细细的尖刃;
明亮的图像,表示她俯身去系　　　　500
她的银履,这之后她向着天宇
娇媚地垂下她那羞怯的额头。
她冉冉上升,仿佛会逃走;这时候,
凯利亚青年转向他温顺的少女,
看她的黑眼睛是否已经辨认出

这刚刚诞生的美质——绝望！绝望！
他只见她的身体变瘦削,变萎黄,
在冷的月光中。他忙抓住她的手；
他掌中那手消溶了:他吻她的手,
可怕！只吻到自己的——他孑然一身。 510
她的神骏稍向上一腾跃,即刻
鹰一般坠落大地。

　　　　　有一座洞穴,
坐落在太空的虚渺界限之外,
遥远而幽暗；这片太空是造来
供灵魂遨游并追踪自己的实体。
洞穴周围是黑暗的地域,在那里
精灵看到掩埋着旧恨的坟茔,
但是不徘徊哭泣一点钟,只因
他感到新愁更使他内心痛苦:
在这些地域,许多带毒的箭镞 520
乱投乱飞；这地儿是种种灾祸
固有的家乡:从来没有游历过
此处地狱的人儿要将来才出现。
不过在那个深邃的洞穴里睡眠
而感到安适的人儿几乎没有。
那里哀痛不刺人,欢乐不过头:
忧惧的风暴始终向大门叩击,
门里依然是一片凄凉和静寂。
受卷地疾风的包围,你们在里面

439

听不见声音这样响,好比垂帘　　　　　　530
蒙住尸架上死亡之钟的滴答声。
拼命想进去,不成:忽又进了门。
正逢受苦者感觉到忧心如焚,
他可以自由地进入;一只陶瓮,
被掷入冰水,他举瓮一饮而尽——
少妇塞墨勒①在她孕期的渴望中
没喝过这样的芳醇!幸福的幽冥!
黑暗的天堂!在那里,苍白理应
同红润相配;那里,阴郁的寂静
发音最清晰;那里,希望烦扰人;　　　　540
那里,沉入无梦的睡眠时把眼帘
长久闭合的眼睛显得最灿烂。
幸福的精灵之家!奇妙的灵魂!
你孕育这样的洞穴在你的深心
来救众生。好啊,温和的凯利亚人!
因为,自从你有了忧伤和不幸,
你从未这样满足过:剧烈的纷争
把你引导到这座"宁静的石洞"。
他安睡的灵魂在那里,尽管是被
危险的速度送去:所以他不因为　　　　550
不知道自己前往何处去而伤心。
他感到幸福,来自东方的一阵阵

----

① 塞墨勒(Semele):忒拜王卡德摩斯之女,与宙斯生子狄俄倪索斯(酒神)。她目睹宙斯施放雷电时,被电击为灰烬。狄俄倪索斯把母亲的阴魂从冥界取至奥林波斯山,成神。

嘹亮的角声仿佛清晰的言谈
也不能唤醒他离开佳肴盛馔。
角声刺激了翼马:它猛地惊起,
振翅飞向那声音。没任何魔力
能使恩弟米安抬起头,说不定
他见了天上的假面舞会,仙人群——
银光闪闪地飘过:甜美的歌声
悠扬悦耳,仿佛在抚慰和欢迎   560
这位路上的漂泊者。辉煌的幻象
一幕幕闪过的时候,他们这样唱:

"谁呀,谁不愿参加狄安娜的宴会?
白昼的一切金碧辉煌的香闺
都已经空无一人!是谁呀,是谁
不愿参加辛西娅的婚礼和宴会?
赫斯佩罗斯①愿去,他展开银翼,
歌唱着侧身飞向最高的天宇,
愉快地弹响自己光亮的手指!——
泽斐罗斯来了呵!佛洛拉②也在座!   570
你们痛饮甘霖和清露的娇客,
跟玫瑰和水仙游戏的年轻伙伴,
在进门之前,你们得细心装满
　　　你们的花篮,

---

① 赫斯佩罗斯(Hesperus):希腊神话中的长庚星之神。长庚星即金星,因在晨昏出现,故又名启明星、晨星或黄昏星。
② 佛洛拉:罗马神话中的万花女神和青春女神。参见本书第79页注②。

装上绿茴香,小常青,金色的松柏,
香薄荷,晚开的薄荷,蓝花耧斗菜,
清凉的荷兰芹,罗勒花,金黄百里香,
是的,各地的千百种花叶芬芳,
全在朝露遍野的清晨采集来:
   飞啊飞,赶快!——   580
天的腰带上水晶般透明的兄弟,
宝瓶星座啊!天帝约夫给了你
两条流水的脉息来取代翅膀,
两股扇形的喷泉,——你的照明灯
   照亮狄安娜:
请把凝冻纯净的天空化开去;
让你的洁白如银的双肩裸露,
从流水羽翼中显示凉意;使星间
女王的新月在新婚之夜更灿烂:
   快呀,快去吧!   590
看!双子座①第一星驯服了狮子座!
双子座第二星又已制伏大熊座:
第三星也在竞赛中!谁是第三星——
正飞掠而去,迅疾得有如鹰隼?
   跃立的人马座!
狮子座鬃毛直竖:大熊座凶暴!
人马座仿佛挽弓搭箭要射倒

---

① 双子座(Gemini):第一星叫卡斯托耳(Castor),第二星叫波吕克斯(Pollux),他们原是宙斯的孪生子。下面的"双子座第一星"指卡斯托耳,"双子座第二星"指波吕克斯。

某个敌人:他的弓挽得那么开,
挽到天的蔚蓝里。他必将失败,
  苍白的无情者!   600
只要他听见婚礼的琴声鸣响。
仙女座①!可爱的女郎!为什么这样
胆怯地停在众星间?快到这里来!
加入这辉煌的一群,跟他们一块
  敏捷地向前走。
达娜厄②之子,刚向约夫弯过腰,
曾为你哭泣,高声向约夫呼叫。
温柔的姑娘,他已经使你自由,
你们将永世相爱,不管你们有
  多少眼泪流。   610
凭达佛涅③惊惶起誓,你瞧太阳神!——"

  再没有声音:恩弟米安的神骏
驮起他奔向云雾缭绕的青山顶。

  他刚一碰到地面就几乎丧身。
"唉呀!"他说,"只要我始终在狂飙
疾风中飞行,只要我用两只脚

---

① 仙女座:即安德罗墨达。参见本书第 125 页注①。她死后化为星宿仙女座。
② 达娜厄(Danae):英雄佩耳修斯之母。
③ 达佛涅(Daphne):河神之女,为太阳神阿波罗所追求。达佛涅求助于神,被化为月桂树。月桂就成为阿波罗的圣树。

在地狱里踩出路径,我将永远
祝福恐惧,这恐惧促使我不安,
由于我不祥的征服:对于居住
在人世之外的人说,悲伤很模糊, 620
忧虑只是个影子:现在我看见
青草;我感到坚实的大地——我的天!
这是你的声音——神圣的!在哪里?
谁让你静静地留在露水的床笫?
你看呵我们已来到幸福的大地;
让我们永远相爱,让我们就以
野果充饥,决不要,决不要前往
这里下界凡人们居住的地方,
永远不要被幻象欺蒙。啊命运!
这会儿我的灵魂要飞入迷宫, 630
但我会因你的美貌而阻止它走。
你溶化到哪里去了?我愿意永久
坐在你身边:要命运在这里停住——
在这里我献上羊羔:牧神①将嘱咐
我们生活在爱情和安宁之中,
在他的林野里。我所依恋,所钟情,
所看见,所感觉到的全都是虚空,
除了这一场大迷梦!哦,我曾经
傲慢地对待过爱情,对待过天空,
对待过一切元素,对待过人与人 640

---

① 指潘。

相互的关系,对待过鲜花的盛开,
河流的奔腾冲击,和过去时代
英雄的坟墓!我的灵魂曾设计
背叛我应有的光荣:所以我务必
把我的故事告诉后代并忏悔。
一个人,他让食欲超越了常轨,
却不因饥饿而死:世界上绝无
这样的凡人。最美的印度少女,
我向你屈膝,你曾把我的生命
从奄奄一息中救出;朦胧的幻景　　　　　　650
已一去不返。再见,寂寞的石洞!
再见,天上的仙境,幻想的海中
狰狞的浪涌!决不,虚幻的声音
决不可能再把我骗进那纷纭
纠结的奇景中,让我惊奇得气喘。
再见了,无比娇媚的梦境!尽管
我仍然无限热爱你。那一刻总归
会来到:我们在纯净的乐土相会。
在人间我不能爱你;因此我要
献出鸽子和多产年份最丰饶　　　　　　　660
甘美的储藏品:这样你①就可以
照耀我,照耀我这位美丽的少女,
愿我们纯洁幸福。我的睡莲人!
我的印度女!来一次人间的亲吻!

───────

① 指梦境。

445

来一回真正的呼吸,温柔的拥抱,
温暖如夏天树林里鸽子的窝巢,
温暖得仿佛鲜血里滴出了露水!
溶到哪去了?那又怎么样!——我们得
讲一切美妙的事物——不再讲梦境。
我们该定居在哪里?在一座峻岭　　　　670
长满绿苔的悬崖下?褐色常春藤
会隐蔽我们,尽管春叶已落尽?
我们窸窣穿行时,有紫杉森森
落下深红色浆果如盛露的酒樽?
你啊,住在这样的地方,会欢喜;
幽暗伴我们相爱,可亮光足以
显示这倚着苔床的身体多窈窕:
只需挪一步,你就会见到苍昊,
再挪一步,你会在下面深谷中
看见一条小溪穿越过杂树丛,　　　　　680
在中午时分闪着金色的涟漪。
我要从毛糙的蜂巢中采来蜂蜜,
为你把黄熟甜透的苹果摘来,——
采集那长在无人荒野的水堇菜,
和被带露的鹿蹄踩折的酢浆草:
我要用西琳克丝①芦苇做成箫,
当你喜欢在我们安静的家中

---

① 西琳克丝(Syrinx):希腊的山林女神,后变成芦苇。参见本书第 295 页注③。

聆听并思念爱情时,箫使你始终
知道我漫游在哪里。让我讲下去;
让我投入我所追求的欢愉里,—— 690
因为往事仍然在禁锢我。我要
把来自山中湖泊的仙鱼放到
也许会使你喜欢的小溪里,而你
用松鼠贮藏的食物喂养那些鱼。
我要向溪床上撒满琥珀色贝壳,
和魔幻深井里来的卵石,呈蓝色。
我要在溪边栽种香露野蔷薇,
让杜鹃长出饱含蜜酒的花蕾。
我要诱使这晶亮的小溪在草地
绿颜上写出"爱"的银色的名字。 700
我要向威斯塔①下跪,求一颗火星,
向日神福玻斯下跪,求一把金琴,
跪向月后狄安娜,求一枝猎枪,
跪向威斯佩②,求一支银亮的烛光,
好让我整夜观赏你美丽的体态;
跪向佛洛拉,夜莺将温驯地停在
你的手指上;跪向江河诸神祇,
他们会把细长的金钓竿带给你,
把水泉女神的长发给你作钓丝。
上天护佑你,你有绝代的美姿! 710

---

① 威斯塔(Vesta):罗马神话中的灶神与火神,相当于希腊神话中的赫斯提亚(Hestia)。
② 威斯佩:即长庚星之神赫斯佩罗斯。

你那苔绿的脚凳将成为祭坛，
亲爱的，我要向你膜拜在坛前：
你两片嘴唇该是我的得尔菲，
教我的脚步守规矩，双颊增辉，
使我这嗓音颤抖或坚定不变，
对三种最佳的娱乐进行挑选：
那爱的光辉，那两颗钻石晶莹，
那双眼，那热情，那两股珠泉神圣，
将使我痛苦，或让我闪现欢乐。
你说，幸福岂不是由我们抓获？ 720
但愿我毫不怀疑！"

　　　　这山里青年人①
力图用粗陋无效的幻想来扫清
布满荆棘的道路以通向安谧。
他的情人的眼里闪耀着欣喜，
可是她流的却是忧伤的眼泪；
正当金色的晨光从东方的山隈
向上升起的时候，她这样答道：
"但愿他已经停止颤动的心跳，
或者爱情这美名已消失，退走。
插翅的年轻暴君②！想到会速朽， 730
你要把血肉之躯奉献给大地：

---

① 指恩弟米安。
② 指爱神丘比特。

我的确认为当我呱呱堕地时
心里就牙牙呼唤你青春的称号；
我初见曙色和初次把你想到，
就举起双手祝福天上的星象。
你不狠心吗？我一向努力这样想：
你是温存的，但是啊，事与愿违！
还是孩提时，我听说，用亲吻就会
被你所宠爱，于是我抛向空中
多少个亲吻，要亲吻去寻觅爱情： 740
但后来我终于感到：一切自尊，
幻想，无常的童贞，尘世的欢愉，
一切想象的好事，都远远不如
一次热烈颤栗的真诚的长吻，——
就在此刻，我想到这一点的一瞬，
我昏了过去，摔倒在花坛之中，
憔悴了三天。你们温和的神明！
我没受无情的委曲吗？相信我吧，
亲爱的恩弟米安呵，假如我拿
幻想来编织美好生活的花环， 750
你就是其中的一个。痛苦的心战！
我不能做你的情人：我已被禁止——
确实的，我已被阻挡，惊吓，呵斥，
那是可怕的天罚呵，直使我发抖。
你两次问我去哪里：从今以后，
不要再问我！我不能说出这件事，
也不能做你的情人。我们可以

449

立即施行报复;我们还可以死;
　　我们拥抱着死去:放纵的思想!
　　别增加我的饥饿,要不然我将　　　　　　　760
　　落进任性的愉悦织成的罗网里。
　　不呵,不应该那样:我要祝福你,
　　然后道一声永别。"

　　　　　　　凯利亚青年①
　　没答一句话:两人都相思缠绵,
　　苍白,默默地走进苍翠的山谷。
　　浪游得很远,他们只好满足于
　　坐在美观的独株山毛榉下面;
　　不互相凝视,心情忧郁地观看
　　落叶在地上形成的黄褐色圆圈。

　　恩弟米安!多不幸!看到你极端　　　　770
　　难堪的处境,我简直感到伤悲:
　　前此,升腾于太空,我确实认为
　　忠贞是初生之歌的最佳乐声。
　　我即将歌唱你嗓音如琴的弟兄,
　　而你将助我——你不曾给过我帮助?
　　是的,月光的皇帝!无上的幸福
　　曾是你几千年来应得的东西;
　　可我常常是眼眶里泪水欲滴,

---

① 指恩弟米安。

深感悲痛,仿佛你仍是森林人,
忘了古老的传说。

    他没让眼睛   780
动一动不看那死叶,否则他将
感到喜悦的脉搏。当心灵奔放,
在童年时代的故园漫游的时刻,
心灵会采集永不凋谢的花朵。
那条小溪微微地向前方流淌,
他最初做红色美梦就在这溪旁;
他倚着一棵树,在那树皮上他曾
刻过一弯新月,在周围还精心
刻过一群小星星。粗壮的大树
已使那虔诚的刻痕鼓起,变绿,   790
却不曾磨灭。这里每个山坡上,
他都曾到过,惊走过多少羚羊;
这里每棵树浓密的树荫底下,
往日他都同驯服的豹子玩耍:
他那时若不向空中投枪射矢,
空中便不会有别的枪箭飞驰——
可他却不知道。

    啊,背信的行为!
他情人为什么微笑?用他的伤悲
来取悦她的眼睛?他看不见她。
可谁在凝视他?他的姊姊,错不了! 800

林中的佩俄娜!——而她能否受得了——
不可能——他们拥抱得多么热烈!
他情人笑了:她脸上现出喜悦;
这不是背信行为。

　　　　　"亲爱的弟弟!
恩弟米安,不要哭!为什么悲戚?
伟大的拉特摩斯①将雀跃欢腾!
感谢伟大的诸神,别满面愁容;
别说丧气的话儿,不要再叹息。
当然我不会相信你胸中能藏起
这么多愁苦,支持到我再吻你。　　　　　810
你当然不会带着痛苦的心绪,
跟如此美丽的人儿携手同来。
祝你们双双幸福!我愿意采摘
秋天的花朵为你们编作花冠。
潘神的祭司在召唤恩弟米安;
待他复归后,你啊,美丽的姑娘,
要做我们的王后。见你们这样——
不是太悲伤,这岂不叫人害臊?
也许你们太幸福了,已不会欢笑:
请把这当作平常的日子来感受;　　　　820
说话自由得像个人,他从未远走。
没人问你们哪里来,但是你们该

---

① 拉特摩斯:恩弟米安在此长眠不醒的山谷。

做你们自己堂皇休息的主宰。
从我在花园里向你歌唱至今,
我已经整整一个月不想探明
那些在我们身旁流过的时光。
赫耳墨斯啊!今儿晚上就要向
月光的王后辛西娅献上颂歌;
因为昨天夜里年老的占卜者
见到天上有祥瑞出现,他们 830
预言说,永久的健康即将降临
在牧人和羊群身上;他们还在
狄安娜脸上看出温柔的情态:
为此给月神呈献上这些晚祷。
我们远近的朋友们都会来到。
为了你的死,许多人唱着挽歌;
许多人还把柏树枝戴上前额,
在这个祭献的日子,也就是今朝。
你要为少女们安排新的歌调,
你要从猎人的眉间摘去伤悲。 840
我的女王!告诉我,怎样使这位
任性的兄弟同正当的欢乐结合!
他的眼睛盯着你,因为你掌握过
他的命运,像女神那样。请帮我
来诱导——恩弟米安,好兄弟,你说,
什么事让你发愁?"他实在难耐,
于是像挽弓般,他把灵魂拉开,
让它在内心嘣响,他平静地开口:

453

"好姑娘！愿你做我唯一的朋友！
唯一的客人！尽管我并非不了解 850
被人们当作欢乐的那种幻觉
实在是不能再真的、真正的欢乐：
假如我冒渎地取得尘世的王国，
就会有我见不到的更高的欢悦。
自从我见你以来，一夜又一夜，
一天又一天，我始终睡不着，一直
到我喝够了苍天最纯的玉汁。
姊姊，你看到我的幸福非人间
所有的那种幸福，你可以心安。
我将住在苔洞里，做年轻隐士， 860
你将独自来看我，把你的神思
沉浸在我将讲述的奇异故事中。
牧羊人王国将因我而日益繁荣；
我要把健康托付给你的舌头。
让这位年轻姑娘为我的缘由
像个亲姊妹跟你同住。佩俄娜，
你可以径自回到我这里。这句话，
我承认，听来奇怪：但是等到你
为我的幸福考虑时，泪珠就不会
涌流下你的面颊。美丽的伴侣！ 870
你可愿跟她同住，并跟我一起
接受这妹妹的情意？"仿佛是迫于
情势而只好顺从，因此盲目地
自我献身，那神秘的娇客这样说：

454

"真的,嗡嗡声从我的耳边飘过,
是庆祝月神的声音:——我确已听到?
那么好,我看出来了,凡是小鸟,
不管多娇嫩,都受到约夫的关怀。
我早就在寻求休息,出乎意外,
你瞧,我突然找到了!也这样高妙!　　　　880
这样合我的心意!我知道,我知道,
我心中有一块没人占用的地方:
纯净的贞洁将坐在那块空地上,
每夜监督我一个人单独入睡。
我用最明智的嘴唇发誓要成为
狄安娜的姊妹之一;和蔼的姑娘,
靠你善意的帮助,在今夜,我将
把我未来的岁月献给月神庙。"

　　好像一个入梦者特别感觉到
骇人的东西,这三人也感到如此:　　　　890
或者像个人,他在以后的年代里,
渴望睡一会,跪向明亮的晨星
和太阳之神贝厄尔①:或像在地层
深处的矿井里,一个酣睡者遇见
不认识他的朋友们。每个人不断
由于恐惧而想着平常的事情;
努力使他们可怕的病态变高兴,

---

① 贝厄尔(Baal):迦南人和腓尼基人所信奉的太阳神,主神。

把它看作家庭主妇的普通事,
但灵魂的打击已下,三个人都是
梦幻者,恩弟米安终于说:"命运 900
不是定了吗?为什么还站着不动?
再见,你们这温存的一双!再见!"
两少女一听,睁大了眼睛,无限
困惑地走去。他热得发痛的眼睛
看她们越走越远,一直到她们
走近一座柏树林,此刻,柏树林
即将很快地把他所看见的俩人
永远吞没,"站住!"他叫道,"姑娘们,
转过脸!听着!我还有一言相赠。
可爱的印度女,我要再见你一次。 910
这是我梦寐以求的:佩俄娜,所以
我希望你们双双携着手走进
那座圣林之中去,它十分幽静,
在狄安娜神庙后面。黄昏星初闪,
我会在那里出现——她们已去远——
可是再、再一次——"说到这里他双手
掩住他的脸,然后又把他的头
枕在长着苍苔的绿色小丘上,
他这样躺着,整整一天,就好像
是一具遗体;除了偶尔睁开眼 920
向外看,看阴影随着时光的缓慢
脚步而悄悄移动,——疲惫又怠惰,
看白杨树尖的影子凄凉地移过,

456

移到河水的边沿。然后他起身,
有如那河水流动,他慢慢步行,
走向神庙的圣林,悲伤地说道:
"何来这金色的黄昏?微风悄悄,
小心地吹来,没一片树叶会落下,
天地万物的安详的父亲在炎夏
还不曾沿西方天际低下头颅。 930
如今我拥有呼吸、言语和速度,
但在太阳西下的时候我必须
向她作最后的道别。夜里无数
飘零的树叶将落上露湿的草地,
我将随落叶死去;死也不可悲,
看夏季在冷的草地上终于消亡。
真的,我曾是一只蝴蝶,我执掌
花朵,花环,粗朴的花束,小树林,
牧场,果园的蔷薇,美妙的乐音;
我的王国正遭到毁灭,我随之 940
而死去没有什么不合适,因此
对我们误称作悲痛、苦难的东西,
何必抱怨呢?我是受提坦之敌①
公正的对待罢了。"他说着,踏起
轻捷的脚步,带着必死的欢喜;
向清溪和落日发出笑声,好像
它们是可笑的东西:他还没有向

---

① 提坦(Titan)之敌:指主神宙斯(约夫)。

大自然神圣的容颜结束笑声,
圣林出现了,仿佛出现在无意中,
他走进圣林,说出了十分得体 950
而冷静的话语:"哈!我说过我是
蝴蝶的君王;但是,凭幽冥起誓,
凭老年拉达曼托斯①断案的判词,
凭幽冥的虔敬,独居展示的壮丽,
凭天生盗火之身的普罗米修斯②,
凭老神萨土恩的额发和因麻痹
而摇颤的头颅起誓,我从幼时起
就同光明的事物结合在一起;
这样被摈弃,这样孤独地死去,
当然就足以使一个凡人变成 960
渎神者。"于是他心里想起种种
无法用语言来表达清楚的事情;
他下沉,越沉越深,直到他沉浸
到音乐领域以外:他完全听不见
辛西娅的歌队,尽管没有欧石楠,
也没隔音的树丛使晚祷的歌声
变得隐约,那歌声柔和而丰盈,
飘过森林走廊里深色的柱列间。
他没见俩少女,没见她俩的笑颜,

---

① 拉达曼托斯(Rhadamanthus):希腊神话中的冥府三判官之一。原为宙斯与欧罗巴之子,生前主持正义,死后成为判官。
② 普罗米修斯(Prometheus):希腊神话中的神,因盗火给人类而触怒宙斯,被罚锁于高加索山崖上,遭神鹰折磨,后为赫拉克勒斯所救。

他面色苍白,如夜里樱草被春寒　　　　970
从枝头采摘了下来。"恩弟米安!
不幸者!我们在这里!"佩俄娜说,
"在我们全都死去前,你要做什么?"
于是他拥抱她,紧握姑娘的手儿,
说道:"姊姊啊!假如这符合天意,
我要做我们悲惨命运的主宰。"
黑眼睛姑娘兴高采烈地站起来,
使恩弟米安吃惊,她用甜蜜似
爱情的新声说道:"凭爱神的鸽子,
凭我胸中百合花一般的忠贞　　　　980
起誓,你可以这样做!年轻的爱人!"
她说的时候,脸上泛出了一片
明艳,仿佛是银烛反射的光焰:
长长的黑发蓬松飘扬,闪射着
金光;眼里是蔚蓝多情的曙色,
灿烂的白昼。啊,他见到了福柏,
他的情之所钟呵!她欣然举着
光辉的弯弓,继续说:"我们曾拖延,
这是凄苦的;可笑的提心吊胆
首先拦了我;后来是上天的旨意;　　990
再后是觉得,亲爱的,你应当变异,
出人意表地让你世俗的凡胎
嬗变为仙灵。佩俄娜,我们将徘徊
在这森林中,这森林对于你将像
你的摇篮般安全;你定要时常

赶来和我们相会。"辛西娅粲然
吻了佩俄娜,道了美好的晚安:
她的弟弟也吻了她,向他的女神
跪了下来,因深感幸福而眩晕。
她把白皙的双手伸给他,你看!　　　　　1000
他还来不及迅速地吻她三遍,
他们就远远消失了!——佩俄娜惊奇
不已,穿过幽暗的树林回家去。

(1817年4月—11月)

*　　　*　　　*

　　这首全长四千零五十行的"诗的传奇",各行均为轻重格五音步,韵式为双行一押的随韵(除极个别的例外),即"英雄偶句诗"(heroic couplets)。但在第四卷,自第一百四十六行至二百九十行间,共一百四十五行,变为"回旋歌"体,其体式和韵式不止一种,主要体式为六行一节,第一、二行与第四、五行为二音步,第三、六行为五音步。韵式为 aabccb。译文一律按以顿代步、韵式依原诗的原则译出。

《恩弟米安》内容概要

第 一 卷

牧人群众在祭司主持下举行向牧神潘致敬的仪式。美貌青年恩弟米安出现。他精神恍惚。他的姊姊佩娥娜照顾他、安慰他。恩弟米安对佩娥娜说,他做过一个梦,梦里会见了月神狄安娜,他们深深地相爱着。他们一同遨游,跌进了巨大的洞窟。佩娥娜说,为什么仅仅为了一场梦就刺伤崇高的荣誉?恩弟米安恢复了生气,说,他始终不懈地想要满足他赞美人世的渴望。他说,幸福就在这种情绪里,这种情绪让心灵进入神圣的友谊——同宇宙精华结成的友伴关系中。他表示,他要耐心抵御忧伤的袭来。

第 二 卷

恩弟米安摘下一朵花蕾,花蕾绽开,花心里有一只金蝴蝶。这是水神的化身。她起飞,恩弟米安追赶。她把恩弟米安引到泉边。恩弟米安走进神庙。狄安娜的形象出现。恩弟米安要求月神把他从深渊中救出。他又被上天的向导带到一处仙境:绿茵上,一个个小爱神安睡着。恩弟米安进入一间卧房,榻上安卧着美貌青年阿多尼斯,不久,深爱阿多尼斯的美与爱之女神维纳斯来到。维纳斯嘱咐爱神丘比特体恤恩弟米安。丘比特的弓向恩弟米安射出强光如闪电。

恩弟米安目送自然女神西布莉远去。他投身到主神朱庇特的神鹰的翅膀上,神鹰载着他,把他降落在绿荫深处。恩弟米安张开慵懒的双臂,突然抱住了一个赤裸的腰身。这正是月神狄安娜!她说,"我爱你,长久离开你使我的灵魂不得安宁。"但她的爱情受到奥林波斯山诸神的耻笑。她不得不离开他。她祝愿他们每年夏季在河边幽会。她说,"是不是灾祸就在欢乐的深处?"

风把谣曲故事讲给森林听,森林又把它讲给湖泊听。诗人见到了湖泊,到湖水中沐浴,把谣曲故事唱出来,这故事便翱翔在宇宙间,被永远传唱着。

河神阿尔甫斯竭力追求泉水女神阿瑞托莎。泉水女神拒绝,河神继续追求。泉水女神抱怨,感到无可奈何。两股悲伤的流水跌入山谷。恩弟米安恳求狄安娜减轻这双恋人的痛苦,使他们在平原上生活得幸福。恩弟米安举步,一切大地的幻景消失了。他发现大海在他的头顶上面。

第 三 卷

狄安娜派遣一束月光到大海下去寻找恩弟米安。在海底金沙上,狄安娜迎接恩弟米安。他说,"月啊,你心里有什么力量,竟能这样打动我的心?"

恩弟米安见到凹穴里坐着一位老人。他其实是装扮成老人的格劳科斯——渔夫和航海者的保护神。(按神话故事,他追求美丽的少女斯库拉,女巫客耳刻出于嫉妒,加害于斯库拉。)老人向恩弟米安述说自己的身世:他爱上了斯库拉,又失去了她。他受到客耳刻的诱惑。但客耳刻在一天早上趁他熟睡时离开了他。他醒后追踪而去,追到可怕的地狱里,见到女巫客耳刻凶恶如暴君,正在祭起魔法,周围是一群男巫和野兽。客耳刻对追踪而来的他说:"我从你身上永远赶走了一切青春的光彩。"

老人说,他把手放在一个死者的面孔上,一看,原来是斯库拉!是客耳刻搞死了她。老人说,他必须把受风暴袭击的一切情人们一个一个安置好,而一个为天神所指引的青年将引导他完成这件事。恩弟米安说,"凭神授天意,我们俩是孪生兄弟!"海潮中透出光芒,那是一座大厦,斯库拉就躺在里面。二人进入水晶宫殿,那里,可怜的情人们成排地静卧着。恩弟米安在老人授意下用手杖砸碎架子上的琴,把琴的碎片撒在老人身上,老人立即变成了青年——格劳科斯!格劳科斯握住斯库拉的手,恩弟米安把琴的碎片撒到斯库拉身上,斯库拉复活了!恩弟米安一路走一路把琴的碎片抛过去,死者一个个抬起头,全都复活了!所有的恋人都扑向对方,热烈拥抱,流下热泪。

格劳科斯呼唤所有的情人都跟他走,去膜拜海神涅普图恩。从梦中醒来的斯库拉也跟他们一起走。他们来到了海神的壮丽宫殿里。在海神面前,众神饮宴,狂欢。恩弟米安问维纳斯:"我的情人在哪里?"恩弟米安晕厥。这时,有高音说出星光写在夜空的铭文,这是狄安娜的话:"我要引你进永恒的天国!"恩弟米安一跃而起,回到了青草的旧巢。

第 四 卷

恩弟米安陷入了对一位印度女郎的爱恋。他想,他对月神的爱不会降低;他对两人同样地爱,他的心为她们剖作两半。他请求印度女郎唱歌。印度女郎出于同情,唱出了一首十七节的"回旋歌"。歌词颂赞酒神巴科斯的伟力,最后表露对恩弟米安的爱。

恩弟米安和印度女郎各骑上一匹有翼的黑骏马,腾空而飞。在空中,两匹马睡着了。恩弟米安和印度女郎安睡在马翅上,平展于天空,缓缓而行。恩弟米安做梦,梦见自己在天街上漫步,遇见诸神,他跃向月神,接着就醒了。他感到身旁的印度女郎在颤动。他和印度女郎在马上跃向高空,飞往银河。面对二人的疾飞,月亮射出光芒。印度女郎消溶了,她的骏马坠落大地。

恩弟米安的灵魂安睡在太空之外的一个洞穴里。有歌声飘来。歌词称颂众神共赴月神狄安娜的盛宴,祝祷女神的新月在新婚之夜更加灿烂。神骏驮起恩弟米安飞向青山顶。恩弟米安对印度女郎说,"让我们永远相爱。"印度女郎流下伤心的眼泪,说,"我不能做你的情人,我已被阻挡、呵斥,那是可怕的天罚呵!"

姊姊佩娥娜出现了,她一脸喜悦,说明恩弟米安做的不是背信行为。恩弟米安提出,让印度女郎去跟佩娥娜同住。印度女郎表示同意。临别时,恩弟米安唤住印度女郎,说,他要再见她一次,地点在狄安娜神庙后面的圣林里。黄昏时,恩弟米安走进圣林。佩娥娜来了。恩弟米安说,"姊姊,我要做我们悲惨命运的主宰者!"此时,印度女郎兴高采烈地站起来,说,"你可以这样做!"她脸上泛出光焰,她变成了月神!狄安娜与印度女郎合而为一。恩弟米安与狄安娜拥吻,消失在远方。

译 者

海披里安*

第 一 卷

浓荫笼罩下,忧郁的谿谷深处,
远离山上早晨的健康的气息,
远离火热的中午,黄昏的明星,
白发的萨土恩坐着,静如山石,
像他巢穴周围的岑寂般缄默;
树林叠着树林,就像云叠着云,

---

* 按希腊神话,最古老的神是卡俄斯(Chaos),后来苍穹之神乌拉诺斯(Uranus)成为世界的主宰。乌拉诺斯和大地女神盖亚(Gaea)生下六男六女,即十二个提坦巨神(Titans),还生了三个独眼巨神和三百个百手巨怪。提坦之一的农神克罗诺斯(Cronus,又名萨土恩〔Saturn〕,意即"播种者")起来造反,推翻了乌拉诺斯的统治而称雄世界。乌拉诺斯和克罗诺斯是两代老神。克罗诺斯和瑞亚(Rhea)生下三男三女,其中一个儿子宙斯(Zeus)长大后打败了他的父亲,成为主神,掌管世界。宙斯和他的兄、姐及子女形成一代新神。宙斯相当于罗马神话中的朱庇特(Jupiter)又名约夫(Jove)。济慈在这首未完成的诗里写的是以萨土恩(克罗诺斯)为首的一代老神提坦巨神们被以朱庇特(宙斯)为首的一代奥林波斯新神们所推翻、驱逐,又不甘心失败的故事。海波里安(Hyperion)是提坦族巨神之一,系太阳神赫利俄斯(阿波罗)之父,西娅(Thia)之夫。

挂在他头边。那里没一丝动静,
不像在夏日那样虎虎有生气,
掀不动羽状草叶上轻的种子,
它只能歇在死叶飘落的地方。   10
小溪默默地流过去,死气沉沉,
因为他的坠落的神性向溪上
撒下了阴影;那雅得①在芦苇丛中
用她冰凉的手指紧压着嘴唇。

  沿着沙地的边缘有大的脚印
伸到他曾流浪和睡过的地方,
此外没有了。他的衰老的右手
搁在湿地上,倦怠,麻木,失去了
权杖;失去了江山,他闭着两眼;
他头颅低垂,仿佛向他古老的   20
母亲大地倾听着,求一点安慰。

  看来谁也没力量能把他唤醒;
但来了一位,向漠然不知的他
虔敬地鞠躬,然后用属于同一
宗族的手碰一碰他的宽肩膀。
她是个世界初创时期的女神;
同她的身材相比,高个亚马孙②

---

① 那雅得:水泉女神。参见本书第 123 页注①。
② 亚马孙:希腊神话中的一族女战士。参见本书第 169 页注①。

变矮了:她能拽住阿基里斯①的
头发,制服他,叫他弯下了脖子;
她一指,能止住伊克西翁②的火轮。　　　　30
她的脸大如孟斐斯狮身人面像,
那许是哲人向埃及探求学问时,
被安在宫廷里座墩上面的女怪。
啊!那脸跟大理石又多么不同:
如果说忧伤没能使忧伤变得
比"美"更美,那么,她的脸真美啊!
她倾听的时候,神色显得慌张,
仿佛不幸的灾祸已开始降临;
仿佛那不祥日子的前锋——黑云
已使尽恶意,而其阴沉的后卫　　　　　40
正在分娩,产出了储存的雷电。
她把一只手按在胸口,在那里
跳动着人的心脏,她虽然是神,
却仿佛感到心房剧烈地疼痛:
她把另只手放在萨土恩弯着的
脖子上,她俯下身子,张开嘴唇,
用庄严的中音,风琴那样深沉的
音调,在他的耳边说出几句话——
悲痛的话,在我们无力的语言里,

---

① 阿基里斯(Achilles):希腊神话中的英雄。出生后被他的母亲握住脚踵倒提着在冥河水中浸过,因此除脚踵外全身刀枪不入。
② 伊克西翁(Ixion):希腊神话中拉皮泰人(Lapithae)之王,因追求天后赫拉,被宙斯惩罚,打入地狱,缠在永久转动的火轮上受折磨。

将是这样的口吻;同早期诸神的 50
宏论比起来,这是多么脆弱啊!
"萨土恩,抬头!——为啥呢,可怜的王?
我没有安慰可给你,一点也没有:
我不能对你说,'为什么你要睡啊?'
因为天已经跟你分开,而大地
认不出这样受苦的你是个神;
大海连同它一切庄严的声音
全不顾你的王权;在整个天宇,
消失了你那白发苍苍的威严。
你的雷霆,感觉到新王的命令, 60
勉强滚荡过我们衰落的王室;
你那火爆的霹雳,由生手掌握,
烧毁了我们一度宁静的疆土。
痛苦的时刻呵!唉,度日如年啊!
你走时,可怕的真实到处呈现,
沉重地压着我们悲痛的心灵,
使得怀疑不再有存在的余地。
萨土恩,睡吧:——我真轻率,为什么
这样来打搅你寂寞中的酣睡?
为什么我要你睁开忧郁的眼睛? 70
萨土恩,睡吧!我在你脚下哭泣。"

  仿佛在一个令人昏睡的夏夜,
广袤的森林中身穿绿袍的元老,
高大的橡树,枝叶被星光催眠,

做着梦,整夜一动不动地做梦,
除非有一阵大风渐渐刮起来,
盖过这里的静寂,又渐渐止息,
退潮的气浪似只有一朵波花;
同样,那些话说过了,她流着眼泪,
把美丽阔大的前额触碰大地, 80
她那垂落的头发恰好给萨土恩
做一只丝绸般柔软光洁的脚垫。
一轮皓月,缓慢地变着,向夜空
洒下了四个季节的银色光芒,
这两位保持着一动不动的姿势,
像宏伟岩洞里自然形成的雕像;
冷漠的神依然蹲伏在土地上,
悲伤的女神在他的脚下哭泣:
直到最后衰老的萨土恩抬起
暗淡的眼睛,看着他失去的王国, 90
看着这里的一切忧郁和悲伤,
和跪着的美貌女神,于是他开口——
好似用瘫痪的舌头,他的胡须
因病像杨叶那样可怕地颤动:
"金子般的海披里安的娇妻①啊,
西娅,我没见到你就已感到你;
抬头,我要看你脸上我们的厄运;
抬头,告诉我,这个衰弱的形体

---

① 指西娅。

可是萨土恩的?你所听到的声音
可是萨土恩的?这个起皱的额头,　　　　100
裸露,失去了辉煌的王冠,能否
称作萨土恩的前额?谁有权力
使我受难?这力量从哪儿来的?
当命运仿佛被我扼住咽喉时,
怎能蕴积而爆出这样的力量?
可事实如此;我已被窒息而死,
被埋了,不再能行使神的职能,
给苍白的行星施加仁慈的影响,
不能向巨风和大海发出告诫,
把和平的优势赐给人类的收获,　　　110
不能从事至高的神明为宽慰
自己的爱心而采取的一切行动。
我已离开自己的胸膛:我已把
我的强壮的本体,真正的自己
留在我的神座和现在我坐的
地方之间。搜一搜,西娅,找一找!
睁开你永生的眼睛,用目光环视
太空:有星斗而失去光的太空;
生命之气和乌有之乡的太空;
满是烈火和地狱裂口的太空。——　　120
搜一搜,西娅,找一找!告诉我,你
是否见到一个形或影正张开
猛翅或驾驭战车去重新占领
他刚刚失去的天堂:一定,一定是

471

适时的发展——萨土恩必定为王。
是的,必定会有个辉煌的胜利;
诸神必定被推翻,必定有号角
吹奏和平的凯歌,必定有节庆的
赞美歌缭绕都城上空的金霞,
必定有温和的声明,以及里拉琴　　　　　130
银色丝弦的颤动;还将有美的
事物焕然一新,为了使天上的
孩子们吃一惊;我要发号施令:
西娅!西娅!西娅!萨土恩在哪里?"

　　强烈的感情使他站立了起来,
并且使他的双手在空中挥舞,
他祭司般的头发在抖动,滴汗,
他的眼发烧,鼓出,他的话停止。
他站着,听不见西娅深深的啜泣;
过了一会儿,他重新又吐出话来,　　　　140
他这样说道——"难道我不会创造?
我不会建立?难道我不会造出
另一个世界,造出另一个宇宙,
来把这一个世界都压成齑粉?
另一个混沌在哪里?哪里?"——这句话
夺路奔到奥林波斯山,使三个
叛徒发抖。——西娅吃惊地跳起来,
在她的举止中显出一种希望,
这时她急促地说话,又充满畏惧。

"这鼓舞我们衰落的王室;萨土恩!　　　　150
到我们的朋友中来,向他们交心;
我认识那林薮,因为我从那边来。"
她说得简短;带着恳求的目光,
她穿越阴影,回转身走了一程:
他跟了上去,于是她过来领路,
穿越古老的树丛,看树枝张开,
像冲出窝巢的老鹰劈裂的烟雾。

　　这时候,有大滴泪珠落在别处,
相同却更多的烦忧,类似的悲痛,
剧烈得非人的笔和舌所能描述:　　160
凶猛的提坦们,或躲着,或受禁锢,
呻吟着要再次表达旧日的忠诚,
忍受着剧痛,聆听萨土恩的声音。
但整个巨神族之中仍有一员
保持着他的威权、统治和尊严;——
光辉的海披里安依然端坐在
燃烧的星球上,吸着从人间升向
日神的袅袅香烟;但并不安稳:
正如我们人间的不吉利征兆
会使人惊惧又困惑,他也颤抖——　　170
不是因为狗嚎或黑鸟的尖叫,
也不是因为丧钟开始敲响时
一位熟悉的灵魂又前来探望,
或者半夜里油灯显示出凶兆;

473

但刺激巨神神经的恐怖常使
海披里安苦恼。他辉煌的宫殿
以金光灿烂的金字塔作为城堡,
披着青铜方尖碑投下的阴影,
让血红的光芒透过千百间宫室,
拱门,和圆顶,以及如火的走廊;　　　　　180
黎明时云霞织成的帷幕全都
怒成红色:神祇和好奇的人类
原先没见过的鹰的翅膀,有时
遮暗了这块地;可以听到神祇
和好奇的人类没有听过的马鸣。
他呀,想品尝从圣山群峰升起的
一阵阵氤氲缭绕的香烟,可是
他的宽腭尝到的并不是美味,
恰恰是破铜烂铁致命的恶臭:
于是,当晴朗的白天结束全程,　　　　　190
他正隐蔽在昏昏欲睡的西方,——
为了得到高榻上天赐的休息,
在旋律抑扬的怀抱中沉沉入睡,
他迈开大步走过一间间厅堂,
走着耗去了几许愉快的时光;
远在每间耳堂和深凹的壁龛里,
他的臣属都垂翅一簇簇站着,
惊愕又恐惧;正像焦急的人们,
当地震摇撼城垛和塔楼的时刻,
在广阔平原上喘着气成群集合。　　　　　200

这时,萨土恩从冷的昏睡中惊醒,
同西娅一道,一步步走过树林,
而海披里安把暮光留在后面,
从斜坡踏上通往西方的门槛;
他的宫门便照旧飞速地开启,
没一点声音,只有凄厉的西风
吹奏庄重的笛管,送出缥缈而
甜美的乐音,缓缓流漾的旋律;
那通向极其壮丽的仙界的入口,
形状像玫瑰,染着鲜红的色泽,　　　　210
散发出幽香,看上去冷静从容,
充分地绽开,让这位巨神进入。

　　他走了进去,但是他怒火满腔;
他的燃烧的衣袍飘拂过脚踵,
发出像人间火焰发出的吼叫,
惊走了缥缈温和的荷莉①诸女神,
使她们的鸽翅发抖。他怒气未消,
走过一间间殿堂,一座座穹隆,
穿越过芬芳的光环筑成的亭榭
和钻石铺地、晶莹璀璨的拱廊,　　　　220
他终于抵达主要的巨型圆屋顶;
凶猛地站在屋顶下,跺着他的脚,
从深埋的墙基直到高耸的塔楼,

────────
① 荷莉:即时神。参见本书第435页注②。

震动了他自己金光闪耀的领域；
没等那打颤的雷声停止鸣响，
他不顾神的约束，让他的嗓音
跃出口腔，这样说："日夜的梦呵！
哦，怪异的形状！痛苦的图像呵！
哦，在阴冷黑暗中奔忙的女鬼呵！
哦，黑草池塘里长耳的幽灵呵！　　　　　　230
为什么我认识你们？见到你们？
见到了这些新的惨状，为什么
我这不朽的金身会这样烦恼？
萨士恩倒下了，难道我也要倒下？
难道我要离开这休憩的港湾，
我的光荣的摇篮，温馨的地域，
极乐的光芒织成的宁静的华彩，
这些水晶的殿阁，圣洁的神庙，
属于我光辉帝国的一切？这帝国
已荒芜，空寂，再没我的立足地。　　　　240
火的光彩，炫丽的匀称，我无法
见到——只见到黑暗，死亡和黑暗。
即便这里，向着我憩息的中心，
阴暗的幽灵们也来作威作福，
来侮辱、掩盖和扼杀我的伟业。——
倒下！——不，凭忒卢斯①和海衣②起誓！

---

① 忒卢斯：大地女神。参见本书第 374 页注①。
② 海衣：指大地裹着海洋作衣袍。

越过我这领地的起火的边疆,
我要伸展出一只可怕的右臂,
吓死那造反的娃娃,乱吼的约夫,
邀请年老的萨土恩复辟登位。"—— 250
他说而又止,一句更重的威胁
在他的喉头涌动,但没有出口;
像在拥挤着无数观众的剧场里
人们愈是喊"安静!"喧嚷声愈高,
听到海披里安的话后,幽灵们
就忙碌起来,极其可怕,阴森森;
他站在镜子反映的平地上,这里
升起薄雾,像升自浮藻的沼泽。
见到这,一阵剧痛逐渐从脚踵
到头顶卷过他全部庞大的身躯, 260
像一条弯曲的蛇,粗大又强壮,
缓慢地爬行,蛇头和蛇颈因用力
过度而抽搐。他松了口气,奔跑
到东门,整整六个滴露的时辰里,
在黎明适时地展示红霞之前,
他朝昏睡的大门猛烈地呼气,
扫清门旁的浓雾,把大门突然
打开,面对着归海的清溪寒流。
他骑着一颗熊熊燃烧的行星
每天从东方到西方穿越天空, 270
那行星在乌云遮蔽下旋转不歇;
也没被完全遮住,蒙上,藏起来,

只是时时有闪闪烁烁的球体,
星环,光弧,以及宽阔的分至圈,
在发光,从天底到天顶透出亮色,
在一团昏黑的天幕上划出道道
美妙的电光,——古老的象形文字,
由那时活在世上的先哲和目光
锐利的占星家经过多少世纪的
观察和苦思冥想方才认出来: 280
现已失传,在巨石和黑色大理石
残迹上稍有发现;但含意不明,
其中的智慧早消失。——这颗星球
为荣耀而生有美丽的银色双翼,
当神祇临近时总是兴高采烈:
如今巨大的羽毛从黑暗中一根
又一根竖起来,直到全部张开;
眩目的天体仍然留在晦蚀中,
等待着海披里安来发布命令。
他很想发号施令,很想登宝座, 290
命白昼开始,哪怕只为了变一变。
他不能:——虽是早期的神,他不能:
神圣的岁月更替不能被打乱。
因此,那喷薄欲出的黎明只好
暂停诞生,像人间传说的那样。
银色的羽翼姐妹般双双张开,
急于使星球飘飞;宽阔的入口
向着黑夜的幽暗领地敞开;

光辉的提坦,因新的灾难而疯狂,
不惯于低头,但感情强烈地震动,　　　　　　　300
只好让灵魂屈服于当代的不幸;
沿着那一团阴郁的高空飞云,
靠在昼夜的交界线上,他伸展
自己的身子,悲痛地发出微光。
他这样躺着,天宇和太空的群星
带着怜悯俯视他,这时刻琉斯①
从宇宙空间的深处发出嗓音,
庄严而悄声的低语直达他耳畔。
"我的亲爱的、天生地育的子女中
最为光辉的一个奥秘之子啊!　　　　　　　310
这奥秘对创造你时聚集的诸神
都没有揭示;对于诸神的欢乐,
轻松的心跳,及安恬的愉悦,我——
刻琉斯,不知道它们从何而来;
对由此产生的果实,虽然看得清,
我不知它们的形状;神圣的标记,
散布于冥冥的无限空间之中的
美丽生命的征象:从其中重新
造成的你啊,无比辉煌的孩子!
从中新生出你的兄弟和女神们!　　　　　　320
你们中有悲惨的兄弟相争,儿子

---

① 刻琉斯(Celeus):希腊神话中的早期神,厄琉西斯之王。据赫西奥德(公元前八世纪希腊诗人)所著《神谱》称,刻琉斯因受到孩子们的忤逆,发誓要向孩子们报复。

起来背叛父亲。我看见他倒下,
我看见我的长子被推下宝座!
他两臂向我张开,他的呼声从
围绕他头顶的雷鸣中冲向我来!
我变得苍白,把面孔藏在烟雾里。
你也临近灭亡了?怕是有可能:
我见到我的儿子们极不像神。
你被创造成神祇,你那忧郁的
举止也是神圣的,庄严而沉静, 330
泰然自若,像天神,你存在,主宰着:
可现在我见你恐惧,盼望,愤怒;
行为狂热而激烈;简直就像是
我所见到的那些人,在下界,尘世,
死去的凡人那样。——可悲啊,我的儿!
毁灭的预兆,突然的绝望,覆亡!
但你要奋斗;因为你颇有本领,
因为你能够行动,显然,你是神;
你能以神灵的气质对抗每一个
邪恶的时刻:——我不过是个声音; 340
我的生命只是风和潮的生命,
我丝毫也不能比风和潮更有用:——
可是你能够。——因此你应该走在
形势的前面;是的,在弓弦嘣响前
抓住箭镞的倒钩。——到尘世去吧!
那里你可以找到受难的萨土恩。
同时我将守望你辉煌的太阳,

并且将小心地照看你的四季。"
这低语还没从天界降下一半,
海披里安挺立了起来,向众星　　　　　　　　350
抬起弯弯的眼睑,让眼睑张开,
到低声终止;他依然两眼圆睁:
众星依然是明亮而忍耐的星辰。
于是他把阔胸慢慢地向前倾,
好像珍珠海里的潜水采珠者,
他在高空的海岸边俯身向前,
了无声息地跃入深沉的黑夜。

第 二 卷

当时间之神照常拍动巨翅时,
海披里安飕飕地滑进了空气,
萨土恩同西娅到了伤心的地方,
见到西布莉①和受伤的提坦在哭。
这里是兽穴,没有侮辱性的光
照到他们的眼泪上;他们能感到
却听不到自己的呻唤,因为瀑布
雷鸣着,激流粗哑,持续地轰响,
倾倒出庞然大物,说不清在哪里。
一叠叠陡崖突起,看上去仿佛　　　　　　　　10
永远是刚刚睡醒起身的岩石

---

① 西布莉:古代小亚细亚人崇拜的自然女神。参见本书第 355 页注①。

481

额头抵额头,挽住狰狞的尖角;
就这样形成无数巨型的怪相,
恰好给这凄惨的窝巢做屋顶。
他们把燧石当宝座,坐在上面,
或者坐在凹凸的石榻、铁硬的
石脊上。他们不是全都在一起:
有的被锁着受折磨,有的在流浪。
科俄斯,古革斯,还有布里阿柔斯,
梯丰,多洛耳,以及波耳费里翁,①　　　　20
还有许多,原都是进攻的强手,
如今被关在呼吸艰难的地方;
囚在不透亮光的地牢里,他们
继续紧咬着牙齿,他们的四肢
被锁着,像金属矿脉,绞着,拧着;
不动弹,只有他们硕大的心脏
痛苦地起伏,在狂热、沸腾、血色
鲜红的旋涡中搏动,可怕地抽搐。
摩涅莫叙涅②正在尘间漂泊;
福柏③在流浪,远远地离开了月魄;　　　　30
其他许多神自由地在外游荡,
但主要的神们在这里寂寞栖身。

---

① 以上这些都是希腊神话中的神,大都是天神乌拉诺斯和大地女神盖亚所生,他们为提坦助战或本身即提坦之一。
② 摩涅莫叙涅(Mnemosyne):提坦族神之一,记忆女神,九位文艺女神之母。
③ 福柏:提坦之一,又被当作月亮女神。

482

罕见的生命影像,东一个,西一个,
挺庞大,侧躺着;好像一圈可怕的
巫师石像,横在荒凉的旷野上,
夜幕降临时下起了冷雨,阴沉的
十一月天气,他们的圣坛拱顶,
天穹本身,整夜被严实地覆盖着。
每位都穿着尸衣,不向邻近者
说句话,看一眼,做点绝望的表示。　　　　40
一个是克留斯①,他的笨重的铁杖
横在他身边,岩石的碎片道出了
他的愤怒,然后他倒下去,哀叹。
一个是伊阿佩托斯②,他紧紧握住
一条蛇斑驳的颈部,蛇的尖舌
从喉头挤出,蛇的身体直直的,
死了;因为这家伙未能把毒液
吐进战胜者约夫的两只眼睛里。
还有科托斯③:俯卧着,下巴突起,
好像很痛苦;因为他仍在燧石上　　　　50
狠劲磨他的头颅,这动作可怕,
使他张嘴睁眼。紧挨着他的是

---

① 克留斯(Creus):巨神之一。
② 伊阿佩托斯(Iapetus):提坦之一。亚细亚之夫,普罗米修斯和阿特拉斯之父。
③ 科托斯(Cottus):乌拉诺斯和盖亚之子,与布里阿柔斯和古革斯三巨神合称赫卡仝刻伊瑞斯(Hecatoncheires)。三神各有一百只手和五十个头。

亚细亚①,由无比庞大的卡夫所生,
虽然是女的,但是她母亲忒卢斯
生她时比生儿子要痛苦得多:
她忧郁的脸上思虑多于悲伤,
因为她正在预想着她的荣耀;
在她广阔的想象中矗立着棕榈
遮荫的庙宇和奥克苏斯河②边
或恒河圣岛上同样高大的神殿。 60
仿佛希望之神斜倚着她的锚,
亚细亚,没有那么美,也这样倚在
她的一只巨象垂下的长牙上。
在她的上面,恩刻拉多斯③面容
阴郁,在嶙峋起伏的巉岩上支撑着
胳膊肘,全身俯伏;过去曾像
无忧无虑地吃草的公牛般驯服;
如今像老虎般激动,狮子般狂想,
愤怒,他思忖,谋划,现在还在把
山岳掷向那推迟不久便爆发的 70

~~~~~~~~~~~~~~~

① 亚细亚(Asia):希腊神话中俄刻阿诺斯(海洋神)和忒梯斯(三千海洋女神和一切河流之神的母亲)的女儿,伊阿佩托斯之妻,普罗米修斯和阿特拉斯之母。这里济慈把亚细亚处理为卡夫和大地之神忒卢斯之女。卡夫是一座传说中的山,它围绕地球像一枚戒指围绕手指,像是地球的腰带,由星星缀成。济慈把亚细亚写成有这样血缘关系的提坦之一。
② 奥克苏斯河(Oxus):又名阿姆河。它现今在乌兹别克斯坦和阿富汗境内。
③ 恩刻拉多斯(Enceladus):希腊神话中的巨神,有一百只手。曾参加反对奥林波斯诸神的战争。

484

第二次战争,战争使年轻的诸神
受惊,把自己藏在鸟兽的外形中。
阿特拉斯①离得不远,他身旁伏着
戈耳戈②之父福耳库斯③。紧挨的
是俄刻阿诺斯④,忒梯斯⑤,后者膝上
伏泣着刻吕墨涅⑥,披一头乱发。
忒弥斯⑦躺在众神的中间,躺在
被云雾遮蔽的王后俄普斯⑧脚下;
辨不清任何形状,比黑夜用浓云
困扰松树的顶梢时更加混沌: 80
还有许多说不出名字的神祇。
当缪斯展开翅膀向天空飞去时,
谁能阻止她飞行?她注定要歌唱
萨土恩和他的向导,他们的脚下

---

① 阿特拉斯:提坦伊阿佩托斯和克吕墨涅之子。参见本书第357页注①。
② 戈耳戈(Gorgons):三女怪的总称,她们各自的名字是斯忒诺,欧律阿勒,墨杜萨。她们的头发是一条条蛇,谁看到她们的头,便会立刻变成石头。
③ 福耳库斯(Phorcus):他同他的妹妹刻托(Ceto)结合而生三女怪戈耳戈。
④ 俄刻阿诺斯(Oceanus):海洋神。乌拉诺斯和盖亚之子,海披里安的兄弟。
⑤ 忒梯斯(Tethys):乌拉诺斯和盖亚之女,俄刻阿诺斯的妹妹和妻子。参见本书第485页注⑤。
⑥ 刻吕墨涅(Clymene):俄刻阿诺斯和忒梯斯之女,伊阿佩托斯之妻,阿特拉斯、普罗米修斯之母。传说中与亚细亚合为一身。
⑦ 忒弥斯(Themis):乌拉诺斯和盖亚之女,宙斯之妻,司法律和秩序的女神,也是预言女神。
⑧ 俄普斯(Ops):罗马神话中的播种和丰产女神,农神萨土恩之妻,相当于希腊神话中的瑞亚。

又湿又滑,如今已经从可怕的
深渊里爬出来。他们的头出现在
昏暗的巉岩上,他们的身躯上升,
脚步安稳地踏上平坦的高地:
于是西娅张开她颤抖的双臂
扑向这痛苦之巢坐落的地方, 90
她的眼睛斜视着萨土恩的面孔:
她看到一脸苦斗;这至尊的神
正在同一切弱点作战,在抗击
那悲伤,愤怒,恐惧,焦躁,复仇心,
和悔恨,忧郁,希望,尤其是绝望。
他抗击这些祸害而无效;命运
已在他头上注下致命的油膏——
废黜神权的毒汁:因此,受惊的
西娅竟缄口无语,让他从身旁
先过去,进入覆亡的种族之中。 100

    同凡人一样,这颗沉重的心灵
只感到更加遭罪,也更加激动,
其时,这颗心正挨近举哀的房屋,
屋里别的心为同一挫折而痛苦;
这样子,萨土恩向他们中间走去,
他感到晕眩,会倒在他们中间,
幸而他见到恩刻拉多斯的目光,
这百手巨人的强大,对他的敬畏,
像灵感袭来;他顿时高呼:"提坦们!

看你们的神!"听到这呼声,有的 110
呻吟,有的跳起来;有的喊;有的哭,
有的嚎啕,大家都虔敬地鞠躬;
俄普斯揭开她褶皱的黑色面纱,
露出苍白的面颊,暗淡的前额,
稀疏黑亮的眉毛,深陷的眼睛。
变得光秃的松树林发出轰鸣,
响应冬神的呼啸;众神间发出
一阵喧声,这时一位神举手指
示意安静,他想让自己的语言
承担那无法表达的思想的重量, 120
再加上雷鸣、音乐和壮丽景象:
那阵喧声如松林秃枝的啸叫:
它一旦在这山岭间止息,便没有
续发的声音;可是在败亡者中间
萨土恩的嗓音止息,却又升起,
像风琴一样,重新鸣奏起它的
乐曲,而别的和弦却突然喑哑,
直让喧闹的空气银铃般颤动。
那嗓音升高——"我悲伤的心胸,尽管
它审判和探索自己,我无法从中 130
找到为什么你们会沦落的缘由:
也无法从开天辟地传说中找到——
这传说记载在古老天书中,天神
乌拉诺斯用发光的手指把天书
从黑暗之海的岸边救出,不顾

487

退潮的海浪把天书藏在阴影里;——
你们知道我永远把这书当作
坚固的踏脚凳:——啊,意志薄弱者!
从土、水、火、气等元素的标记、
象征、征兆中也无法找到那缘由—— 140
这些元素或开战,或媾和,或内斗,
一对一,一对二,一对三,全部参战,
或每次由一个对抗其他三个,
比如火跟气大声厮杀,暴雨就
淹没火和气,把它们压向地面,
在地上发现了琉璜,四重的天罚
使可怜的世界脱缰;——从这战斗中,
我取得奇异的学识,深入研读它,
仍无法找到你们沦落的缘由:
不,我不能作解答,尽管我细察 150
并钻研大自然的书卷,直至昏晕,
仍然弄不清为什么你们——可见又
可感的诸神中最早诞生的神祇——
竟会慑服于比较起来不那么
强大的威力下。可你们来了这里,
被征服、践踏、摧毁,来到了这里!
提坦们,我能说'起来!'吗——你们呻吟:
我能说'蹲下!'吗——你们呻吟。我还能
做什么?天哪!冥冥之中的父亲啊!
我能做什么?告诉我,众兄弟,我们 160
该怎样作战并武装我们的愤怒!

把意见讲出来,萨土恩如饥似渴,
正在倾听着。你啊,俄刻阿诺斯,
在沉思,你高瞻远瞩;我在你脸上
惊异地发现那来自深沉思索的
神情严肃的满足:给我们帮助吧!"

  萨土恩说完了;大海之神——智者
兼哲人,不是来自雅典的丛林,
而是从带水阴影中深思熟虑地
站起来,头发不滴水,发出低鸣,   170
那是他最初婴儿般努力学语时
从远浪飞卷的滩头抓来的声音:
"被怒火吞噬、任激情灼痛、因失败
而捶胸顿足、满腔悲愤的你们呵!
请闭目塞听,封住你们的感官吧,
我的话不是扇起怒火的风箱。
你们愿意听就听我拿出证据,
证明你们势必要安心于沦落:
在这证据中我还要多给安慰,
只要你们认真地看待这安慰。   180
是自然规律,不是雷霆或约夫的
暴力,使我们覆亡。伟大的萨土恩,
你已经仔细审察过原子宇宙;
但是,正因为你是天界的君王,
你至高无上的权威使你盲目,
你有眼睛却看不见一条通道,

我却经由它拐向永恒的真理。
首先,你似乎并不是神的始祖,
你因此也不是神的末代;不是!
你呀,既不是开头也不是结尾。　　　　　　190
从太始的黑暗混沌中透出光来,
这最初的果实,诞生于内耗内斗,
阴郁的纷争,有奥妙目的的纷争
正在成熟中,成熟的时辰来到,
光随之而来,而光,一旦从母体
内部脱颖而出,便毫不迟疑地
把整个庞大的物质点化成生命。
就在那个时辰,我们的父母亲,
苍天和大地,都变得明显清晰:
然后你作为长子,和我们巨神族,　　　　　200
发现自己统治着美妙的新疆域。
如今真痛苦袭击着痛苦感受者;
蠢啊!要知道,忍受赤裸裸的事实,
冷静地面对周围发生的形势,
这就是君权的极顶。好好记住!
因为比之于曾经领先的混沌
和昏黑,苍天和大地要美丽得多;
因为我们又胜过苍天和大地——
我们的形态坚实而美丽,我们
有意志,行动自由,是友善的群体,　　　　210
我们有无数纯粹生命的标志;
所以我们的后面又有新一代,

一群更美的神祇,我们的子女,
注定要胜过我们,在我们满载
荣耀告别黑暗的时候:比之于
被我们征服的混沌,我们也不是
失败得更惨。请问,暗黑的泥土
会跟它所哺育的、将继续哺育的、
比它漂亮的、骄傲的森林争吵吗?
它能够否认青林的首领地位吗? 220
或者,因为鸽子咕咕叫,能展开
雪白的翅膀去自由飞翔,寻找
欢乐,树木就可以嫉妒鸽子吗?
我们就是这种树,我们的柔枝
养育的不是苍白孤零的鸽子,
而是金羽的鸷鹰,它们的壮美
远远地超过我们,它们作主宰,
理所当然;因为最美的就该是
最有力量的,这是永恒的法则:
凭这条法则,征服我们的诸神 230
将被另一代战胜,像我们一样哭。
你们没见那年轻的、取代了我的
海洋之神吗?见到他的面孔吗?
见到他的彩车,由他所创造的
带翅的生灵驾驭着,破浪前进吗?
我见到他在平静的水面上疾驶,
他两眼闪着如此美丽的华彩,
迫使我不得不向我的整个帝国

悲伤地告别:悲伤地告别之后,
我来到这里,想看看悲惨的命运　　　　　240
怎样抓住了你们;我能否尽力
给予极度痛苦的你们以安慰。
接受事实吧,把它当作香膏吧。"

　　无论是装作信服或表示轻蔑,
他们沉默着,俄刻阿诺斯讲完了,
他们能讲出什么深刻的想法呢?
事情是这样,一时间谁也不答腔,
却冒出了没人注意的刻吕墨涅;
她不是答话,而只是吐点苦水,
唇上有潮红,温和的眼睛向上看,　　　　250
她不顾周围的猛士,怯怯地说道:
"父亲啊! 我是这里最单纯的声音,
我仅仅知道欢乐已成为过去,
悲痛已渐渐爬进我们的心田,
我担心,悲痛会永远留在那里:
我不会预卜灾祸,哪怕我想到
这么个软弱的生灵能拒绝接受
来自强力诸神的应给的帮助;
仍让我诉一诉苦楚,让我讲一讲
我听到哪些事情,并为此哭泣,　　　　260
我明白我们已告别了一切希望。
我站着,脚下是海岸,明朗的海岸,
岸上宜人的气候从大陆吹来,

那芬芳、宁静、花木葱茏的地方。
那里有的是怡悦,我只有悲痛;
那里欢愉和甘美的温馨太多了,
以致于我感到心中有一种冲动,
要用悲伤的歌声,哀痛的音乐
来指摘、谴责那种寂寥的氛围;
我坐了下来,捡起有嘴的贝壳, 270
朝里面低声说话,激起了乐音——
乐音消失了!因为,我唱起歌来,
却缺乏技巧,一任贝壳的共鸣
传入轻风,这时候,恰恰从对面
一座海岛上树荫浓密的岸边
随一阵歪风吹过来一股妖氛,
使我的听觉失灵却没让变聋。
我把贝壳抛到了沙滩上,海浪
填满了贝壳,正如我的感觉里
填满了金子般新颖可喜的乐曲。 280
每一阵声浪、每一群痴迷急促的
音符中,都有着一种如死之生,
音符一个个坠落,一下子全落,
像珍珠突然从线上纷纷掉下来:
然后另一支曲调,然后再一支,
每一支都像飞离橄榄树的鸽子,
翅膀上有音乐,没有无声的羽毛,
在我的头顶周围翱翔,使得我
同时悲伤又喜悦。悲伤胜利了,

我正堵塞住我的疯狂的耳朵,　　　　　　　290
突然,冲破我两手颤抖的阻拦,
传来了比一切音调更美的声音,
它总是呼喊,'阿波罗!青年阿波罗!
灿若朝霞的阿波罗!青年阿波罗!'
我逃走,声音跟着我,呼喊'阿波罗!'
父亲啊!各位兄弟啊!还有,萨土恩!
只要你们能了解到我的痛苦,
你们就不会说我这任性的饶舌
是肆无忌惮,冒失地要人来听。"

　　她的话就传得这么远,像条小溪,　　　300
战战兢兢地沿着卵石滩逡巡,
它怕见大海,但终于会见大海,
竟怕得发抖;巨神恩刻拉多斯
卷地的声音愤怒地把它吞没:
那些沉重的字音,像怒涛冲击
一个个吞吐着海水的礁穴岩洞,
发出轰响,而此刻,他仍然靠在
手臂上;不起身,怀着极度的轻蔑。
"我们该听从那过于聪明的巨神,
还是听从那过于愚蠢的巨神呢?　　　　310
一声声雷霆震怒,甚至叫叛逆者
约夫的整个军械库消耗殆尽,
一个个世界擩在这双肩膀上,
都不如这次痛失王位时听到的

494

小儿言语能使我如此受折磨。
昏睡的提坦们,说吧,吼吧,叫吧!
你们忘了受打击;遭恶言伤害?
你们不是挨幼稚的胳臂打了吗?
大海的僭越之君,难道你忘了
在海里被剥去鳞甲?难道我只用   320
简单的几句话就引得你们发火?
高兴啊!现在我见到你们还在:
高兴啊!现在我见到无数只眼睛
怒睁着渴望复仇!"——他这样说着,
一边伸直巨大的身躯,站起来,
他并不中断他的话,继续说道:
"你们成了火,我教你们怎样烧,
怎样净化我们的仇敌的苍穹;
怎样狠狠地喂饱火焰的弯刺,
烤焦、烧掉约夫的膨胀的云朵,   330
把那稚弱的精魂扼杀在天幕里。
让他感觉到他所干下的恶事;
虽然我藐视俄刻阿诺斯的劝告,
我有着比失去疆土更甚的痛苦:
和平和高枕无忧的日子消逝了;
那些日子与毁灭的战争无缘,
那时候天上所有美丽的仙灵
睁着眼走来猜我们要说什么话:——
那时我们不懂得怎样皱眉头,
我们的嘴唇只会发庄严的声音;   340

那时候我们不知道有翼的少女——
胜利女神,会失去,也会被夺回。
你们要记住我们最辉煌的兄弟
海披里安,他仍然保持着荣誉——
瞧啊!这里是海披里安的光辉!"

大家注视着恩刻拉多斯的面孔,
忽然海披里安的名字从他的
嘴唇边飞向岩洞顶,大家注意到
一道白光划过他严峻的容颜:
他面貌不凶,他见过许多神发怒, 350
正像他一样。他看着他们大家,
见到每一张脸上都有一道光,
萨土恩脸上更加辉煌,他一头
白发像船身周围闪亮的飞沫
簇拥着船首疾驶进午夜的海湾。
他们保持着苍白如银色的沉默,
突然,一道华彩如灿烂的晨光
渗透过一切阴暗的悬崖峭壁,
弥漫过一切可悲地湮没的空间;
这时每一道巨壑,每一湾深渊, 360
每一座高峰,每一处阴郁的深谷,
被痛苦的河流冲得嘶哑失声的:
以及每一条不息地奔泻的飞瀑,
远远近近每一条莽撞的激流,
本来隐蔽在巨大的黑影中,现在

见到了那道光,又使光变得可怖。
那就是海披里安:——他两脚发光,
踏着花岗岩山峰,他站着观看
他的光芒所揭示的悲惨景象,
看到了事情本身,他痛恨万分。　　　　　　370
他的努米底亚①式短鬈发呈金色,
他仪态威严像帝王,他一身光辉,
含着巨大的阴影,像是门农②的
庞大身形在太阳落山时呈现在
来自幽暝东方的旅行者眼前:
他也发出叹息,像门农的竖琴声
一样悲伤,他紧紧地合着两手,
陷入沉思,他默默无语地站着。
看到这情绪低落的白昼之王,
沦落的众神又感到深深失望,　　　　　　380
许多神遮住颜面避开那道光:
但是凶猛的恩刻拉多斯把目光
投向众弟兄;在他注视下,站起了
伊阿佩托斯,接着站起了克留斯,
海神的儿子福尔库斯,他们一起
大步走到他巍然屹立的地方。
四位神喊出老神萨土恩的名字;
海披里安在峰顶回应,"萨土恩!"

---

① 努米底亚(Numidia):北非古国,位于今阿尔及利亚北部。
② 门农(Memnon):埃及底比斯城附近阿孟霍特普三世的巨大石像,每天在日出时发出竖琴声。公元一七〇年经罗马皇帝修复后不再发声。

萨土恩挨近众神之母静坐着,
他脸上没一点笑意,尽管众神　　　　　390
用他们空洞的嗓门呼喊"萨土恩!"

第 三 卷

喧闹和悲凉的宁静相互交替着,
提坦巨神们感到极大的困惑。
啊,缪斯!让他们各自去苦恼吧;
你无力歌唱这样可怕的骚动:
赞美孤独的哀伤,称颂寂寞的
痛苦,这才最适合于你的嘴唇。
让他们这样吧,缪斯!你即将发现
许多已经沦落的老一代神祇
徒劳地徘徊在岸边,不知所措。
此刻虔诚地弹拨得尔菲竖琴吧,　　　　10
天上的每阵风都用多利安①长笛
吹出柔美的颤音在一旁协奏;
注意呵!这都是为了诗歌之父。
让原带红色的东西顿时发红,
让玫瑰猛烈燃烧,把空气烧热,
让黎明的朝云、也让黄昏的暮云
堆成妖冶的白絮团飘过山峦;
让葡萄美酒在杯中沸腾起来,

---

① 多利安(Dorian):古希腊的一个民族。

冷得像汨汨的泉水;让沙滩之上、
大海之中的弱音贝壳都变成 20
鲜红色,红透螺旋形里外;让少女
满脸通红,像受惊于一次热吻。
你基克拉迪群岛的主岛,德洛斯,①
尽情欢笑吧,同你的绿色橄榄树,
白杨,荫蔽草地的棕榈,任西风②
绕身高唱的山毛榉,浓荫下伸出
黑枝的榛树密林一起作乐吧:
阿波罗又成了颂歌的黄金主题!
当太阳巨神在他哀戚的族神中
光辉地站着的时候,他是在哪里? 30
他已离开他美丽的母亲和他的
孪生妹妹,让她们睡在卧室里,③
迎着熹微的晨光,他沿着小溪
岸边的青刚柳树林,漫步向前,
让谷中丛丛百合花盖没脚踝。
夜莺停止了鸣啭,有几颗星星
仍然徘徊在天际,歌鸫的嗓子
安静了下来。这里,在整座岛上,
一切隐蔽的林薮,幽僻的洞穴

---

① 基克拉迪群岛及其主岛——德洛斯岛:希腊岛名。参见本书第 114 页注①。
② 此处西风指西风神泽斐罗斯。
③ 阿波罗的母亲是女神勒托;阿波罗的孪生妹妹是阿耳特弥斯,月神,即狄安娜。

都有海浪不断的喧声来干扰, 40
尽管在绿色山凹里不大听到。
他倾听,哭泣,一颗颗晶莹的泪珠
顺着他手中拿着的金弓滴下来。
他热泪盈眶,半闭着眼睛,站着,
这时从旁边沉重的树枝下面
一位可畏的女神庄严地走来,
他感到她的神态里含有意图,
于是他急切地猜测,困惑地察看,
同时他用优美的声音这样说:
"这大海没有路径,你怎能过来? 50
远古的风貌,披着长袍的形体
还在这些山谷里无形地流动吗?
我独自坐在阴凉的森林中间,
的确听到过那些袍服迅疾地
扫过落叶。的确,我曾经探寻过
那些宽大的衣裙窸窣的声音,
在寂寂草丛间,我还看见花朵
仰起头,仿佛那声音还在飘过。
女神啊!以前我见过这双眼睛,
那永远宁静的眼神,和整个面孔, 60
要不我就在梦里。"至尊的女神说,
"不错,你曾经梦见我;你醒来以后,
发现身旁有一架赤金的里拉琴,
那琴弦一旦被你的手指弹拨,
整个宇宙的不知疲倦的耳朵

便悲喜交集,倾听这初生的乐曲,
新颖而奇妙。你有这样的天赋,
却流泪,这不奇怪吗?青年,告诉我
你有什么伤心事;看见你流泪,
我感到难过:把你的烦恼倾诉给　　　　　70
一位神,在这寂寞的岛上,这位神
守望着你的睡眠和你的生命——
从你的小手天真地采摘嫩花的
幼儿时代到你的胳臂能够把
那张永远英勇的金弓拉开来。
把你的心事吐露给一位老神吧,
这位神已放弃古老神圣的宝座,
就为了你的未来,也为了一种
新生的美的缘故。"——于是阿波罗
突然仔细地观察,眼睛也发亮,　　　　　80
他这样回答,那纯真悠扬的嗓子
发出颤动的语音:"摩涅莫叙涅①!
不知为什么,我总要呼你的名字;
这事你清楚,何以我还要告诉你?
何以我力争说出那由你来说
就不算神秘的事呢?对于我,黑暗,
痛苦、可恶的遗忘蒙住了我的眼:
我力图探明为什么我这样悲伤,
等忧郁使我的四肢麻木为止;

---

① 摩涅莫叙涅:记忆女神。参见本书第482页注②。

然后我坐在草地上,发出哀叹,   90
像失去翅膀的神。——我怎会感到
受诅咒、被挫败,既然无主的天空
顺从我渴望的脚步?为什么我的
这双脚憎恶绿草地便要践踏它?
仁蔼的女神,指明未知的事物吧:
这座岛之外还有别的地方吗?
什么是星辰?这儿有太阳,太阳!
还有坚忍不拔的月亮放光辉!
亿万颗星星!请给我指出道路
好通向一颗特别美丽的星辰,   100
我将带着里拉琴飞到那里去,
使星体的银辉感到幸福而悸动。
我已经听到云雷:掌权者在哪里?
谁的手,谁的精魂,哪一位神明
在四种元素①中发出这样的警号?——
而我呢,在这里海边悠闲地听着,
陷于无畏然而痛苦的无知中。
寂寞的女神,用你的竖琴告诉我,
用你那日夜哀号的竖琴告诉我
为什么我在丛林周围说胡话!   110
你保持沉默吧——沉默!可是我能够
在你的脸上读到奇妙的课文:

---

① 四种元素:公元前五世纪古希腊学者恩培多克勒(Empedokles,约前493—前433)提出四元素说,认为万物都是由火、气、水、土四种元素构成。参见本书第412页注①。

广博的知识造就我成为一尊神。
名声,功绩,旧传说,可怕的事变,
反叛,王权,君主的声音,大痛苦,
创造,毁灭,所有这一切顷刻间
倾注到我这头脑的广阔空间里,
奉我为神明,仿佛我已经喝过
宇宙间无与伦比的佳酿或仙露,
从而成为不朽。"——那尊神这样说,　　　　120
在他柔白的鬓角旁,他两眼如燃,
昂首扫视,终于颤抖着投射出
炯炯目光,紧盯着摩涅莫叙涅。
不久狂暴的骚乱震撼他,使他的
四肢顿时亮出了永恒的华彩;
这非常类似死亡门前的挣扎;
也许更像是向那苍白而永恒的
死亡道永别,痛苦得灼热,正如
死时痛苦得冰冷,猛烈地抽搐着,
由死进入生:青年阿波罗经历着　　　　130
剧痛:他一头著名的金色长发
围着他急切地伸着的头颈波动。
面对这痛苦,摩涅莫叙涅举起
双臂,像个预言者。——阿波罗终于
尖声叫起来;——瞧呵!从他的四肢
天国的……………………………………
…………………………………………

(1818 冬—1819. 9.)

* * *

原诗每行均为轻重格五音步素体诗。译文以顿代步,亦不押韵。

《海披里安》内容概要

第 一 卷

以萨土恩为首的一代老神提坦族巨神们被他们的儿辈即以朱庇特为首的一代奥林波斯新神们所推翻,驱逐。老神萨土恩闭目垂头,心情沮丧。女神西娅来到,对他说,"在整个天宇,你的威严消失了。"萨土恩不甘心失败,说道,推翻他的新神们必定会被老神们重新推翻,"萨土恩必定为王!"他叫道,"难道我不会造出另一个宇宙,来把这个世界压成齑粉?!"

萨土恩随西娅来到陷于痛苦中的提坦族巨神们中间。他们呻吟着,再次表达旧日的忠诚。只有海披里安(提坦族巨神之一,西娅的丈夫)依然保持着他的权威、统治和尊严。但他感到形势并不安稳。

海披里安走过一间间殿堂,到达巨型圆屋顶下。他叫道,"萨土恩倒下了,难道我也要倒下?不!我要伸出右臂,吓死那造反的娃娃朱庇特,请萨土恩复辟登位!"留在晦暗中的天体等待着海披里安发布命令。但是他不能发号施令。神圣的岁月更替不能被打乱。海披里安只好屈服于时代的不幸。

早期神刻琉斯从宇宙深处发出声音,述说提坦这一代的诞生,兴旺和倾覆。他对海披里安说,"你要奋斗,因为你能够行动。"他嘱咐海披里安去寻找萨土恩。

第 二 卷

萨土恩和西娅来到巨大的洞穴。受伤的提坦族巨神们和帮助提坦族对奥林波斯诸神打过仗的神们都在这里,有的哀哭,有的怒吼。萨土恩来到痛苦之巢。他对众神说,"我无法找到你们沦落的缘由。"

老海神俄刻阿诺斯说,"是自然规律而不是朱庇特的暴力使我们覆亡。"他说,萨土恩不是神的始祖,也不是神的末代;既不是开头也不是末尾。他说,"我们的后面又有新一代,一群更美的神祇,我们的子女,注定要胜过我们。""因为美的就该是最有力量的,这是永恒的法则。"

百手巨神恩刻拉多斯愤怒地说,"你们忘了受打击,遭恶言伤害了?""现在我看到无数只眼睛怒睁着渴望复仇!"他说,"你们要记住我们最辉煌的兄弟海披里安,他依然保持着荣誉。"

突然有一道华彩如灿烂的星光射出,这就是海披里安!他看到他的光芒照到的地方所揭示的悲惨景象。他叹息,无语。沦落的众神感到失望。恩刻拉多斯把目光投向众兄弟,在他的注视下,四位神走到海披里安面前,喊出了萨土恩的名字。海披里安在峰顶回应:"萨土恩!"

第 三 卷

　　海浪的喧声传遍德洛斯岛——阿波罗的诞生地。太阳神阿波罗离开他的母亲和孪生妹妹,沿着溪边柳林漫步向前。一位女神走来。阿波罗跟她对话。女神说,"告诉我你有什么伤心事。"她说,她已放弃宝座,就为了阿波罗的未来,"为了一种新生的美"。阿波罗发现她就是摩涅莫叙涅(被推翻的提坦之一,记忆女神,九位文艺女神之母)。他说,"名声,功绩,旧传说,可怕的事变,反叛,王权,君主的声音,大痛苦,创造,毁灭,所有这一切顷刻间倾注到我这头脑的广阔空间里,奉我为神明,仿佛我已经喝过宇宙间无与伦比的佳酿或仙露,从而成为不朽。"阿波罗经历着剧痛。摩涅莫叙涅举起双臂,像个预言者。阿波罗尖声叫起来……

译　者

济慈年表

1795 年　10 月 31 日,约翰·济慈(John Keats)诞生于伦敦,芬斯伯利街(Finsbury place)。

1797 年(1—2 岁)　其弟乔治·济慈(George Keats)诞生(2 月 28 日)。

1799 年(3—4 岁)　其二弟托姆(托玛斯)·济慈(Tom〔Thomas〕Keats)诞生(11 月 18 日)。

1801 年(5—6 岁)　小弟爱德华(Edward)诞生,早夭。

1803 年(7—8 岁)　其妹弗兰西斯·玛丽·(芳妮)济慈(Frances Mary〔Fanny〕Keats)诞生(6 月 3 日)。

济慈进入以克拉克先生(Rev. J. Clarke)为校长的私立学校,在伦敦北郊恩菲尔德镇(Enfield)。

1804 年(8—9 岁)　济慈的父亲坠马身亡(4 月 16 日)。

1805 年(9—10 岁)　济慈的母亲改嫁。

1806 年(10—11 岁)　济慈的母亲离开后夫,带着孩子们到娘家居住,孩子们同外祖母一起生活,在伦敦北郊埃德蒙顿镇(Edmonton)。

1809 年(13—14 岁)　济慈热衷于阅读。

1810 年(14—15 岁)　济慈的母亲死于肺病(3 月)。

1811 年(15—16 岁)　济慈结束在克拉克的学校的学习。到埃德蒙顿镇外科医生哈蒙德(Hammond)处当学徒。常到克拉克校长家借书阅读。将《埃涅伊德》(罗马诗人维吉尔的史诗,拉丁文)译成英文。

1812年(16—17岁)　诗人李·亨特(Leigh Hunt)因在《观察家》杂志发表批评雷根特亲王的文章,被判"诽谤"罪,罚款并监禁2年。

克拉克校长之子恰尔斯·考登·克拉克(Charles Cowden Clarke)为济慈朗读斯宾塞的诗《新婚喜歌》,把斯宾塞的长诗《仙女王》借给济慈阅读。济慈写《仿斯宾塞之作》。

1813年(17—18岁)　被介绍认识画家约瑟夫·塞文(Joseph Severn)。

1814年(18—19岁)　广泛阅读诗歌作品,主要是18世纪和同时代诗人的作品。写成十四行诗《致查特顿》,《致拜伦》。

1815年(19—20岁)　认识威利(Wylie)一家。写成十四行诗《写于李·亨特先生出狱之日》(2月)。终止哈蒙德医生学徒生涯。进入伦敦盖伊氏(Guy's)医院学习当药剂师(10月)。本年写成《阿波罗颂》,《致希望》,《致乔治·费尔登·马修》等。

1816年(20—21岁)　1月,克拉克与济慈安排多次讨论文学的集会。济慈写成十四行诗《"哦,孤独!如果我和你必须"》。

5月5日,《观察家》发表《"哦,孤独!……"》,这是济慈首次发表作品。

6—7月,到马盖特(Margate),初次见到大海。写成十四行诗《给一位赠我以玫瑰的朋友》(6月29日)。

8月,写成十四行诗《给我的弟弟乔治》。

9—12月,克拉克向济慈推荐恰普曼译的荷马史诗。济慈写成十四行诗《初读恰普曼译荷马史诗》(10月)。会见亨特(10月)。写成十四行诗《"刺骨的寒风阵阵,在林中回旋"》(10月)。被介绍认识画家海登(Haydon)(11月)。写成十四行诗《致海登》二首(11月)。与亨特和他的朋友们交往频繁。在亨特家和海登家会见诗人雪莱(P. B. Shelley)、雷诺兹(Reynolds)、作家哈兹里特(Hazlitt)等。写成十四行诗《致柯斯丘什科》(12月),《给G. A. W.》(12月),《蝈蝈和蟋蟀》(12月30日)。写毕《我踮脚站在山顶》,写毕《睡与诗》。酝酿《恩弟米安》。

1817年(21—22岁)　1月,写成十四行诗《"漫长的严冬过去了,愁云惨雾"》(1月31日)。

2—3月,写成十四行诗《写在乔叟的故事〈花与叶〉的末页上》(2月),《初见埃尔金石雕有感》(3月)。写成十四行诗《献诗——呈李·亨特先生》(3月),置于《1817年诗集》卷首。济慈《1817年诗集》出版(3月)。

4月,接受弟弟和海登的建议,退居乡村学习以充实自己。到怀特岛(Isle of Wight),访尚克林(Shanklin),写成十四行诗《咏大海》(4月16日)。专注于学习莎士比亚著作。开始写《恩弟米安》。

5月,移居马盖特。写完《恩弟米安》第一卷。

6—8月,回到伦敦,住在西北郊汉普斯特德镇(Hampstead)。与老朋友来往。认识狄尔克(Dilke),布朗(C. A. Brown),贝莱(Bailey)。完成《恩弟米安》第二卷。

9—10月,到牛津访贝莱。阅读弥尔顿和华兹华斯的作品。续写《恩弟米安》第三卷。偕贝莱访莎士比亚故乡爱汶河畔斯特拉福镇(Stratford-upon-Avon)。《爱丁堡布拉克伍德杂志》刊出文章《评伦敦佬派》,攻击亨特,用嘲讽口气涉及济慈(10月)。

11月,访伯福德桥(Burford Bridge),靠近多金(Dorking),在那里研读莎士比亚的作品,完成《恩弟米安》初稿。写信《致贝莱》(11月22日),提出"想象力的真实性"概念。

12月,在伦敦,为杂志写戏剧评论。听哈兹里特关于英国诗人的演讲。在海登的"不朽的宴会"上会见华兹华斯(William Wordsworth),兰姆(Charles Lamb)也在座。热心投入伦敦文人的社交活动。写信《致弟弟乔治和托玛斯·济慈》(12月21日),提出"客体感受力"(negative capability,亦有人译作"否定自我的才能","消极感受力","反面感受力","消极才能"等)的著名论点。

本年内还完成十四行诗《题李·亨特的诗〈里米尼的故事〉》及抒情诗《不要想它》等。

1818年(22—23岁)　1—3月,继续与朋友们来往。多次拜访华兹华斯(1月)。写成短诗多首,其中有十四行诗《"我恐惧,我可能就要停止呼吸"》(1月),《罗宾汉》(2月3日),十四行诗《致尼罗河》(2月4日),十四行诗《给——("自从我陷入了你的美貌的网罗")》(2月4

日),十四行诗《致斯宾塞》(2月5日),十四行诗《答雷诺兹的十四行诗》(2月8日),十四行诗《歌鸫说的话》(2月19日),十四行诗《人的季节》(3月)。十四行诗《致荷马》也写于本年早期。写信《致雷诺兹》(2月3日),论诗。写信《致约翰·泰勒》(2月27日),提出对诗的信条。

3—5月,赴德文郡(Devonshire)的廷茅斯(Teignmouth)与弟弟托姆会合(3月)。写成《我在此度过整个夏天》、《你到哪儿去,德文郡姑娘?》(3月14日)。《恩弟米安》修改完毕(3月)。《恩弟米安》出版(4月)。写毕《伊萨贝拉》(4月27日)。阅读弥尔顿的著作。回到伦敦西北郊汉普斯特德镇(5月)。写信《致雷诺兹》(5月3日),论诗。

6—8月,弟弟乔治·济慈与乔治安娜·奥古斯塔·威利小姐结婚,新婚夫妇启程赴美国。济慈送他们到利物浦(6月22日)。济慈偕同布朗游湖区,并赴苏格兰旅行,经过邓弗里斯(Dumfries)、加洛韦(Galloway),沿着柯库布莱郡(Kirkcubright Shire)海岸,到达牛顿·斯图尔特(Newton Stewart),再赴斯特兰拉尔(Stranraer)和波特帕特里克(Portpatrick)。由此到爱尔兰游历两天(7月),回到斯特兰拉尔,沿着艾尔(Ayr)北部海岸行进,访艾尔萨巨岩(Ailsa Craig)。从艾尔到格拉斯哥(Glasgow),奥湖(Loch Awe),奥本(Oban),斯塔法岛(Staffa),威廉堡(Fort William),本·尼维斯山(Ben Nevis),因弗内斯(Inverness)(8月6日)。遵医嘱停止旅行,乘船(8月8日)回伦敦,抵达汉普斯特德镇(8月18

日)。旅途中写成十四行诗《访彭斯墓》(7月1日),《关于我自己的歌》(7月2日),《梅格·梅瑞里斯》(7月2日),十四行诗《致艾尔萨巨岩》(7月10日),《斯塔法》(7月26日),十四行诗《写于本·尼维斯山巅》(8月2日)。在旅途中随身只带一本书:加利(Cary)译的但丁著作。

8—12月,《评论季刊》4月号、《英国评论家》6月号、《爱丁堡布拉克伍德杂志》8月号都在9月份出版,刊登文章攻击《恩弟米安》,甚至对济慈进行人身攻击。此一时期济慈住在汉普斯特德镇(8月)。在狄尔克(Dilke)家初次遇见芳妮·布劳恩小姐(Fanny Brawne)(9月)。济慈经常在弟弟托姆的病榻旁侍候。写信《致恰尔斯·伍德豪斯》(10月27日),提出诗人"没有自我"的观点。托姆病逝(12月第一周)。济慈去文特沃思宅(Wentworth Place)与布朗同住。这一时期开始写《海披里安》;写出《诗人颂》(12月),《幻想》(12月),《歌("我有只鸽子")》(12月)等诗篇。

1819年(23—24岁) 1月,写作《海披里安》。完成《圣亚尼节前夕》初稿。赴奇切斯特(Chichester),在那里构思《圣马可节前夕》。赴贝德汉普顿(Bedhampton)。

2—10月,在汉普斯特德镇上的文特沃思宅。是年写成六首颂诗:《怠惰颂》(3月)、《赛吉颂》(4月)、《夜莺颂》(5月)、《希腊古瓮颂》(5月)、《忧郁颂》(5月)、《秋颂》(9月19日)。写成十四行诗《"为什么今夜我发笑?没声音回答"》(3月)、《咏梦——读但丁所写保罗和弗兰切斯卡故事后》(4月)、《致睡眠》(4月)、《咏名

513

声》(一)(二)(4月)、《"如果英诗必须受韵式制约"》(2—7月)、《"亮星！但愿我像你一样坚持"》(2月？7月？9月？)。写成《冷酷的妖女》(4月28日)。写日记体长信《致弟弟乔治和弟妇乔治安娜·济慈》(2月14日—5月3日)，论诗。

7月，在尚克林，与莱斯(Rice)住在一起。布朗前去与他同住。布朗与济慈合作写出剧作《奥托大帝》。济慈写《拉米亚》。《夜莺颂》发表。

8—10月，偕布朗移居文切斯特(Winchester)。继续写《拉米亚》和《圣马可节前夕》。完成《奥托大帝》(8月)。续写《海披里安》。学习意大利语。写作《海披里安的覆亡》。放弃《海披里安》。完成《拉米亚》(9月)。修改《圣亚尼节前夕》(9月)。写信《致弟弟乔治和弟妇乔治安娜·济慈》(9月21日)，论诗。

10—12月，赴伦敦，希望到期刊谋职。回到汉普斯特德镇布朗处过冬。对芳妮·布劳恩的爱情与日俱增，写成《给——》，十四行诗《致芳妮》、《"白天消逝了，甜蜜的一切已失去"》等。写作《系铃帽》。改写《海披里安》。准备出版诗集。与芳妮·布劳恩订婚(12月)。

1820年(24—25岁)　1—6月，弟弟乔治·济慈回伦敦数天(1月)。济慈咯血，出现死亡警告(2月3日)。济慈与布朗在格雷夫森德(Gravesend)分别(5月7日)。济慈住到肯蒂什镇(Kentish Town)，那里离李·亨特住处近(5月)。《冷酷的妖女》在《指针》上发表(5月10日)。筹备诗集的出版。再度咯血(6月22日)，到摩蒂末街(Mortimer Street)与李·亨特同住。

7—8月,诗集出版,包括《拉米亚》、《伊萨贝拉》、《圣亚尼节前夕》、《夜莺颂》、《希腊古瓮颂》、《赛吉颂》、《幻想》、《诗人颂》、《咏美人鱼酒店》、《罗宾汉》、《秋颂》、《忧郁颂》和《海披里安》(7月初)。兰姆的评论在《新时代》上发表(7月19日),亨特的评论在《指针》上发表(8月),杰弗里(Jeffrey)的评论在《爱丁堡评论》上发表(8月),均对济慈的诗作予以好评。济慈离开摩蒂末街,住到文特沃思宅布劳恩太太家里(8月12日),由布劳恩太太和芳妮·布劳恩小姐照顾。雪莱邀请济慈到意大利同住,济慈婉谢。

9月,济慈由画家塞文陪伴,乘双桅船"玛丽亚·克劳塞"号前往意大利(9月18日)。在拉尔沃思湾(Lulworth Cove)停靠时,济慈在一本莎士比亚诗集的空页上,正对莎士比亚的诗《恋女的怨诉》,写下十四行诗《"亮星!但愿我像你一样坚持"》的修正稿,以示塞文(9月28日)。

10—12月,抵达那不勒斯(10月末)。写信《致布朗》(11月1日),倾诉自己对芳妮·布劳恩的思念。抵达罗马(11月中旬)。肺病加重,大咯血(12月10日)。

1821年(25岁)　济慈逝世(2月23日),安葬在罗马新教徒公墓(2月27日),墓上按济慈遗愿,不刻他的姓名。墓碑上刻的是:

这座墓

埋葬着

一位

515

英国的青年诗人

他

在临终的床上

心中充满痛苦

面对敌人的恶意中伤

希望

在他的墓碑上铭刻如下文字

用水書寫其姓名的人

在此長眠①

1821 年 2 月 24 日

屠 岸 辑

---

① 济慈自定的墓铭原文是 Here Lies One Whose Name was writ in Water. 有一种流行的译法是"这里躺着一个人,他的名字写在水上"。也可通。但原文中 Water 前的介词是 in 而不是 on,因而译者试译为"用水书写其姓名的人在此长眠"。是否妥当,愿就教于方家。

"外国文学名著丛书"书目

第 一 辑

书 名	作 者	译 者
伊索寓言	〔古希腊〕伊索	周作人
源氏物语	〔日〕紫式部	丰子恺
堂吉诃德	〔西班牙〕塞万提斯	杨 绛
泰戈尔诗选	〔印度〕泰戈尔	冰 心 石 真
坎特伯雷故事	〔英〕杰弗雷·乔叟	方 重
失乐园	〔英〕约翰·弥尔顿	朱维之
格列佛游记	〔英〕斯威夫特	张 健
傲慢与偏见	〔英〕简·奥斯丁	王科一
雪莱抒情诗选	〔英〕雪莱	查良铮
瓦尔登湖	〔美〕亨利·戴维·梭罗	徐 迟
欧·亨利短篇小说选	〔美〕欧·亨利	王永年
特利斯当与伊瑟	〔法〕贝迪耶	罗新璋
巨人传	〔法〕拉伯雷	鲍文蔚
忏悔录	〔法〕卢梭	范希衡 等
欧也妮·葛朗台 高老头	〔法〕巴尔扎克	傅 雷
雨果诗选	〔法〕雨果	程曾厚
巴黎圣母院	〔法〕雨果	陈敬容
包法利夫人	〔法〕福楼拜	李健吾
叶甫盖尼·奥涅金	〔俄〕普希金	智 量
死魂灵	〔俄〕果戈理	满 涛 许庆道

书　名	作　者	译　者
当代英雄	〔俄〕莱蒙托夫	草　婴
猎人笔记	〔俄〕屠格涅夫	丰子恺
白痴	〔俄〕陀思妥耶夫斯基	南　江
列夫·托尔斯泰中短篇小说选	〔俄〕列夫·托尔斯泰	草　婴
怎么办？	〔俄〕车尔尼雪夫斯基	蒋　路
高尔基短篇小说选	〔苏联〕高尔基	巴　金　等
浮士德	〔德〕歌德	绿　原
易卜生戏剧四种	〔挪〕易卜生	潘家洵
鲵鱼之乱	〔捷〕卡·恰佩克	贝　京
金人	〔匈〕约卡伊·莫尔	柯　青

第 二 辑

荷马史诗·伊利亚特	〔古希腊〕荷马	罗念生　王焕生
荷马史诗·奥德赛	〔古希腊〕荷马	王焕生
十日谈	〔意大利〕薄伽丘	王永年
莎士比亚悲剧五种	〔英〕威廉·莎士比亚	朱生豪
多情客游记	〔英〕劳伦斯·斯特恩	石永礼
唐璜	〔英〕拜伦	查良铮
大卫·科波菲尔	〔英〕查尔斯·狄更斯	庄绎传
简·爱	〔英〕夏洛蒂·勃朗特	吴钧燮
呼啸山庄	〔英〕爱米丽·勃朗特	张　玲　张　扬
德伯家的苔丝	〔英〕托马斯·哈代	张谷若
海浪　达洛维太太	〔英〕弗吉尼亚·吴尔夫	吴钧燮　谷启楠
哈克贝利·费恩历险记	〔美〕马克·吐温	张友松
一位女士的画像	〔美〕亨利·詹姆斯	项星耀
喧哗与骚动	〔美〕威廉·福克纳	李文俊
永别了武器	〔美〕欧内斯特·海明威	于晓红

书　名	作　者	译　者
波斯人信札	〔法〕孟德斯鸠	罗大冈
伏尔泰小说选	〔法〕伏尔泰	傅　雷
红与黑	〔法〕司汤达	张冠尧
幻灭	〔法〕巴尔扎克	傅　雷
莫泊桑中短篇小说选	〔法〕莫泊桑	张英伦
文字生涯	〔法〕让-保尔·萨特	沈志明
局外人　鼠疫	〔法〕加缪	徐和瑾
契诃夫小说选	〔俄〕契诃夫	汝　龙
布宁中短篇小说选	〔俄〕布宁	陈　馥
一个人的遭遇	〔苏联〕肖洛霍夫	草　婴
少年维特的烦恼	〔德〕歌德	杨武能
德国，一个冬天的童话	〔德〕海涅	冯　至
绿衣亨利	〔瑞士〕戈特弗里德·凯勒	田德望
斯特林堡小说戏剧选	〔瑞典〕斯特林堡	李之义
城堡	〔奥地利〕卡夫卡	高年生

第　三　辑

埃斯库罗斯悲剧二种	〔古希腊〕埃斯库罗斯	罗念生
索福克勒斯悲剧二种	〔古希腊〕索福克勒斯	罗念生
欧里庇得斯悲剧二种	〔古希腊〕欧里庇得斯	罗念生
神曲	〔意大利〕但丁	田德望
西班牙流浪汉小说选	〔西班牙〕克维多 等	杨　绛 等
阿拉伯古代诗选	〔阿拉伯〕乌姆鲁勒·盖斯 等	仲跻昆
列王纪选	〔波斯〕菲尔多西	张鸿年
蕾莉与马杰农	〔波斯〕内扎米	卢　永
莎士比亚喜剧五种	〔英〕威廉·莎士比亚	方　平
鲁滨孙飘流记	〔英〕笛福	徐霞村

书　名	作　者	译　者
彭斯诗选	〔英〕彭斯	王佐良
艾凡赫	〔英〕沃尔特·司各特	项星耀
名利场	〔英〕萨克雷	杨　必
人性的枷锁	〔英〕威廉·萨默塞特·毛姆	叶　尊
儿子与情人	〔英〕D. H. 劳伦斯	陈良廷　刘文澜
杰克·伦敦小说选	〔美〕杰克·伦敦	万　紫　等
了不起的盖茨比	〔美〕菲茨杰拉德	姚乃强
木工小史	〔法〕乔治·桑	齐　香
恶之花　巴黎的忧郁	〔法〕波德莱尔	钱春绮
萌芽	〔法〕左拉	黎　柯
前夜　父与子	〔俄〕屠格涅夫	丽　尼　巴　金
卡拉马佐夫兄弟	〔俄〕陀思妥耶夫斯基	耿济之
安娜·卡列宁娜	〔俄〕列夫·托尔斯泰	周　扬　谢素台
茨维塔耶娃诗选	〔俄〕茨维塔耶娃	刘文飞
德国诗选	〔德〕歌德　等	钱春绮
安徒生童话选	〔丹麦〕安徒生	叶君健
外祖母	〔捷〕鲍·聂姆佐娃	吴　琦
好兵帅克历险记	〔捷〕雅·哈谢克	星　灿
我是猫	〔日〕夏目漱石	阎小妹
罗生门	〔日〕芥川龙之介	文洁若

第　四　辑

一千零一夜		纳　训
培根随笔集	〔英〕培根	曹明伦
拜伦诗选	〔英〕拜伦	查良铮
黑暗的心　吉姆爷	〔英〕约瑟夫·康拉德	黄雨石　熊　蕾
福尔赛世家	〔英〕高尔斯华绥	周煦良

书　名	作　者	译　者
月亮与六便士	〔英〕威廉·萨默塞特·毛姆	谷启楠
萧伯纳戏剧三种	〔爱尔兰〕萧伯纳	潘家洵　等
红字　七个尖角顶的宅第	〔美〕纳撒尼尔·霍桑	胡允桓
汤姆叔叔的小屋	〔美〕斯陀夫人	王家湘
白鲸	〔美〕赫尔曼·梅尔维尔	成　时
马克·吐温中短篇小说选	〔美〕马克·吐温	叶冬心
老人与海	〔美〕欧内斯特·海明威	陈良廷　等
愤怒的葡萄	〔美〕斯坦贝克	胡仲持
蒙田随笔集	〔法〕蒙田	梁宗岱　黄建华
悲惨世界	〔法〕雨果	李　丹　方　于
九三年	〔法〕雨果	郑永慧
梅里美中短篇小说选	〔法〕梅里美	张冠尧
情感教育	〔法〕福楼拜	王文融
茶花女	〔法〕小仲马	王振孙
都德小说选	〔法〕都德	刘　方　陆秉慧
一生	〔法〕莫泊桑	盛澄华
普希金诗选	〔俄〕普希金	高　莽　等
莱蒙托夫诗选	〔俄〕莱蒙托夫	余　振　顾蕴璞
罗亭　贵族之家	〔俄〕屠格涅夫	陆　蠡　丽　尼
日瓦戈医生	〔苏联〕帕斯捷尔纳克	张秉衡
大师和玛格丽特	〔苏联〕布尔加科夫	钱　诚
茨威格中短篇小说选	〔奥地利〕斯·茨威格	张玉书　等
玩偶	〔波兰〕普鲁斯	张振辉
万叶集精选	〔日〕大伴家持	钱稻孙
人间失格	〔日〕太宰治	魏大海

5

第 五 辑

书 名	作 者	译 者
泪与笑 先知	〔黎巴嫩〕纪伯伦	冰 心 等
华兹华斯 柯尔律治诗选	〔英〕华兹华斯 柯尔律治	杨德豫
济慈诗选	〔英〕约翰·济慈	屠 岸
汤姆·索亚历险记	〔美〕马克·吐温	张友松
大街	〔美〕辛克莱·路易斯	潘庆舲
田园三部曲	〔法〕乔治·桑	罗 旭 等
金钱	〔法〕左拉	金满成
果戈理小说戏剧选	〔俄〕果戈理	满 涛
奥勃洛莫夫	〔俄〕冈察洛夫	陈 馥
谁在俄罗斯能过好日子	〔俄〕涅克拉索夫	飞 白
亚·奥斯特洛夫斯基戏剧六种	〔俄〕亚·奥斯特洛夫斯基	姜椿芳 等
复活	〔俄〕列夫·托尔斯泰	草 婴
静静的顿河	〔苏联〕肖洛霍夫	金 人
谢甫琴科诗选	〔乌克兰〕谢甫琴科	戈宝权 任溶溶
维廉·麦斯特的学习时代	〔德〕歌德	冯 至 姚可崑
叔本华随笔集	〔德〕叔本华	绿 原
艾菲·布里斯特	〔德〕台奥多尔·冯塔纳	韩世钟
豪普特曼戏剧三种	〔德〕豪普特曼	章鹏高 等
铁皮鼓	〔德〕君特·格拉斯	胡其鼎
加西亚·洛尔卡诗选	〔西班牙〕加西亚·洛尔卡	赵振江
你往何处去	〔波兰〕亨利克·显克维奇	张振辉
显克维奇中短篇小说选	〔波兰〕亨利克·显克维奇	林洪亮
裴多菲诗选	〔匈〕裴多菲	孙 用
轭下	〔保〕伐佐夫	施蛰存

书 名	作 者	译 者
卡勒瓦拉(上下)	〔芬兰〕埃利亚斯·隆洛德	孙 用
破戒	〔日〕岛崎藤村	陈德文
戈拉	〔印度〕泰戈尔	刘寿康